로크미디어가
유혹하는
재미있는 세상

The Final
더 파이널

더 파이널 5

2022년 1월 19일 초판 1쇄 인쇄
2022년 1월 24일 초판 1쇄 발행

지은이 유성
발행인 김정수 강준규

기획 이기헌 왕소현 박경무 강민구
책임편집 백승미
마케팅지원 배진경 임혜솔 송지유 이영선

발행처 (주)로크미디어
출판등록 2003년 3월 24일
주소 서울시 마포구 성암로 330 DMC첨단산업센터 318호
Tel (02)3273-5135 **편집** 070-7863-8595 **Fax** (02)3273-5134
홈페이지 rokmedia.com **E-mail** rokmedia@empas.com

ⓒ 유성, 2021

값 8,000원

ISBN 979-11-354-6925-1 (5권)
ISBN 979-11-354-6920-6 04810 (세트)

유성 퓨전 판타지 장편소설 5

The Final

더 파이널

CONTENTS

피할 수 없는 싸움(2)

"알고 있다고요?"

태영의 질문에 사내는 살짝 후드를 걷어 올리며 끄덕였다.

조금 검은빛이 감도는 피부색에 진한 눈매를 가진 30대 후반의 사내였다.

"네, 그때 바로 말씀드리지 못한 이유는…… 드루이드는 인간에 대한 감정이 좋지 않습니다. 물론 그 반대도 마찬가지고 말입니다. 적어도 제가 들어 온 두 종족의 역사는 좋은 것이 없죠. 실제로 우리를 납치해 가던 자들 역시 인간이었고 말입니다."

"저도 인간입니다."

"그렇죠. 일반적인 대륙인과는 좀 다른 것 같지만, 적어도 드루이드는 아니죠."

"그런데 지금은 왜……?"

"이곳으로 오는 동안 주의 깊게 지켜봤습니다. 레온 님은 혹시라도 저희가 남긴 흔적이 없는지 살피고, 때로는 앞질러 가서 위협이 될 만한 몬스터를 처리해 주셨죠. 혼자서 묵묵히 말입니다. 그런 분이라면 적어도 악의로 드루이드를 찾는 건 아닐 거라는 믿음이 생겼습니다."

─호오, 혼자서 묵묵히…… 흠, 그러고 보니 그랬지. 주인답지 않게 말이야. 혹시 그런 것까지 계산에 넣고 한 행동이었나?

확률은 높다고 생각했다.

납치범의 추적을 포기하고 구출로 방향을 바꾼 이유가 그 때문이다.

인간을 피해 버림받은 땅에 숨어 사는 건 다른 종족도 마찬가지. 같은 처지인 드루이드와 교류가 있으리라는 건 쉽게 상상할 수 있는 일이니까.

'그런데도 드루이드에 대해 아는 사람이 한 명도 없다는 건 역시 경계하고 있다고밖에는 생각할 수 없겠지. 그럼…….'

경계를 풀 만한 이유를 만들어 주면 된다.

그리고 결과는 예상대로. 아니, 되레 예상보다 빠른 반응이었지만.

"원하신다면 지금이라도 드루이드의 후예가 사는 부락으로 안내해 드리겠습니다. 단, 저와 둘이서면 가야 합니다. 이유는 방금 설명한 대로입니다."

"그러죠."

망설일 이유는 없었다.

태영은 일단 그렉에게 맡겨 놓고 흑영과 말 한 마리를 끌고 다시 밖으로 나왔다.

그리고 사내와 함께 바로 말에 올라 질주!

1시간 가까이 달려 일행과 지나온 산과는 또 다른 산까지 내달렸다.

"여기서부터는 걸어가야 합니다."

사내의 말에 태영은 적당한 곳에 말을 묶어 두고 산속으로 들어갔다.

그리고 빠르게 어두워지는 숲을 헤치며 걸을 때였다.

크르르르!

어둠 속에서 위협적인 목울음이 들려왔다.

이어 들썩이는 수풀 사이로 커다란 짐승이 천천히 걸어 나왔다.

한 마리도 아니었고, 한 종류도 아니었다.

그 짐승을 시작으로 곳곳에서 모습을 드러내는 크고 작은 들짐승. 심지어 나무 위를 뛰어가던 작은 설치류까지 위협하듯이 날카로운 이를 드러내기 시작했다.

"이건⋯⋯."

"손가락 하나 까딱하지 마라!"

그때 거친 목소리와 함께 수풀 속에서 수십 명의 사내가 활을 조준한 자세로 솟아 올라왔다.

그러자 태영을 안내하던 사내가 뛰어갔고, 그들이 던져 주는 단검을 받아 들며 몸을 돌려세웠다.

태영의 입에서 한숨이 흘러나왔다.

"어째 반응이 너무 빠르다 싶기는 했지만……."

─그래, 확실히 의심스러운 감은 있었지. 그래도 막상 당하고 나니 기분이 꽤 언짢군. 어쩔 생각이지?

"어쩌고 말고 할 것도 없어. 네 말대로 기분이 좋지는 않지만, 아쉬운 건 내 쪽이니까."

가볍게 대답한 태영이 안내하던 사내를 바라보며 물었다.

"드루이드였습니까?"

"혼혈이지, 드루이드의 긍지를 이어받은."

"뭔가 들을 말이 많은 것 같군요."

"아니, 들을 말이 많은 건 우리다. 네가 검은 산의 일당과 한패가 아니라는 게 적이 아니라는 증거가 될 수는 없으니까. 솔직하게 말해라. 너, 왜 드루이드를 찾고 있는 거지?"

"환수의 진화에 대해 알아보기 위해서입니다."

"환수의 진화? 인간이 왜……."

"일일이 설명하기 힘드니 직접 보여 드리죠."

태영이 어깨를 으쓱이며 대답했다.

순간 돌풍이 일며 우수수 떨어지는 잎사귀 사이로 떨어진 파란 매, 청영이 태영의 어깨에 내려앉았다.

이에 대한 드루이드들의 반응은…….

"내내 네 위에서 날아다니던 매로군. 설마 그 매가 환수라는 말은 아니겠지?"

예상 밖이었다.

'뭐지? 이 사람들은 청영을 알아보지 못하는 건가?'

태영도 이런 상황은 생각해 보지 않았다.

인간인 도노반도 알아봤으니, 드루이드 혈족이 알아보지 못할 리가 없다고만 생각하고 있었다.

당연히 청영이 환수임을 증명할 방법 같은 것도 생각해 본 적이 없었다.

이에 태영이 난감한 표정을 떠올렸을 때였다.

태영의 얼굴을 확인한 청영이 못마땅한 눈으로 주위를 둘러보다가 갑자기 거칠게 날개를 펄럭이며 울음을 터뜨렸다.

삐이이이-!

대기를 흔들며 울려 퍼지는 '천조의 울음'!

"크윽! 뭐, 뭐야?"

"윽! 정체를 드러냈구나!"

휘청이던 드루이드들이 일제히 활을 들어 올렸다.

그리고 시위를 당기려는 찰나.

"잠깐, 멈춰라!"

태영을 안내한 사내가 황급히 소리치며 제지했다.

그리고 믿어지지 않는 눈으로 주위를 둘러보며 중얼거렸다.

"화, 환수들을 봐라."

"환수? 아, 아니, 어떻게 이런……."

그를 따라 고개를 돌린 드루이드들도 믿어지지 않는다는 얼굴로 떠듬거렸다.

태영도 마찬가지였다.

─뭐냐, 이건?

그 손에 의해 살짝 뽑혀 나오던 그리모어도.

태영을 겹겹이 에워싸고 있던 짐승, 좀 전까지 당장이라도 달려들듯이 이를 드러내고 있던 환수들이 한 마리도 빠짐없이 납작 엎드려 있었다.

"어, 어떻게 이런 일이…… 주인 외에는 어떤 존재에게도 복종하지 않는 환수가 고작 매의 울음소리에……."

"아니, 환수가 복종하는 대상은 하나 더 있다."

"무슨……."

"아직도 모르겠나? 알아보지 못한 것만으로도 무례인 것을, 스스로 존재를 내보이는 모습을 직접 보고도 의심하겠다는 거냐?"

태영을 안내한 사내가 털썩 무릎을 꿇으며 소리쳤다.

"저 매는 틀림없는 최상위 위계의 환수, 섬광의 주인! 환수의 왕이자 환수와 하나인 우리의 주인이시다!"

그의 머리가 천천히 숙여졌다.

그러자 주위의 드루이드들도 하나둘 활을 내려놓고 엎드리기 시작했다.

삐이이이-!

그들의 머리 위에서 청영의 울음이 울려 퍼졌다.

❧

"흠……."

태영이 심란한 눈으로 주위를 둘러보았다.

숲 안쪽의 커다란 동굴.

모닥불이 피어오르는 흐릿한 불빛 속에서 수십 명의 사내가 고개를 조아리고 있었다.

그들의 옆에는 곰이나 늑대처럼 큰 것부터 쥐처럼 작은 것까지, 다양한 종류의 짐승이 함께하고 있었다.

드루이드의 후예 무잠족과 그들의 환수였다.

"보다시피 저희 중에는 상위 위계, 하늘의 환수와 계약을 한 사람이 없습니다. 100여 년 전 일족을 이끌고 이 땅으로 왔다는 초대 부족장이 하늘의 환수와 함께했다고 전해질 뿐이죠. 하물며 최상위 위계, 그것도 환수의 왕이라 일컬어지는 섬광의 주인과 계약을 맺은 사람이 있으리라고는 감히 상상하지 못했습니다."

자신을 알바인이라고 소개한, 태영을 안내해 온 사내의 말에 다른 사내들이 청영을 힐끔거렸다.

　그러나 청영은 알 바 아니라는 듯이 깃을 고르고 있을 뿐이었다.

　─ 이 상황이 어색하다고 느끼는 건 나뿐이냐?

　태영도 같은 생각을 하던 참이다.

　청영이 평범한 환수가 아니라는 건 알고 있었지만, 환수의 왕이라거나, 그에 따른 무잠족의 태도 변화는 태영도 적응하기 힘들었다.

　물론 불평할 일은 아니었다.

　이유가 뭐든 이런 협조적인 태도는 바라던 바니까.

　그럼에도 표정이 좋지 않은 이유는 그런 협조적인 태도로 알게 된 내용 때문이었다.

　"일단 제가 여러분을 찾아온 이유부터 말씀드리겠습니다. 저는 얼마 전까지 청영, 여러분이 섬광의 주인이라고 부르는 이 환수가 본모습이라고 생각하고 있었습니다. 그런데 최근에 과거 드루이드의 후예와 만난 적이 있다는 도노반이라는 사람을 만나 그게 아니라는 사실을 알게 되었고, 청영을 성장시킬 방법을 찾아 이곳까지 오게 된 겁니다."

　"도노반이라는 사람에 대해서는 모르지만, 일단 그 말은 사실입니다."

　시작은 긍정적이었다.

"본래 이 세계와 환계 사이에는 무수한 힘이 얽혀 있습니다. 이는 두 세계를 나누는 억제력 같은 것으로 환수의 힘에 반발하는 성질이 있다고 합니다. 그 때문에 환수가 계약자의 부름에 답해 이 세계로 나오기 위해서는 환계에서의 힘을 버려야 합니다. 이 세계로 불려 나온 환수가 처음에는 평범한 동물과 같이 돼 버리는 이유죠. 단, 상위 위계의 환수는 예외입니다."

"예외?"

"드래곤이 힘을 버린다고 평범한 동물처럼 될 수는 없는 법이죠. 따라서 그저 힘을 버리는 것만이 아닌, 아예 존재 자체의 격을 낮추지 않으면 안 된다고 합니다."

"그럼 청영이 더 성장하지 못하던 이유가……."

"레온 님의 부름에 응하기 위해 존재 대부분을 봉인해 둔 탓입니다. 지금의 모습으로는 그게 최대 성장치라는 말이죠."

"그 봉인을 해제할 방법이 있습니까?"

"물론입니다. 저희 부족에는 오랫동안 상위 위계의 환수와 계약한 사람이 없어 직접 본 적은 없지만, 그 비법은 대대로 장로님에게 전승되고 있다고 들었습니다."

안 좋은 예감이 들기 시작한 건 이때부터였다.

그리고 역시나.

"그럼 장로님은……."

"대략 열흘 전, 마을 사람들과 함께 놈들에게 끌려가셨습니다."

– 더럽게 꼬이는군.

순간 태영도 이런 말이 목구멍까지 치밀어 올라왔다.

그럼에도 꾹 눌러 참은 건 적어도 무잠족 앞에서 할 말은 아니었기 때문이다.

알바인의 설명에 따르면 무잠족은 이번 사태, 현대와 이계가 겹쳐 버린 대격변을 되레 환영하는 분위기였다고 한다.

본래 온통 늪지와 돌밭뿐이었던 이 지역이 숲이나 들로 변했으니까.

그러나 마냥 기뻐할 일은 아니었다.

그와 함께 나타난 정체불명의 도시와 인간들, 즉, 하쿠인 탓이다.

애초에 그들이 버림받은 땅에 숨어 살아온 이유가 인간들을 피하기 위해서였다.

그렇게 되기까지는 복잡한 역사가 있지만 일단 넘어가고, 현재 대륙에서 드루이드 혈족은 수인족과 함께 이종족으로 분류되어 노예와 같은 취급을 받고 있기 때문이다.

당연히 하쿠인에 대한 접근도 신중할 수밖에 없었다.

동굴에 모여 있는 무잠족, 태영이 들렀던 마을의 전사들은 하쿠인에 대해 알아보기 위해 나오게 되었다.

"그리고 얼마 뒤 검은 산의 인간들이 이계인을 잡아가는 걸 목격했습니다. 그래서 혹시나 하는 생각에 서둘러 마을로 돌아가 봤지만……."

알바인이 침통한 얼굴로 이를 갈아붙이며 말을 이었다.

"정작 경계해야 할 인간은 따로 있었던 거죠."

"그럼 당신들도 구덩이, 그 검은 산에 사람들이 있다는 건 이전부터 알고 있었다는 말이군요."

"물론입니다. 많아야 두어 달에 한 번이었지만, 교류도 있었죠. 하지만 그들도 우리가 드루이드의 후예라는 것까지는 모릅니다. 환수도 테이밍 기술로 길들인 동물이라고 알고 있죠. 그 때문에 이전부터 몇 번 그 기술을 알려 달라고 한 적이 있기는 하지만, 설마 혼란을 틈타 그런 짓을 할 줄은……."

"그게 목적은 아니었을 겁니다."

"네?"

"그 검은 산의 상황이 바뀌었을 확률이 높다는 말입니다. 지금은 그보다 놈들에게 잡혀간 사람들의 안위를 확인하는 게 급선무겠지만……."

"제가 놈들이 납치하던 사람들 속에 섞여 있던 이유가 그 때문입니다."

치치치치—!

알바인의 소매가 들썩인 건 그때였다.

그리고 곧 콧잔등에서 뒷덜미까지 작은 돌기가 뿔처럼 돋아 있는 뱀이 머리를 내밀었다.

그러나 청영이 고개를 돌리자 얼른 다시 들어가 버렸다.

알바인이 쓴웃음을 지으며 말을 이었다.

"제 환수 무타입니다. 일단 놈들을 따라 들어가 장로님과 부족민의 안위를 확인한 뒤에 이 녀석을 보내 동료들에게 알릴 생각이었습니다."

"혹시 다른 곳에도 동료가 있습니까?"

"네, 밖에서……."

"그들을 포함해서 34명, 그 외에 또 있냐고 물어보는 겁니다."

이어지는 말에 알바인이 움찔하며 입을 다물었다.

─하! 웃기는군. 뭐냐, 저 반응은? 그렇게 대놓고 의심스러운 행동을 하면서 정작 본인은 의심도 안 해 봤다는 건가? 주인이 왜 그렇게 순순히 따라왔는지?

그런 모양이다.

당연히 태영은 모두 파악하고 있었다.

지금 동굴에 있는 20명 외에 숲 곳곳에 은신한 14명의 존재도 모두 알고 있었고, 만약의 사태가 벌어져도 대처할 수 있다고 판단했기에 순순히 따라 들어온 것이다.

굳이 말하자면 그게 알바인과 태영의 차이다.

알바인도 그런 자신감이 있어서 구덩이에 잠입하려 한 것처럼 보이지는 않으니까.

'뭐 사정을 이해하지 못할 일은 아니지만…….'

거기까지는 태영이 알 바 아니다.

– 어쨌든 이제 대강 나올 말은 다 나온 셈이군. 그럼 더 생각할 것도 없잖아. 주인이 목숨을 거는 걸 취미 정도로 생각하는 사람이라는 건 알지만, 그것도 누울 자리를 보고 다리를 뻗어야 하지 않겠어?

그것도 맞는 말이다.

아직 구덩이의 내부 사정이나 병력 규모는 모른다.

그러나 적어도 34명의 무장족만으로 비벼 볼 수준이 아닌 것만은 분명하다.

'거기에 나 하나 더해진다고 크게 달라질 것도 없지. 확실히 상황만 놓고 보면 그리모어의 말처럼 생각할 필요도 없는 일이야. 하지만……'

그럼에도 고민하는 이유는 두 가지다.

하나는 당연히 이번 일이 이미 태영과 한 몸이나 다름없는 청영의 성장과 관련이 있다는 것. 그리고 다른 하나는 직감이다.

'어쩌면……'

여기일지도 모른다고.

태영이 과거의 실패를 반복하지 않기 위해 찾아오던 것을 바로 지금, 이곳에서 얻을 수 있을지도 모른다고 말이다.

그리고…….

"하나만 더 물어보죠. 어째서 제게 도와 달라는 말을 하지 않는 겁니까? 드루이드의 후예라면 최상위 위계의 환수와 계약한다는 게 어떤 의미인지 모르지 않을 텐데 말입니다."

"그건……."

알바인이 움찔하며 고개를 들어 올렸다.

그러나 시선이 마주치자 곧바로 다시 고개를 숙이며 대답했다.

"승산이 없기 때문입니다."

태영은 그 말의 의미를 이해했고, 비로소 망설임을 떨쳐낼 수 있었다.

선포

"그렇군요."

태영의 얼굴에 옅은 미소가 떠올랐다.

누군가를 알기 위해 꼭 많은 대화가 필요한 게 아니다.

특히 좋지 않은 상황일 때가 더 그렇고, 덕분에 태영은 확실하게 방향을 잡을 수 있었다.

"그럼 저는 일단 돌아가 보겠습니다. 몇 가지 알아보고 다시 연락하죠. 그때까지는 이곳에서 기다려 주십시오."

"아니, 하지만……."

"서두르는 것과 성급한 건 다릅니다. 그리고 대부분 그 결과도 다르죠."

알바인의 말을 끊은 태영이 툭툭 털고 일어났다.

"오래 걸리지는 않을 겁니다."

태영은 그 말을 끝으로 동굴을 나왔다.

그리고 빠르게 산에서 내려서 다시 흑영의 등에 탑승.

두두두두!

어두운 평원을 질주할 때였다.

귓가를 스치는 시원한 바람 소리에 섞여 찜찜하기 짝이 없는 목소리가 흘러들어 왔다.

—이해가 안 되는군.

"뭐가?"

—몰라서 물어? 결국, 하겠다는 거잖아. 내가 그렇게 말렸는데도 말이야.

"그렇게 말한 적 없어. 알아보겠다고 했지."

—그걸 지금 대답이라고 하나? 알잖아. 애초에 구덩이가 어떤 곳인지, 그곳에 있는 놈들이 어떤 자들인지 말한 사람이 주인이니까. 그럼 그냥 그것만으로도 답이 딱 나오잖아. 오죽하면 무잠족이라는 녀석들도 대놓고 승산이 없다고 하겠어. 그런데 도와 달라고 매달리는 것도 아닌데 뭐가 아쉬워서……

삐이—!

그때 밤하늘 저편에서 울음이 터져 나왔다.

슬쩍 시선을 들어 올린 태영이 피식 웃으며 중얼거렸다.

"있잖아, 아쉬운 거."

—그래, 뭐 있다고 치지.

"있으면 있는 거지 있다고 치는 건 또 뭐야?"

─그것만으로는 설명이 안 돼서 하는 말이다. 나도 하루 이틀 주인과 같이 있었던 건 아니니까. 주인은 분명 목숨을 거는 걸 취미 정도로 생각하는 인간이지만, 무모하지는 않아. 적어도 할 수 있는 일과 못 할 일 정도는 구분할 수 있는 인간이지.

"너 치고는 꽤 후한 평가네. 하지만 정말 그렇게 생각한다면 이미 답이 나온 거 아니야?"

─……할 수 있다고 생각하는 건가?

"방법에 따라서는."

─방법?

"그래, 그게 내가 확실하게 대답하지 않은 이유야. 네 말대로 분명 놈들은 만만한 상대가 아니겠지. 하지만 목적을 장로의 구출로 특정한다면 시도해 볼 만한 방법은 많아. 단지 그렇게 된다면 성공해도 청영의 성장에 대한 정보를 얻는 게 전부라는 거지."

─그럼 뭐가 또 있다는 말이야?

"있지."

태영이 씨익 웃으며 말을 이었다.

"하지만 그건 내가 결정할 수 있는 일이 아니야."

─그건 또 뭔 말이야? 주인이 할 일을 결정할 사람이 주인이 아니라니? 그럼 누가…….

삐이─!

그때 앞에서 또다시 청영의 울음이 터져 나왔다.

─……설마 저 녀석은 아니겠지?

물론 아니다.

그리고 그리모어도 진담으로 한 말은 아니겠지만, 태영은 웃어 줄 수 없었다.

"이런 빌어먹을!"

거친 욕설과 함께 태영의 몸이 바짝 숙어졌다.

동시에 안장의 좌우에서 마치 날개가 돋아나듯이 유선형의 금속판이 솟아 나왔다.

콰콰콰콰─!

그리고 그대로 돌풍을 일으키며 폭사!

─뭐야? 갑자기 왜…….

갑작스러운 상황에 당황한 목소리를 내던 그리모어가 움찔하며 입을 다물었다.

그사이 고속 타입으로 변환된 '백주의 철혈마'가 더해 주는 가속을 받은 흑영은 이미 공단 지역에 들어서고 있었고, 그때는 태영의 눈으로 확인할 수 있었기 때문이다.

저 멀리 어둠 속에서 일렁이는 불길!

펑─! 펑─!

매캐한 냄새를 실어 오는 바람결에 간간이 울리는 폭음도 들려왔다.

─쳇, 놈들이 여기까지 따라온 건가?

"아니야."

태영이 미간을 찌푸리며 대답했다.

아직 꽤 거리가 있었지만, 태영의 감각은 이미 그곳에 도착해 있었다.

삐이이이-!

밤하늘을 길게 가로지르는 울음과 함께.

넓게 둘러쳐진 공장의 담장 주위에서 벌어지는 일을 보고 들을 수 있었다.

"빌어먹을, 대체 뭐냐고! 저 숫자는?"

"말도 안 돼! 대체 어디서 저렇게 많은 놈이……."

"그런 말이나 하고 있을 때가 아니잖아! 저기 봐! 저쪽은 벌써 담장 바로 앞까지 온 놈들까지 있다고!"

"그쪽은 됐어! 놈들도 쉽게 담을 넘어 들어오지는 못해! 하지만 여기, 바리케이드가 뚫리면 끝장이야! 떠들 시간 있으면 뭐라도 들고 와서 쌓아 올려!"

"저 숫자를 봐! 그런다고 막을 수 있을 리가 없잖아!"

"그럼 이대로 죽을래?"

공장 내부는 충격과 혼란에 휩싸인 고함이 빗발치고 있었다.

크와아아아-!

그리고 그런 목소리를 집어삼키듯이 울리는 포효!

들개를 닮은 몬스터 그라울이었다.

물론 몬스터로 분류되는 만큼 평범한 들개라고는 할 수 없지만, 사람들을 혼란에 몰아넣는 것은 놈들의 숫자였다.

　공장 앞은 물론 주위의 도로까지 빈틈없이 채우며 몰려드는 엄청난 숫자의 그라울 떼!

　그중에는 다른 놈보다 2~3배는 큰놈들도 간간이 눈에 들어왔다.

　'상위종이다! 그럼…….'

　어떤 상황인지는 바로 이해되었다.

　'저곳은 이번 사태가 벌어진 이후 지금까지 꾸준히 사람이 모여들었다고 했다. 그라울도 마찬가지야. 그 흔적을 쫓아 꾸준히 모여들었고, 여러 번의 시도가 실패로 돌아가자 상위종을 중심으로 뭉치게 된 거다. 그런 놈들이 이렇게 작정하고 사냥에 나섰다면…….'

　꽤 심각한 상황이다.

　그리고 실제로 꽤 심각하게 진행되고 있었다.

　펑! 위잉! 콰쾅―!

　밀려드는 그라울의 발아래에서 연이어 치솟아 오르는 칼날과 폭발.

　공장 주위에 설치해 뒀다던 함정이다.

　그리고 아마도 지금까지는 그것만으로도 충분했겠지만, 이번에는 아니었다.

　아오오오―!

그 뒤에 울부짖는 놈, 상위종이 있으니까.

이미 조직화된 그라울에는 상위종의 명령은 절대적!

칼날에 찢기고 불길에 그을리면서도 걸음을 멈추지 않았다. 그리고 동족의 시체를 발판 삼아 결국 바리케이드 앞까지 접근했을 때였다.

퍼펑—!

돌연 바리케이드 좌우에 세워진 탱크가 터지며 액체가 뿜어져 나왔다.

그 액체가 뭔지는 바로 알 수 있었다.

펑! 화르르르!

"허둥대지 마라! 너희들 뒤에 누가 있는지 잊었나? 힘없는 노인과 여자, 그리고 아이 들이다! 여기가 뚫리면 무슨 일이 벌어질지 모르는 놈 있나? 그걸 막을 수 있는 사람은 우리뿐이다! 정신 똑바로 차리고 어금니 단단히 물라는 말이다!"

폭발하듯이 치솟아 오르는 불길과 함께 터져 나오는 고함!

한 손에는 화염병을, 다른 손에는 여러 개의 파이프를 묶어 만든 사제 총을 든 곽현경이었다.

그리고 그 총을 불길에 휩싸여 버둥대는 놈의 아가리에 쑤셔 박고 샷!

콰쾅—!

"장창부대 앞으로!"

곽현경이 놈의 대가리를 날리며 소리쳤다.

효과가 있었다.

완전히 혼란이 가라앉은 건 아니지만, 수십 명의 사내가 그 주위로 몰려들었다.

그리고 칼날이 용접된 긴 철봉으로 불길 밖으로 뛰어나오는 놈들을 요격하기 시작했다.

그때마다 겹겹이 쌓여 가는 그라울의 사체!

"놈들이 더 다가오지 못하고 있어!"

"그래, 할 수 있어! 저놈들의 습격을 받은 게 처음도 아니잖아! 평소보다 많지만, 어차피 들개야! 모두 힘을 합치면 막을 수 있다고!"

"합류하자!"

장창부대의 선전에 분위기는 순식간에 반전되었다.

아니, 반전되는 것 같았다.

크와아아아―!

이놈이 나타나기 전까지는.

거친 포효와 함께 불길을 뚫고 나오는 거대한 그라울!

다른 그라울의 2배가 넘는 몸집에 검붉은 털로 뒤덮인 그놈이 바로 상위종!

방금 불길을 뚫고 나왔는데도 놈의 털은 그을린 흔적조차 보이지 않았다.

"헉! 뭐, 뭐야, 이놈은?"

카칵―!

창날도 마찬가지였다.

그리고 다급하게 내찌른 창이 맥없이 놈의 가죽 위로 미끄러지는 순간.

푸확—!

그 앞에서 핏줄기가 치솟아 올라왔다.

그리고 그 옆에서도!

푸확—! 푸확—!

일렬로 늘어서 창을 찌르던 사람들의 목에서 연이어 피가 뿜어져 올라왔다.

"이, 이게 대체……."

"저, 저기야! 저놈이다! 저놈이……."

고개를 돌리며 소리치던 사람이 헛바람을 들이켜며 입을 다물었다.

크르르르!

반 이상 뜯겨 나간 목을 움켜쥐고 쓰러지는 사람들의 뒤에서 피에 젖은 아가리로 낮은 울음을 흘리는 놈을 보는 순간 이해했기 때문이다.

"이건…… 말도 안 돼……."

그들이 들고 있는 조잡한 창 따위로 감당할 수 있는 놈이 아니라는 걸 말이다.

전의가 사라지는 건 한순간이었다.

턱—!

놈이 다가와도 창을 들어 올릴 생각조차 못 하고 주춤주춤
물러날 뿐이었다.

그리고 놈이 다시 그 앞으로 한 걸음 내디뎠을 때였다.

"빌어먹을 자식! 여기다!"

장창부대 틈에서 곽현경이 뛰어나오며 소리쳤다.

펑! 화르르르!

동시에 포물선을 그리며 날아가 폭발하는 화염병!

그러나 놈의 반응 속도는 상상 이상이었다.

불길이 치솟았을 때는 이미 수 미터나 떨어진 곳으로 이동
해 있었고, 사람들의 눈이 그곳으로 향했을 때는 곽현경을
향해 도약하고 있었다.

콰직!

그러나 뒤이어 울리는 건 쇳소리였다.

"크헉!"

우그러진 철판과 함께 놈에게 떠밀리는 곽현경의 입에서
비명이 터져 나왔다.

그러나 곧 그 얼굴에 웃음이 번졌다.

"잘 왔다, 망할 개새끼야. 네놈이 그렇게 튼튼하면 어디
이것도 한번 버텨 봐라. 이게 바로 영거리 사격이라는 거다!"

콰쾅─!

폭음과 함께 놈의 머리가 튕겨져 올라갔다.

그리고 놈의 턱 아래에서 연기를 뿜어 올리는 총구로 뚝뚝

떨어지는 피.

그러나 곽현경의 얼굴에서는 되레 웃음이 사라졌다.

크르르르.

귓가로 흘러들어 오는 목울음.

그와 함께 놈의 머리가 다시 천천히 내려오기 시작했다.

피에 젖은 아가리 사이로 송곳니가 드러났고, 살의로 번들대는 붉은 눈동자는 곽현경의 얼굴에 정확히 초점이 맞춰져 있었다.

"⋯⋯빌어먹을."

곽현경의 입에서 허탈한 목소리가 흘러나왔다.

그리고⋯⋯.

삐이이이-!

날카로운 고음이 밤하늘을 가로지른 건 그때였다.

순간 곽현경을 향해 아가리를 들이밀던 놈이 중심을 잃고 휘청거렸다.

곽현경은 그 기회를 놓치지 않았다.

그 틈에 재빨리 철판을 버리고 몸을 굴리며 뒤로!

바닥에 떨어진 장창을 쥐고 일어나며 다시 놈을 향해 와락 몸을 돌렸다.

"단장님!"

주위의 사람들도 그제야 창을 들고 몰려왔다.

"놈을 포위해라! 숨통을 끊지는 못했지만, 놈도 상처를 입었다! 죽이지 못할 놈은 아니라는 뜻이야!"

그렇게 소리친 곽현경이 빠르게 주위를 훑었다.

장벽이 되어 주던 불길이 약해져 바리케이드 앞에는 꽤 많은 놈이 들어와 있었다.

그러나 그를 공격하던 놈처럼 다른 놈들도 마치 더듬이를 잃은 벌레처럼 우왕좌왕하고 있었다.

"이유는 모르겠지만, 지금 놈들은 혼란에 빠져 있다! 이 기회를 놓쳐서는 안 돼! 이놈만큼은 절대 안으로 들여보내서는 안 된다! 무슨 수를 써서라도 여기서 죽여야 한다!"

곽현경이 장창을 세우며 돌진할 때였다.

푸확―!

그 앞으로 확 뿜어지는 피!

생각지도 못했던 상황에 곽현경이 황급히 얼굴에 묻은 피를 쓸어내렸다.

그리고 믿어지지는 않는 광경을 목격하게 되었다.

"이, 이게 무슨……."

좀 전까지 흉흉한 살기를 뿜어내던 놈의 머리가 보이지 않았다.

앞에는 횡해진 목 위로 피 분수를 뿜어 올리는 몸뚱이가 경련을 일으키고 있을 뿐이었다.

그리고 그 옆으로 길게 이어진 핏자국.

멍한 얼굴로 핏자국을 따라 고개를 돌리는 곽현경의 눈에 한 남자의 모습이 떠올랐다.

"다, 당신은……."

"통성명은 이미 했고, 대화를 나눌 때도 아닌 것 같군요."

푸른 빛에 휩싸인 검을 들고 커다란 개 대가리를 밟고 있는 사내, 태영이 대답했다.

이에 당혹감에 물든 곽현경의 얼굴에 무수한 의문까지 더해졌지만, 이내 와락 고개를 저으며 소리쳤다.

"제가! 제가 뭘 하면 됩니까?"

"할 일을 하십시오. 저도 할 일을 하겠습니다."

콰직-!

태영이 개 대가리를 밟아 으깨며 몸을 돌렸다.

그사이 '천조의 울음'에 직격당해 헤매던 놈들의 눈도 하나둘 초점을 찾아 가고 있었다.

옅은 오러에 휩싸인 그리모어가 살짝 진동했다.

-꽤 많군. 조언이 필요한가?

"절실할 정도는 아니지만 한번 들어 보지."

-오러를 좀 더 강하게 하는 게 좋지 않을까 한다. 닦으면 그만이라도 저따위 들개의 피로 더럽혀지는 건 기분이 좋지 않으니까.

"참고하지."

태영이 피식 웃으며 고개를 끄덕였다.

작전 회의는 그걸로 끝.

위잉-!

동시에 그리모어를 휘감은 빛이 활화산처럼 뿜어져 올라왔다.

불길은 빠르게 사그라들었다.

군데군데 남아 있던 잔불마저 꺼져 가자 짙어지는 어둠 속에서 또 다른 형태의 빛이 떠올랐다.

끝도 보이지 않을 정도로 넓고 촘촘하게 깔린 붉은 빛무리.

크르르르.

그 사이에서 흘러나오는 울림.

그게 신호라도 된 듯이 빛무리가 움직이기 시작했다.

뒤에서부터 시작된 움직임은 마치 파도처럼 출렁이며 앞으로 밀려들었고, 이내 그 끝에서 폭발하듯이 무수한 빛무리가 쏟아져 나왔다.

"위, 위험⋯⋯."

푸확-!

그 위로 치솟는 핏줄기!

- 방금 뒤에서 누가 뭐라고 하지 않았어?

"나에게 한 말은 아니겠지."

크와아아아-!

"이놈들은 착각하는 모양이지만."

태영이 몸을 날려 오는 그라울을 향해 왼발을 크게 내디디며 대답했다.

그리고 오른발을 끌어오며 그대로 킥!

콰직!

턱을 걷어차인 놈이 부서진 이를 흩뿌리며 수직으로 치켜
져 올라갔다.

그러나 날아오르는 건 대가리뿐이었다.

몸뚱이는 그 아래에서 피를 뿜으며 경련을 일으키고 있을
뿐이다.

함께 달려들던 놈들도 마찬가지다.

푸확-! 푸확-! 푸확-!

푸른 빛이 번뜩일 때마다 치솟아 오르는 피!

태영이 순식간에 고깃덩어리로 변해 나뒹구는 그라울 떼
를 둘러보며 웃었다.

"알게 해 줘야지."

물론 그조차 일부, 그 너머에는 끝도 보이지 않을 정도로
많은 놈이 득실거리고 있었다.

그러나 양 떼를 보고 불안해하는 늑대는 없는 법.

퉁-!

태영은 한순간의 망설임도 없이 그 속으로 뻗어 갔다.

푸확-! 푸확-! 푸확-!

그 길을 따라 화려한 분수 쇼가 펼쳐졌다.

그리고 그게 시작이었다.

종으로, 횡으로, 푸른 섬광은 쉬지 않고 그라울 떼를 가로

질렀고, 그때마다 십여 줄기의 피가 뿜어져 올라왔다.

그 속도도, 오로도, 그라울 따위가 막을 수 있는 게 아니었다.

물론 만원 전철처럼 꽉 들어찬 놈들 사이를 가로지르다 보면 때때로 사각에서 달려드는 놈들도 있었다.

그러나 신경 쓸 일은 아니었다.

혼자가 아니니까.

그런 놈들은 태영을 뒤따르는 청영이 바로 매의 눈으로 포착!

삐이─! 푸확─!

여지없이 '천조의 발톱'에 목이 뜯어져 나갔다.

─저 녀석도 이제 한 사람 몫은 하게 됐군.

"그 이상이지."

─하긴 쇠 작대기를 들고 헤매는 녀석들과 비교하면 100명 몫이라고 해야겠지만.

아니라고는 못 하겠다.

"마, 말도 안 돼. 저런 새까지 놈들을……."

그 쇠 작대기를 든 사람들도 황망한 얼굴로 이렇게 중얼대고 있으니까.

히히히힝! 두두두두!

그러나 단지 그것뿐이라면 되레 이쪽이 낫다.

앞서 날아온 태영을 따라 성난 울음을 터뜨리며 그라울 떼를 뚫고 들어오는 흑영.

그 양옆에서는 그야말로 피 폭풍이 일어나고 있었다.

앞서 이곳으로 오기 전에 전투 모드로 바꿔 놓은 '백주의 철혈마'의 위력이다.

"마, 말까지……."

이에 쇠 작대기를 든 사람들은 한층 황망한 얼굴이 되었지만.

"멍청이들! 멍하니 보고 있을 때냐?"

"하, 하지만…… 저렇게 괴물 떼 속에서 싸우는 사람을 우리가 무슨 수로…….

"도울 수 없지! 도울 필요도 없어 보이고! 그러니 우리는 우리가 할 수 있는 일을 한다! 이쪽은 저분 덕분에 부담이 적어졌지만, 담장을 넘어 들어오는 놈들도 있다! 1조만 이곳에 남고 나머지는 담장 쪽으로 이동한다!"

곽현경의 목소리였다.

─그래도 뭘 해야 할지 정도는 아는 녀석도 있군.

"그 정도는 해 줘야지."

그리모어의 말에 태영이 입 끝을 추어올리며 대답했다.

태영이 종횡으로 헤집고 돌아다닌 건 그저 놈들을 해치우기 위해서가 아니었다.

놈들의 이목을 집중시키기 위해서였다.

아무리 태영이라도 담장을 뛰어넘어가는 놈들까지 모두

막아 내지는 못하니까. 그러나 곽현경이 전력을 담장 주위로 분산 배치해 준다면 얘기는 달라진다.

"이제 본격적으로 해보지."

삐익—!

태영이 휘파람을 불었다.

순간 흑영이 곧바로 방향을 바꿔 그라울 떼를 찢어발기며 질주해 왔다.

동시에 태영 역시 흑영을 향해 질주!

양쪽에서 피 분수를 일으키며 그라울을 떼를 가로지른 둘이 곧 하나로 겹쳐지는 순간!

"그리모어, 핼버드다!"

—좋지!

위이이잉! 콰콰콰콰—!

그 접점에서 그야말로 피의 폭발이 일어났다.

—크하! 속이 뻥 뚫리는 기분이군.

태영도 같은 기분이다.

지금까지 차지 대시를 연발해 온 이유는 두 가지.

하나는 넓게 움직여 이목을 끌기 위해서였고, 다른 하나는 발이 묶이지 않기 위해서였다.

아무리 태영이라도 놈들이 겹겹이 몰려들면 행동에 제약이 생길 수밖에 없으니까.

그러나 이제 그럴 필요도 없어졌다.

전투 모드의 '백주의 철혈마'가 장착된 흑영은 그 자체가 무기!

콰자자작—!

그라울 따위는 걸레짝처럼 찢어 버린다.

그리고 추가로 하나 더 말하자면, 태영도 버림받은 땅으로 오는 동안 놀고 있던 게 아니다.

'지금은 그렉이 적어도 객사하지는 않을 수준까지는 만들어 놔야겠지만……'

거기에만 매달리기에는 당연히 시간이 너무 아까웠다.

그래서 틈틈이 할 수 있는 일을 생각해 봤다.

'그렉 녀석의 수준을 보면 언제 픽 죽어 버릴지도 모르니 고블린과 싸울 때도 지켜봐야겠지. 그럼 흑영을 타고 이동할 때도 쓸 수 있는 기술이 좋겠지만, 마법은 3레벨 마도서를 구하지 못해서 안 되고. 그럼 남은 건 하나밖에 없군.'

답은 바로 나왔다.

부웅! 부웅!

그 결과물이 바로 이것이다.

흑영의 위에서 맹렬한 속도로 회전하며 그라울 떼를 박살 내는 핼버드!

바로 창술이다.

'일 대 다수, 그것도 넓은 반경의 적을 상대해야 할 때는 검보다는 이쪽이 낫지. 그리고 지금도 사용하는 데는 지장이 없지만, 기왕 사용할 거라면 내가 가진 기술을 모두 적용할 수 있도록 제대로 익혀 두는 게 좋을 테고…….'

어려운 일도 아니었다.

과거에도 주력은 검이었지만, 창 역시 꽤 다뤄 봤고 경험도 있었다.

─초급 스킬 [자기류 창술]을 습득했습니다.

이런 스킬을 만들어 본 경험이.

그리고 그렇게 핼버드를 손에 익게 만들고 나서야 알게 되었다.

"라이트 웨이브!"

이 스킬이 어디에 더 적합한지.

검의 회전 반경은 잘해야 180도지만, 창은 360도.

따라서 핼버드를 회전시키며 3파로 발현되는 '라이트 웨이브'를 사용하면 자연히…….

콰콰콰콰! 콰콰콰콰! 콰콰콰콰!

360도가 공격 범위!

핼버드 날을 따라 원을 그리며 퍼져 나온 검기가 그라울 떼를 휩쓸며 퍼져 나갔다.

푸확─! 푸확─! 푸확─!

그리고 한 박자 늦게 사방에서 뿜어져 올라오는 핏줄기!

반경 10여 미터, 100여 마리의 그라울이 한순간에 썰린 고기로 변해 나뒹굴었다.

개 대가리라도 알 수 있을 정도로 명확한 힘의 격차!

'하지만 이 정도로 물러나지는 않겠지.'

내내 태영을 뒤따르던 청영이 보이지 않는 이유가 그 때문이다.

공장 사람들의 대응과 흑영의 도착으로 제약과 사각이 사라진 지금, 태영이 다음으로 생각하는 게 뭔지 아는 것이다.

삐이-!

그리고 다시 점차 거리를 좁혀 오는 그라울 떼 뒤에서 들려오는 울음.

고개를 돌린 태영의 입에 웃음이 번졌다.

"……거기냐?"

태영이 흑영의 등에서 뛰어내리며 소리쳤다.

"흑영, 따라와라!"

그사이 그리모어는 다시 검으로 변해 검집으로 들어갔다.

그리고 태영이 바닥에 내려섰을 때.

"타키온!"

발도와 동시에 폭사!

길게 이어지는 푸른 섬광 뒤로 십여 줄기의 피가 치솟아 올라왔다.

텅-!

그리고 그 끝에서 퉁겨져 올라오는 개 대가리!

— 이놈은…….

"일 대 다수의 싸움에서 기본은 역시 대가리부터 잡는 거지."

그라울은 몬스터 중에서는 최하위.

놈들도 그런 제 주제를 알고 있기에 힘의 차이가 역력한 상대에게는 덤비지 않는다. 그럼에도 아직 주제 파악을 못 하고 덤비는 이유가 바로 이놈.

툭.

태영의 발치에 떨어지는 대가리, 상위종 그라울 때문이다.

— 그렇군. 하지만 이만한 규모의 그라울을 한 놈이 지휘하고 있을 리는 없잖아. 아까 바리케이드 앞에서 해치운 놈도 상위종이었고.

뭐 그런 문제가 있지만.

"그래도 이놈들을 다 썰어 대는 것보다는 빠르지 않겠어?"

삐이—!

그 말이 끝나기도 전에 청영이 빠르게 태영의 머리 위를 스치며 날아갔다.

태영 역시 뒤따라온 흑영을 타고 돌진!

그 앞으로 그라울 떼가 파도처럼 쉬지 않고 몰려들었지만, 걸림돌조차 되지 못했다.

쿠콰콰콰콰—!

몰려오는 족족 다짐육으로 변해 흩뿌려질 뿐이었다.

상위종이라고 다를 것도 없었다.

삐이이이─!

다른 놈과 확연히 다른 덩치 탓에 청영의 눈을 피할 수 없었고, 태영의 검도 마찬가지다.

텅─!

그렇게 핀포인트로 세 번째 상위종의 목을 날렸을 때였다.

갑자기 그라울 떼의 분위기에 변화가 일어났다.

직전까지는 무턱대고 달려들던 놈들이 불안한 기색으로 뒷걸음질 치기 시작했다.

아오오오─!

이어 곳곳에서 흘러나오는 울음.

그러자 놈들이 움찔하며 몸을 돌리더니 썰물처럼 빠져나가기 시작했다.

"노, 놈들이 물러간다!"

"해냈어! 살아남았다고! 저 많은 괴물의 습격을 우리가 막아 낸 거야!"

"와아아아─!"

바리케이드와 담장 주위에서 함성이 터져 나왔다.

─우리가?

그리모어가 그 단어가 마음에 들지 않는다는 듯이 중얼거렸지만, 그런 건 아무래도 상관없다.

아니, 정확히 말하면 아직 그런 말을 할 때가 아니었다.

"멍청한 짓을 하고 있었군."

—응? 갑자기 그게 무슨 말이야? 원하던 대로 된 거 아니야?

"원하던 대로 됐지."

태영이 반대쪽으로 고개를 돌리며 대답했다.

"내가 한 건 아니지만."

퍼펑—!

담장 끝부분에서 폭음이 울린 건 그때였다.

이에 환호성을 터뜨리던 사람들이 화들짝 놀라 고개를 돌렸고, 그대로 얼어붙었다.

그 앞에서 허물어진 시멘트 덩어리를 밟아 으깨며 다가오는 거체!

"저, 저건 또 뭐…….."

"큭! 저놈이야! 나와 함께 정찰을 나갔던 팀원들을 죽인 놈이 바로 저놈이라고! 수없이 찌르고, 총을 쏴도 소용없었어! 모두 개미처럼…… 밟히고 씹어 먹혔어! 그런 놈이 여기까지…… 안 돼! 우리 모두 먹힐 거야!"

어딘가에서 비명 같은 목소리가 터져 나왔다.

그 말대로, 놈은 그라울 따위와는 비교할 수 없는 몬스터였다.

불카누스라고 불리는 놈은 10여 미터에 달하는 몸집도 몸집이지만, 두꺼운 가죽은 그야말로 철갑!

그라울 떼가 꼬리를 말고 도망친 이유가 그 때문이다.

놈들의 유일한 무기인 송곳니가 씨알도 먹히지 않는 상대
니까.

방금 누군가의 말처럼 꾹꾹 밟힌 뒤에 씹히고 싶지 않으면
도망가는 수밖에 없는 것이다.

- 정말 가지가지 하는군.

"그렇게 말할 일은 아니야. 그라울의 숫자를 생각하면 아
마도 이 근방에 있던 놈들 대부분이 몰려왔던 것이겠지. 그
럼 아무리 둔한 놈이라도 냄새 정도는 맡았을 테고 말이야.
젠장, 왜 진즉 그 생각을 못 했지? 생각했다면…….."

미간을 찌푸리며 중얼거리던 태영이 슬쩍 입술을 밀어 올
리며 말을 이었다.

"훨씬 편했을 텐데 말이야."

그리고 와락 고삐를 잡아채며 돌진!

흑영이 빠른 속도로 접근하자 공장 안으로 들어서던 불카
누스가 고개를 돌렸다.

그리고 칼날처럼 돋아 있는 뿔을 세우고 마주쳐 왔다.

태영이 사라진 건 그때였다.

그 덕에 한결 가벼워진 흑영이 빠르게 방향을 틀었을 때.

콰쾅! 쩌쩌쩌쩡-!

흑영을 따라 머리를 돌리던 불카누스의 뒷덜미에서 폭음
이 터졌다.

그리고 그 주위를 따라 퍼지는 얼음!

"누가 네놈하고 박치기하겠냐?"

'섀도 블링크'로 순간 이동한 태영이 그리모어에 담아 박아 넣은 얼음 마법의 힘이었다.

그것도 공격력 최상의 변환 형태 양손 도끼로.

쿠오오오오-!

불카누스가 울부짖으며 한쪽 무릎을 꺾었다.

그러나 그것도 잠시, 퉁기듯 몸을 일으키며 머리를 흔들려 할 때였다.

"크허어어엉-!"

놈의 포효를 집어삼키며 울려 퍼지는 '비스트 피어'!

귀 바로 뒤에서 울린 '비스트 피어'는 거대한 불카누스마저 석상처럼 굳게 만들었다.

물론 길지는 않겠지만, 그것만으로도 충분했다.

쩡! 쩡! 쩡! 쩡!

그 위에서 들어 올린 도끼에 화염 마법을 불어 넣기에는.

콰쾅! 퍼퍼퍼펑-!

그리고 그대로 내리꽂히며 폭발!

화염이 치솟으며 허옇게 얼어붙은 살덩이가 사방으로 터져 나갔다.

태영은 쏟아지는 살점과 함께 놈의 머리 앞으로 미끄러지듯이 내려섰다.

굳이 몸을 돌려 확인할 필요도 없었다.

도끼가 화염 폭발로 놈의 근육을 산산이 부수며 파고들어 갈 때 이미 확인했다. 양손 도끼의 무기 스킬 '충격'이 발동하며 목뼈까지 날려 버리는 장면을 말이다.

쿵-!

뒤에서 들려오는 묵직한 울림.

"윙윙대는 똥파리들 속에서 왕파리 몇 마리를 찾아 때려잡는 것보다는 참새 한 마리를 잡는 게 훨씬 편하지."

-종합 평가 레벨이 상승했습니다!

"그게 더 영양가도 있고 말이야."

태영이 무너진 담장을 넘어 들어가며 중얼거렸다.

그 앞에서는 쇠 작대기를 든 사람들이 귀신을 보는 눈으로 바라보고 있었다.

그러나 딱히 신경 쓸 일도 아닌지라 태영은 바로 곽현경에게 다가갔다.

"괜찮으십니까?"

"네? 아, 네. 그…… 괜찮습니다."

"그럼 일단 주위를 정리하고 사람들을 모아 주십시오."

"네? 왜…….."

"이런 상황에서 사람을 모을 일이 뭐가 있겠습니까?"

대답을 들으려고 한 말이 아니다.

"대책 회의죠."

대답은 이미 이곳에 도착하기 전부터 정해져 있었으니까.

"대책 회의요?"

"네, 가능한 한 빨리 말입니다."

태영의 대답에 곽현경은 잠시 미간을 모으며 바라보다가 문득 생각난 듯이 말을 이었다.

"그러고 보니 경황이 없어 인사가 늦었습니다. 도와주셔서…… 아니, 구해 주셔서 감사합니다."

"아닙니다. 이럴 때일수록 상부상조해야죠."

태영이 빙긋 웃으며 대답했다.

그러나 정작 곽현경은 흠칫 놀라며 한 걸음 물러났다.

이건 또 무슨 반응인가 싶었지만, 곽현경도 바로 당혹스러운 표정을 지으며 변명하듯이 말을 이었다.

"아니, 그…… 네, 그렇게 말씀해 주시니 한결 마음이 가벼워지는군요. 알겠습니다. 말씀대로 최대한 빨리 주변을 정리하고 사람을 모으겠습니다. 그리고…… 이 주변에는 물탱크가 많아 다행히 물이 부족하지는 않습니다."

"네?"

"일단 좀…… 씻고 싶지 않습니까?"

그런 생각은 못 하고 있었다.

그러나 이제 적어도 좀 전에 곽현경이 왜 흠칫 놀랐는지는 알 수 있었다.

지금 태영은 온몸에 피를 뒤집어쓰고 곳곳에 정체불명의 고기 조각까지 붙어 있는 몰골.

　딴에는 호의적인 웃음을 지어 보였다고 생각했지만, 보는 쪽에는 그냥 공포영화다.

　당연히 태영도 그런 몰골이 좋은 게 아니지만.

"천천히 하죠."

　그냥 피식 웃으며 고개를 돌렸다.

　언제나 하고 싶은 일보다 해야 할 일이 먼저라는 게 태영의 철칙. 그리고 해야 할 일을 하면 어차피 다시 더러워질 게 뻔하기 때문이다.

　무리일 테니까.

　그, 거대한 불카누스를 피 한 방울 묻히지 않고 해체하기는 말이다.

"각자 할 일을 하죠."

　태영이 다시 그리모어를 쥐고 걸음을 옮길 때였다.

　-흠, 상부상조라…….

"뭐야? 그 미묘하게 거슬리는 말투는?"

　-아니, 주인의 입에서 나온 말치고는 꽤 낯설게 들려서 말이다. 주인의 지성을 의심하고 싶지는 않다만, 그게 무슨 뜻인지는 알고 한 말이지?

"물론이지."

　-너무 당당하게 대답하는 거 아니야?

당당하지 못할 이유가 없다.

실제로 태영은 그 말에 한 치의 어긋남도 없이 살아왔다고 자부하는 몸이니까.

그럼에도 그리모어가 주인의 가치관에 의문을 표하는 건 심히 유감스러운 일이지만, 이것도 좋은 기회다 싶어 말해 주었다.

"상부상조란 서로 돕는다는 말이야. 즉, 내게 도움이 될 만한 게 있어 보일 때만 남을 도와야 한다는 말이지. 그리고 지금까지 그렇게 했잖아. 남양주에서도, 발트하츠에서도, 또 얼마 전에 아스탈로드 영지에서도 말이야."

─어…… 그렇게 되는 거냐?

"그런 거지."

적어도 태영은 그렇게 믿어 의심치 않았다.

─듣고 보니 틀린 말은 아닌 것 같다만…… 그럼 여기는? 저 녀석들에게도 뭔가 뜯어먹을 게 있다는 거야?

"그야 아직 모르지."

─웅?

"여기까지 하자고. 어차피 너도 곧 알게 될 테니까. 그 보다……."

걸음을 멈춘 태영이 흐뭇한 미소를 떠올렸다.

"이번에는 시작부터 운이 따라 주는 느낌이군. 불카누스는 개체 수도 적고, 활동 시간도 짧아서 좀처럼 보기 힘든 녀석인데 제 발로 찾아와 주다니 말이야."

불카누스는 여러모로 쓸모가 많은 녀석이다.

일단 몬스터 중에서는 드물게 먹을 수 있는 고기를 가지고 있고 양도 풍부하다.

한 마리만 잡아도 웬만한 마을이 열흘은 밥걱정 없이 살 수 있을 정도다.

그러나 역시 놈의 시그니처 아이템은 가죽.

마법에 취약하다는 단점이 있지만, 물리 방어력은 최상급이라고 할 만했다.

뭐 그 탓에 해체가 힘들기로도 유명한 놈이지만.

콰직! 지지지직─!

그런 건 남의 얘기다.

태영은 풍부한 경험과 그리모어가 있으니까.

"저 두꺼운 가죽을 아무렇지도 않게……."

"방금 봤어? 엄청 커다란 뼈가 저 작은 가방에 어떻게 들어간 거야? 마술이야?"

뭔가 할 때마다 주위에서 수군대는 소리가 좀 거슬리기는 하지만.

─[은닉의 마법 가방]에 [불카누스의 가죽]이 수납되었습니다.

─[은닉의 마법 가방]에 [불카누스의 등뼈]가 수납되었습니다…….

불카누스는 빠르게 부위 별로 나뉘어 인벤토리에 수납되었다.

"자, 그럼 이제……."

작업을 끝낸 태영이 고개를 돌렸다.

-때때로 드는 생각이다만, 인간은 참 신비한 존재야. 대체 어떻게 하면 저런 표정을 지을 수 있는 거야?

그리고 그리모어의 말처럼 실로 오묘하기 짝이 없는 얼굴로 바라보는 사람들에게 다가가며 물었다.

"어제 저와 함께 온 사람들은 어디에 있습니까?"

"저쪽에 보이는 건물에……."

"감사합니다. 저 몬스터의 고기는 식용으로 사용할 수 있습니다. 적당한 크기로 잘라 놨으니 정리 작업이 끝나면 옮겨 두십시오."

태영은 필요한 내용을 전해 주고 건물로 향했다.

들은 대로 태영이 데리고 온 100여 명의 사람은 간단한 모포나 점퍼 따위를 걸치고 있었다.

한쪽에 쌓여 있는 식판을 보니 이미 식사도 한 모양이다.

일단 물자에 여유가 있다는 의미다.

그러나 정작 그렉이 보이지 않아 아무나 잡고 물어보려 할 때였다.

땅! 땅! 땅!

뒤쪽에서 쇳소리가 들려왔다.

고개를 돌려 보니 본래 이 건물, 공장에 있던 설비나 자재 따위가 모여 있는 곳에서 한 사내가 망치질을 해 대고 있었다.

누군지는 그 항아리 같은 몸매만 봐도 알 수 있었다.

"여기서 뭘 하는 거야?"

"시끄러워! 말 시키지 말라고…… 어? 레, 레온? 야! 너 대체 어디에 있던 거야? 지금 난리가 났다고! 엄청나게 많은 그라울 떼가 몰려왔다고!"

"언제 적 얘기를 하는 거야?"

"뭐?"

"아니, 그보다 그걸 아는 놈이 여기서 뭘 하는 거야?"

"보면 몰라?"

"모르니까 물어보는 거 아니야."

"그라울 놈들을 막을 대책을 세워야 할 거 아니야! 그래서 만들고 있는 거라고!"

그렉의 대답에 태영은 조금 놀랐다.

일단 그렉이 가리키는 쇳덩어리가 뭔지는 모르겠지만.

"흠, 그게 뭔지는 모르겠지만, 상황을 알면서도 용케 도망치지 않았군."

역시 가장 놀라운 건 이 부분이다.

"어떻게 도망가? 난 이렇게 몬스터가 득실대는 곳에서 혼자 살아남을 정도로 강하지 않다고! 게다가…… 여길 봐! 너 이런 거 본 적 있어? 이 엄청난 크기의 강철판! 이 정교한 나사와 너트! 이런 게 산더미처럼 쌓여 있는데 드워프가 이걸 버리고 갈 수 있겠냐고!"

뭐 대강 그런 게 아닐까 싶기는 했지만.

"됐고! 네가 할 일이 있다."

"하, 할 일?"

"그래, 지금 바로 여기서 가장 가까운 영지로 가 줘야겠다. 정보 길드가 있는 마을이라면 어디든 상관없지만, 서둘러야 해."

"뭐, 뭔 소리를 하는 거야? 방금 못 들었어? 분명히 말해 두지만, 난 그렇게 믿음직한 드워프가 아니라고! 여기 있는 하쿠인보다도 더! 아마도! 아니, 확실히!"

그런 건 태영도 안다.

"흑영을 붙여 주마. 너도 백주의 철혈마 조작법 정도는 알지? 이동 타입으로 변환하면 웬만한 몬스터는 어렵지 않게 따돌릴 수 있을 거야. 너, 튀는 거 하나만은 잘하잖아. 나도 그거 하나만은 인정하고 있고. 그런 너니까 믿고 맡기는 거야."

"욕이야, 칭찬이야?"

"그건 네 마음대로 생각해도 되지만, 분명한 건 이거야. 넌 선택권이 없다는 거."

그리고 아마 그렉도 알고 있을 것이다.

태영이 보내기로 마음먹었다면, 중환자로 만들어서라도 보내고 만다는 걸 말이다.

그러나 태영도 항상 그렇게 채찍만 휘둘러 대는 건 아니다.

"대신 이틀 안에 갔다 오면 여기에 있는 물건 중 일부는 챙기게 해 주지. 물론 내 마법 가방에 넣어서 말이야. 어차피 너 혼자는 들고 가지도 못할 테니까."

적당히 당근도 쓸 줄 아는 사람이다.

"저, 정말이야?"

"내 마음이 바뀌기 전에 결정하는 게 좋지 않을까?"

"아, 알았어! 간다고, 가! 대신 약속은 꼭 지키는 거다? 정말 내가 갖고 싶은 거 다 챙겨 주는 거야?"

이미 여러 경험으로 쓴맛을 골고루 맛본 그렉은 넙죽 당근을 받아먹었다.

두두두두!

그리고 태영이 적어 준 메모를 받아 들고 흑영의 등에 올라 질주!

- ……대체 무슨 꿍꿍이를 꾸미고 있는지 모르겠군.

"최소한의 대비지."

- 뭐에 대한?

"뭐든."

짧게 대답한 태영이 씨익 웃으며 덧붙였다.

"어느 방향으로 결정되든 유용하게 써먹을 수 있는 무기가 있거든."

그렇게 대강의 할 일을 끝낸 태영은 간단하게 샤워를 하고 공장의 한쪽에 자리 잡은 건물, 대회의장 같은 곳으로 향했다.

안에는 이미 수백 명의 사람이 모여 있었다.

그만큼 소란스러웠지만, 태영이 들어서자 빠르게 잦아들었다.

그리고 하나둘 태영을 향해 움직이는 시선들.

태영이 묵묵히 그들 사이를 가로질러 단상으로 올라서자 곽현경이 다가왔다.

"오셨습니까?"

"꽤 소란스럽더군요. 분위기는 어떻습니까?"

"좋다고는 못하겠군요. 뭐 좀 전에 그런 일이 있었으니 어쩔 수 없다고 생각합니다만……."

"그래서 더 좋을지도 모르죠."

"네?"

"대책 회의라고 말하지 않았습니까? 그럼 먼저 상황부터 제대로 알아야 할 테고, 그런 건 직접 체감해 보는 게 가장 빠르겠죠."

"그야 그렇겠지만……."

곽현경이 난감한 얼굴로 중얼거릴 때였다.

쾅—!

단상 앞에서 거친 소음이 들려왔다.

시선을 돌려 보니 접이식 의자가 바닥에 나뒹굴고 있었고, 그 뒤에서 앞머리가 벗겨진 중년인이 노려보고 있었다.

그와 그 옆의 두 명, 기억에 있는 얼굴들이었다.

어제 일행을 데리고 들어왔을 때 소란을 피웠던 바로 그 사내들이었다.

태영의 시선이 닿자 그가 입술을 일그러뜨리며 소리쳤다.

"대책 회의라고? 네가 무슨 자격으로 그딴 걸 하겠다고 나서는지는 모르겠다만, 그 전에 해야 할 말이 있지 않나?"

"그건……."

"됐습니다."

태영이 황급히 나서는 곽현경을 제지하며 살짝 고개를 끄덕였다.

"하고 싶은 말이 뭐지?"

"몰라서 묻는 건가? 지금까지 우리는 별문제 없이 살아왔어! 들개 같은 놈들이 나타난 적은 있었지만, 오늘 같은 일은 없었다고! 그런데 네가 사람들을, 그것도 정체도 알 수 없는 짐승 같은 놈들까지 데리고 온 직후에 이런 일이 벌어졌다! 그걸 우연이라고 할 수 있겠나?"

"우연이 아니면?"

"너희들이 끌어들였다고밖에 생각할 수 없잖아! 게다가 너희들, 도시에 나타나는 인간 사냥꾼에게 납치되던 놈들이라면서? 그럼 그놈들이 너희들을 쫓아서 여기까지 올지도 모른다는 말 아니야!"

"그렇게 될 확률이 매우 높지."

"그걸 지금 말이라고 하는 건가? 너희들이 우리 모두를 위험하게 만들었다는 말이다! 대체 이 사태를 어떻게 책임질 거냐!"

"옳소!"

"그래, 당연히 책임을 져야지!"

옆의 사내들이 맞장구치듯이 떠들어 대자 회의실이 다시 소란스러워지기 시작했다.

아마도 태영이 오기 전에도 같은 상황이었을 것이다.

"책임이라……."

이에 잠시 혼잣말처럼 읊조리던 태영이 옅은 미소를 떠올렸다.

"지라면 지지."

"뭐?"

이어지는 말에 중년인이 황당한 얼굴로 되물었을 때였다.

위이이잉! 콰쾅―!

번뜩이는 섬광과 함께 폭음이 터져 나왔다.

예상치 못했던 상황에 황급히 머리를 감쌌던 사람들이 고개를 들어 올리다가 굳어 버렸다.

태영의 뒤쪽 벽에 수 미터에 달하는 구멍이 뚫려 있었다.

- 방향을 잘못 잡은 거 아닌가?

이렇게 말하는 그리모어로 뚫어 놓은 구멍이다.

참고삼아 말하자면 태영도 살짝 고민하기는 했다. 그러나 내키는 대로 해 버리면 대화가 이어지지 않는지라 약간의 인내심을 발휘할 필요가 있었다.

"이게 내 힘이다."

태영이 조용해진 회의장을 둘러보며 말을 이었다.

"내가 너희들에게 해 줄 수 있는 것도 이런 거다. 과거와 달라진 이 세계에서는 누구라도 나와 같은 힘을 얻을 수 있다."

"우, 우리도 저런 힘을 얻을 수 있다고?"

"물론 쉬운 일은 아니다. 제대로 된 방법도 알아야겠지만, 뭣보다 중요한 건 노력이다. 죽음마저 각오할 정도의 노력. 너희들에게 그런 노력을 할 각오가 있다면 방법은 내가 알려 주겠다. 더는 도망치거나 숨지 않아도 되는, 당당하게 맞서 싸울 힘을 얻는 방법을 말이다."

태영의 말에 회의장이 다시 소란스러워지기 시작했다.

그때 중년인이 와락 인상을 구기며 소리쳤다.

"뭐냐, 그 말은? 그럼 결국 싸우는 방법을 가르쳐 줄 테니 우리보고 알아서 싸우라는 말이냐? 그런 괴물이나 철문도 부순다는 인간 사냥꾼들과? 대체 우리가 왜……."

"싫은가?"

태영이 중년인을 돌아보며 되물었다.

그리고 단상에서 내려와 성큼성큼 다가갔다.

이에 흠칫 놀라며 주춤주춤 물러나는 중년인의 앞에 멈춰서 뚫어 놓은 구멍을 가리키며 말을 이었다.

"싫으면 당장 꺼져라."

"뭐? 네, 네가 무슨 권리로……."

"얘기하는 게 늦었군."

화악―!

태영이 그리모어를 수직으로 들어 올리며 강렬한 오러를 뿜어 올렸다.

― 오! 지금인가!

귓가에 기대 어린 목소리가 들려왔지만

콰쾅! 카카카칵―!

태영은 그대로 그리모어를 내리꽂아 반 이상 바닥에 박아 넣었다.

"지금 이 자리에서 선포하겠다."

그리고 황망한 눈으로 바라보는 사람들을 주욱 훑어보다가 옅은 미소를 지으며 말을 이었다.

"지금부터 이곳은 주인은 바로 나, 레온의 영지다!"

― ……뭐? 농담이지?

굳이 대답할 필요는 없는 질문이다.

그리모어는 태영의 감정을 고스란히 느낄 수 있는 존재니까.

태영이 그 말을 어떤 각오로 입 밖에 꺼냈는지는 누구보다도 잘 알고 있을 것이다.

또 즉흥적으로 결정한 게 아니라는 것도.

'더는 당하지 않겠다! 더는 다른 누군가에게 놀아나지 않겠다! 내가 어떻게 살아갈지, 어떻게 죽을지는 오직 나! 내 의지로 결정하겠다! 필요하다면 이 세계의 역사를 바꿔서라도!'

지금까지 태영이 해 온 모든 일은 오직 이를 위해서였다.

그리고 그건 이번이 처음이 아니었다.

이전의 회귀 때도, 또 그 전의 회귀 때도 마찬가지다.

그리고 그때마다 실패를 맛봐야 했지만, 이를 통해 알게 된 것도 있었다.

역사는 흐름.

아무리 강해져도 혼자만의 힘으로 그 흐름을 바꿀 수는 없다는 걸 말이다.

그 결과 나온 결론이 기반이다.

태영이 필사적으로 힘을 키우고, 그라디오스 후작 같은 유력자와 연줄을 만들고, 미스릴 광산을 얻고, 노블핸드와 연계한 유통 구조를 만들어 온 이유다.

그러나 아직 두 가지가 부족하다.

'그리고…….'

─주인이 무슨 생각을 하고 있었는지는 알아! 내가 이해가 안 되는 건 그게 왜 하필 여기냐는 거야!

그 두 가지가 모두 있기 때문이다.

'어떤 형태든 안정된 기반에는 거점이 될 장소가 필요하다. 그리고 그건 그라디오스 후작을 통해서도 해결할 방법이 있겠지. 하지만 누군가의 힘에 기대 쌓은 기반은 거기에 종속될 수밖에 없다. 역사는 오직 자신의 힘으로 설 수 있는 자만이 바꿀 수 있는 것이다!'

하나는 바로 이것, 장소다.

'이곳은 버림받은 땅, 중앙 대륙에서 유일하게 주인이 없는 곳이다. 게다가 과거와 달리 이제 온통 늪지와 자갈밭뿐인 땅도 아니야. 물론 그 때문에 겪게 될 어려움도 있겠지만, 그런 건 어디든 마찬가지다.'

그러나 그저 그뿐이었다면 이곳을 영지로 선포하는 짓은 하지 않았을 것이다.

결정적인 이유는 그다음이다.

'기반의 핵심은 사람이다. 아무리 많은 돈과 땅이 있어도 사람이 없으면 의미가 없어. 나를 진심으로 믿고 따라 줄, 또 내가 믿을 수 있는 사람!'

이곳에는 그런 사람들이 있었다.

청영과 그 주인인 태영이 자신들에게 어떤 존재인지 행동으로 증명해 준 무잠족이 그들이다.

그리고 태영도 그때 깨달았다.

'지금 내게 필요한 건 생각이 아니다! 각오다! 이들의 생명은 물론 죽음까지 떠안을 각오! 그리고…….'

태영이 다시 회의장 쪽으로 고개를 돌렸을 때였다.

"무슨 개소리냐!"

황망한 얼굴로 바라보던 반대머리 중년 사내가 와락 인상을 구기며 소리쳤다.

- 저 자식이 얻다 대고…….

그러자 그리모어가 발끈한 목소리로 중얼거렸다.

좀 전까지는 자기도 펄펄 뛰며 소리치고 있었지만, 남이 그러니 울컥하는 모양이다.

"강요하지는 않는다."

그러나 태영은 툭 던지듯 말하며 주위를 둘러보았다.

"다른 사람도 마찬가지다. 앞서 말한 것처럼 나는 강해지는 방법을 알려 줄 수 있지만, 억지로 끌고 갈 생각은 없다. 선택은 너희 자유다."

"네놈은 우리를……."

쾌콰-!

태영이 다시 한번 그리모어를 내리찍으며 말을 이었다.

"단, 무임승차는 용납하지 않는다."

"뭐?"

"방금 나는 이곳을 내 영지로 선포했다. 그리고 영주를 자처한 이상, 내 영지를 위협하는 적은 철저히 배제할 것이다. 나를 따르는 사람들 역시 그 전투에 참전할 테고, 틀림없이 희생이 따르겠지."

"그러니까……."

"그래, 그러니까 하는 말이다."

태영이 중년 사내의 말을 끊으며 고개를 돌렸다.

"이곳은, 아니 어떤 세상이든, 또 누구든 마찬가지다. 누군가가 피를 흘리며 싸운다면 그건 자기 자신을 위해서라야 한다. 아무것도 하지 않고 뒤에서 불평만 늘어놓는 사람을 위해서가 아니라. 그러니 선택하라는 거다. 직접 싸워 이곳에서 살아갈 권리를 얻을지, 아니면 꺼질지."

"하겠습니다!"

대답은 뒤에서 들려왔다.

시선을 돌리자 단상에서 곽현경이 태영을 바라보며 소리쳤다.

"당신이 말하지 않아도 모두 알고 있습니다! 말을 하지 않을 뿐, 이대로는 오래 버티지 못할 거라고 말입니다! 언제 들이닥칠지 모를 괴물이나 인간 사냥꾼을 두려워하며 연명하느니 저는 당신과 함께 놈들과 싸우는 길을 택하겠습니다!"

"각오는 하고 말하는 거겠지?"

"물론입니다! 저는 당신이 어떤 힘을 가졌는지 직접 목격했습니다! 그런 분을 따르는 것과 대책 없이 하루하루를 버티는 것, 어느 쪽이 더 많은 각오가 필요한지는 뻔하지 않습니까?"

"확실히⋯⋯."

곽현경의 말에 회의장의 사람들이 술렁대기 시작했다.

누군가는 혼잣말을, 또 누군가는 옆의 사람과 떠들었지만, 내용은 곽현경이 한 말과 다를 게 없었다.

"저, 저도 따르겠습니다!"

그때 누군가가 팔을 번쩍 들어 올리며 소리쳤다.

"그래, 저분 말이 맞아! 대가 없이 얻을 수 있는 건 없어! 게다가 우리도 직접 봤잖아! 그런 힘을 얻을 수 있다는데, 고민할 게 뭐가 있어? 저도 하겠습니다!"

"좋아, 하자! 합니다!"

댐이 허물어지듯 곳곳에서 같은 목소리가 쏟아져 나왔다.

분위기가 이렇게 돌아가니 앞에서 설쳐 대던 중년 사내들도 슬금슬금 물러나기 시작했다.

─이 와중에도 저 녀석들은 아무 말도 하지 않는군. 뭐, 꼴을 보니 제들끼리 나가겠다고 하지는 않을 것 같지만, 뒤에서 딴짓하는 거 아니야?

"그럴지도 모르지."

그리모어의 말에 태영이 피식 웃으며 대답했다.

"그럴 여유가 있다면 말이지만."

이제 그런 놈들은 안중에 담아 둘 이유도, 여유도 없다.

'여기서부터다! 더는 피해자도, 방관자도 되지 않겠다! 그리고 도전자가 될 생각도 없다! 저항 따위를 해 보기 위해서그 긴 시간을 보낸 게 아니다!'

갚아 주기 위해서다.

이계에 대한 역습, 아니 침공으로!

"훌륭하군."

투박한 벽돌로 지어진 건물 내부.

길게 늘어선 병사들 끝에 놓인 의자에 한 사내가 앉아 있었다.

황갈색 머리를 풀어 헤친 50대 후반의 중년 남자였다.

그 얼굴은 빈틈이 보이지 않을 정도로 무수한 상처로 뒤덮여 있었는데, 그중 유난히 굵은 상처가 왼쪽 눈을 가로지르고 있었다.

그 옆으로 붉은 문양이 들어간 검은 로브를 걸친 사내가 살짝 몸을 기울이며 말했다.

"역시 안목이 있으시군요."

"그런 게 있는지는 모르겠지만, 그 정도도 알아보지 못하는 눈알이라면 달고 다닐 필요도 없겠지."

피식 웃으며 대답한 중년인이 다시 시선을 돌렸다.

그 앞의 탁자에는 갑옷이 놓여 있었다.

기본적인 형태는 가죽에 금속을 덧댄 하프 플레이트였지만, 금속 부분에 깨알처럼 새겨진 작은 문양 위로 옅은 붉은 빛이 흐르고 있었다.

"나도 경험이 적다고는 할 수 없지만, 이렇게까지 고밀도의 마력을 가진 마갑(魔甲)은 처음 보는군. 부담스러울 정도야."

"부담스러워하실 필요 없습니다. 그냥 축하 선물 정도로 생각해 주십시오."

"그렇게 말하면 더 부담스럽지. 애초에 그 축하받을 일도 그쪽의 도움이 있었기에 할 수 있었던 일이니까."

"처음부터 말씀드리지 않았습니까? 그분께서는 장군님 같은 분이 이런 곳에서 지내시는 걸 매우 안타깝게 생각하고 계셨습니다. 뛰어난 분은 그 능력에 맞는 위치에 있어야 하는 법이니까요. 그래서 조금 등을 밀어 드린 것이고, 앞으로도 물심양면 도움을 주실 생각입니다. 장군님이 원하시는 일이 이뤄질 때까지 말입니다."

"내가 원하는 일이라……."

곱씹듯이 같은 말을 중얼거리던 중년인이 거친 수염 사이로 이를 드러내며 웃었다.

"내게 뭔가를 요구하는 건 그다음이라는 말이군."

"그건……."

"따지려고 한 말이 아니다. 나도 이제 대가 없이 얻을 수 있는 게 없다는 것쯤은 알 만한 나이니까 말이야. 받은 만큼은 돌려줘야 하는 법이지. 그게 좋은 거든 나쁜 거든 말이야."

사내가 얼굴의 상처를 문지르며 중얼거렸다.

"하물며 구덩이 밑바닥에서 썩어 가던 나를 건져 준 사람이라면 말할 것도 없겠지. 그분에게 전해 주게. 원하는 게 뭐든 얻게 되실 거라고 말이야."

"감사합니다."

"그럼 일단 그건 그렇다고 치고……."

정리하듯이 대답한 사내가 천천히 고개를 돌렸다.

그 앞에는 근위병처럼 늘어서 있는 병사들 사이에 한 병사가 무릎을 꿇고 앉아 있었다.

하나뿐인 눈으로 잠시 그를 바라보던 사내가 다시 입을 열었다.

"어디까지 얘기하고 있었지?"

그 말에 병사가 흠칫 놀라며 황급히 머리를 숙였다.

"네, 명령대로 인근의 하쿠인과 수인족을 잡아 끌고 오던 중에 정체불명의 사내에게 습격을 받아 부대원들이 모두……."

"그건 이미 들었고 탓할 생각도 없다. 도망쳐 온 걸 칭찬할 수는 없지만, 나는 용맹한 병사보다 해야 할 일을 잊지 않는 병사를 더 선호하지. 그래서 한 번 더 기회도 줬고 말이야. 그런데 여전히 내 앞에서 정체불명 운운하고 있다는 건

소득이 없었다는 말이겠군."

중년인이 눈살을 찌푸리며 몸을 일으켰다.

그리고 성큼성큼 병사를 향해 걸음을 옮기며 말을 이었다.

"누구라도 실수는 한다. 나도 그랬고 말이야. 하지만 그 실수를 설욕할 생각조차 하지 않는 건 다른 문제지."

"최, 최선을 다해 놈이 나타났던 곳 일대를 샅샅이 뒤져 봤습니다! 하지만……."

와락-!

중년인이 떠듬대는 병사의 머리를 움켜쥐며 바짝 얼굴을 들이밀었다.

"그럼 네놈은 왜 여기 있는 거냐?"

"아니, 그건……."

"나는 놈을 찾아오라고 했지, 찾아보고 없으면 그냥 돌아 오라고 말한 기억이 없다."

"하, 하지만…… 으…… 제, 제발……."

와직! 와직!

병사의 목소리가 신음으로 바뀌었다.

"그럼 찾아와야 하는 거다. 설사 몇 년이 걸리더라도."

그리고 다시 중년인의 말이 이어졌을 때.

콰직! 푸확-!

병사의 머리가 파열음을 일으키며 터져 나갔다.

그러나 주위에서 지켜보는 병사들은 미동조차 보이지 않

았다. 그리고 중년인도, 마치 일상적인 일이라는 듯이 대수롭지 않은 얼굴로 손을 털어 내며 몸을 돌렸다.

"흉한 꼴을 보였군."

"아닙니다."

로브의 남자가 옅은 웃음을 지으며 고개를 숙였다.

"되레 장군님의 건재한 모습을 보게 되어 기쁘게 생각합니다."

"전직이지."

중년인이 가볍게 웃으며 대답했을 때였다.

돌연 그가 걸치고 있던 금속 갑옷에 쩍쩍 균열이 번지기 시작했다. 그리고 다음 순간, 갑자기 폭발하듯이 사방으로 터져 나갔다.

"지금은 그 이상이고."

그렇게 말하는 중년인의 몸은 거대한 근육에 둘러싸여 있었다.

인간의 것이라고는 믿기 힘들 정도로 기형적인 근육은 심장처럼 수축과 팽창을 반복하고 있었고, 그때마다 굵은 혈관을 따라 검은 기운이 몸 전체로 퍼져 나갔다.

그 몸을 바라보던 사내가 고개를 돌리며 웃었다.

"또 자네가 준 선물로 더 나아지겠지."

"저는 그분의 명령에 따라 조금 도움을 드렸을 뿐, 모두 장군님 본인의 힘입니다. 아무리 요령 있게 등을 밀어줘도 그만한 역량이 따라 주지 않는 인간은 앞으로 고꾸라질 뿐이죠."

"그렇게까지 말하면 되레 경계심이 생기는군. 내 경험상 귀에 좋은 말은 대체로 몸에는 해로웠으니까."

"저도 그 정도의 분별력도 없는 사람에게는 이런 말도 하지 않습니다."

로브의 남자가 능숙하게 받아넘기며 말을 이었다.

"그나저나 한때 저 제국의 귀족들마저 공포에 떨게 하던 타라칸 장군님이 전성기 이상이라니, 앞으로의 일이 한층 더 기대되는군요."

"실망할 일은 없을 거다."

"물론 믿어 의심치 않습니다. 그런데…… 제가 참견할 문제는 아닌 것 같습니다만, 방금 그 정체불명이라는 자는 어떻게 처리하실 생각이신지 여쭤봐도 되겠습니까?"

"글쎄……."

이어지는 말에 그, 타라칸이라고 불린 중년인의 미간이 살짝 좁아졌다.

그러나 곧 고개를 저었다.

"그런 말을 하기는 좀 늦은 감이 있는 것 같군. 이미 하루가 지났다. 도망갈 생각이라면 진즉에 도망갔겠지."

"하지만 그 정도 숫자의 하쿠인이나 수인족을 데리고 국경을 넘기는 쉽지 않을 겁니다. 만약 아직 이곳에 있다면……."

"달라질 건 없지."

타라칸은 대수롭지 않다는 듯이 대답하며 탁자 위의 갑옷을 들어 올렸다.

그리고 익숙한 동작으로 몸을 걸치며 말을 이었다.

"놈이 무슨 생각으로 그런 짓을 했는지는 모른다. 하지만 하쿠인이나 수인족 따위에 연연하는 놈이라면, 그냥 하던 대로 놈들을 잡아들이는 사이 알아서 다시 기어 나오겠지. 놈에 대한 건 그때 가서 생각해 봐도 늦지 않아."

"그렇군요."

"내 목적은 오직 하나다. 한시도 잊은 적이 없지. 나를 구덩이 속으로 밀어 넣을 때, 마치 엄청난 승리라도 얻어 낸 것처럼 히죽거리던 놈들의 얼굴을 이 손으로 박살 내는 장면을 말이야. 그 뒤에 뭐가 어떻게 되든 관심 없다. 하지만 만약 그걸 방해하는 자가 있다면……."

잠시 말을 끊은 타라칸의 얼굴에 짐승 같은 웃음이 번지기 시작했다.

"후회하게 되겠지, 놈들처럼."

빌드업

삐이이이―!

날카로운 울음이 하늘을 가로질렀다.

그 아래로 겹겹이 쌓인 산이 빠르게 지나갔다.

그리고 마치 밀어 올려지듯 그 산의 경사를 따라 흩어져 있는 잔해들.

대격변이라는 이름으로 정착된 이계와 현대의 중첩을 버텨 내지 못한 도시의 흔적이다.

그러나 사람의 기척은 찾아볼 수 없었다.

'뭐 이미 몇 달이 지났으니 죽을 사람은 죽고, 떠날 사람은 떠났겠지. 그리고 얼마 안 되는 남은 사람들도…….'

― 정말 해 볼 생각인가?

그때 머릿속으로 한숨 섞인 목소리가 흘러들어 왔다.

태영이 금빛으로 물들어 있던 눈을 본래대로 되돌리며 그리모어를 내려다보았다.

"무슨 대답이 나올지 알잖아."

─알지. 주인이 무슨 생각으로 이러는지도 알고. 하지만 말이다, 나도 똑같은 말을 계속 반복하기는 싫지만, 누울 자리를 보고 다리를 뻗어야 하는 거 아니겠어?

"길고 짧은 건 대봐야 안다는 말도 있지."

─말장난하자는 게 아니다.

태영도 그럴 생각으로 한 말이 아니다.

그럴 여유도 없었다.

상황이 얼마나 비관적인지는 굳이 그리모어가 떠들지 않아도 알고 있다.

굳이 정확하게 확인해 볼 필요도 없었다.

구덩이의 죄수들은 기본적으로 모두 전직 병사들이다.

더구나 꽤 오랜 역사를 가진 유배지이니만큼 숫자도 적지 않을 것이고, 군사 대국으로 알려진 노월 왕국의 병사 출신이니 수준 역시 낮을 리가 없다.

'하지만 그보다 더 신경이 쓰이는 건 지금 그들을 지휘하는 자다. 그런 곳의 감시 체계가 허술할 리가 없어. 그럼에도 반란이 일어났고, 또 성공했다는 건 놈들의 뒤에 그만큼 뛰어난 자가 있다는 말일 테니까.'

그러나 태영은 이런 문제는 일단 미뤄 두었다.

어차피 그런 건 생각한다고 달라지는 게 아니다.

그런 생각에 시간을 허비하느니 달라질 수 있는 부분을 생각하는 게 건설적이다.

"지금 이길 수 없는 적이라고 앞으로도 이기지 못한다는 말은 아니지."

─ 그래, 주인이라면 그렇게 말할 수도 있겠지. 내가 주인을 인정한 것도 남들보다 강해서가 아니라 그런 가능성이었으니까. 바꿔 말하면 그게 누구나 할 수 있는 일이라고 생각했다면 주인으로 인정할 일도 없었겠지.

"할 수 있어."

태영이 씨익 웃으며 대답했다.

"내가 그렇게 만들겠다고 마음먹었으니까."

지금 태영이 걱정하는 건 그런 것보다 시간이다.

'이미 놈들을 10여 명이나 해치웠다. 그렇다고 복수에 눈에 뒤집힐 것 같지는 않지만, 그냥 넘어가지도 않겠지. 아무리 대비를 한다 해도 여러 상황을 고려하면 그리 오래 놈들의 눈을 피하기는 힘들어. 그럼⋯⋯.'

주어진 시간을 최대한 효율적으로 사용하는 수밖에 없다.

이에 태영이 가장 먼저 한 일이 인원 파악이었다.

먼저 공장의 인원이 약 500, 거기에 태영이 데려온 사람을 합하면 600명이었지만, 이 숫자를 모두 전력이라고 하기는 힘들기 때문이다.

어린애나 노약자까지 전투에 동원할 수는 없으니까.

물론 그렇다고 놀릴 생각은 없다.

'이건 이미 모두의 생존이 걸린 문제다. 할 수 있느냐가 아니라 해야 하는 거다. 다른 누구도 아닌 자신을 위해서. 그마저도 거부하는 사람은 이번 전쟁은 물론, 내 영지에도 필요 없다!'

이게 대원칙이니까.

태영은 먼저 그들을 세 그룹으로 나누었다.

먼저 첫 번째는 몬스터와 싸워 본 경험이 있는 신체 건장한 사람들로 구성된 1군, 그보다 신체 능력이 떨어지는 사람들을 2군, 나머지는 3군으로.

당연히 주력은 1군이다.

그리고…….

－되겠냐고, 저런 녀석들로!

그리모어가 말하는 저런 녀석들도 바로 그 1군이다.

"헉! 헉! 헉!"

태영의 뒤로 줄줄이 따라오는.

사실 태영도 처음 이들을 모아 놓고 봤을 때는 살짝 답답해지기는 했다.

숫자는 약 250명, 적다고 할 수는 없었지만…….

[一]

근력 : 87
순발력 : 73
지구력 : 65
마력 : 5
종합 평가 레벨 : 18

문제는 이쪽이다.

참고로 1군에는 태영이 구출한 수인족도 14명 포함되어 있었다. 그리고 그들은 대부분 이보다는 높았지만, 그 외에는 모두 아래였다.

위의 예시가 인간 중에서는 가장 레벨이 높았던 곽현경의 데이터니까.

기껏해야 20킬로그램 정도밖에 안 되는 배낭을 짊어지고, 기껏해야 경사도가 40도밖에 안 되는 산길을 10킬로미터 정도밖에 안 걷고도 헥헥대는 이유다.

"헉헉헉! 저, 저기…… 언제까지 가야 하는 겁니까?"

"왜 묻지?"

"아니, 그야…… 아닙니다! 헉헉헉! 어떤 훈련이라도 버텨 내겠다고 다짐했으니, 그냥 믿고 따르겠습니다!"

그래도 이런 태도는 바람직하다고 생각하지만, 뭔가 착각하고 있는 모양이다.

"훈련이라······."

이딴 걸 그렇게 말하는 걸 보면 말이다.

그러나 굳이 입 아프게 떠들 필요는 없었다. 어차피 곧 알게 될 테니까.

"이제 다 왔다."

태영이 가벼운 동작으로 경사를 뛰어오르며 대답했다.

기듯이 따라 올라온 곽현경이 놀란 얼굴로 태영을 돌아보았다.

"여기는······."

"보다시피 동굴이지."

"지형이 예전과 달라졌다는 건 알고 있었지만, 이렇게 큰 동굴이 있을 줄은······."

태영도 모르고 있었다.

그래서 청영을 이용해 부지런히 찾아본 것이다.

"그런데 여기는 왜······."

물론 할 일이 없어서 그런 건 아니다.

태영은 곽현경의 뒤를 따르던 사람들이 모두 올라오는 것까지 확인한 뒤에야 몸을 돌리며 대답했다.

"잠깐 보고 있어."

그리고 성큼성큼 발을 내디디며 동굴 안에 들어섰을 때였다.

팍! 휘익-!

돌연 한쪽 벽에서 돌덩이가 들썩이더니 뭔가가 번뜩이는 속도로 날아들었다.

물론 곽현경과 1군의 눈에 그렇게 보인다는 말이다.

태영의 눈에는 훤히 보였다.

바위 틈새에서 길게 뻗어 나오는 촉수 같은 물체는 물론, 그 뒤를 따라 아래로 쏟아지듯이 흘러나오는 탁한 빛깔의 점액질 덩어리들도.

"헉! 위, 위험합니다!"

당연히 이렇게 화들짝 놀라며 소리칠 일도 아니었다.

태영은 가볍게 상체를 흔들어 점액질이 날리는 촉수를 피하며 말해 주었다.

"이놈은 슬라임이다."

"스, 슬라임? 슬라임이라면⋯⋯."

"그거잖아! RPG 게임에서 초보들이 잡는 그거!"

"뭐? 저게 그거라고? 그건 좀 더 작고 동글동글하게 생긴 귀여운 놈 아니야?"

슬라임이라는 이름과 함께 여기저기에서 토막 상식이 쏟아져 나왔다.

게임 대국이었던 한국인다운 모습이었다.

그러나 그 상식은 딱 50점짜리밖에 되지 않았다.

이계의 슬라임도 게임처럼 초보도 사냥할 수 있는 몬스터라는 말은 맞지만, 절대 귀엽다고 할 만한 놈은 아니었다.

굳이 말로 설명할 필요도 없었다.

치치치치─!

촉수에 닿은 바닥에서 치솟아 오르는 매캐한 연기를 보면 누구라도 알 수 있으니까.

"저게 뭐……."

"놈들의 몸은 산성 액체로 덮여 있다. 뭐 그렇다고 대단한 건 아니야. 그냥 피부가 타들어 가는 정도니까. 물론 눈에 튀어 들어가거나, 완전히 뒤덮여 버리면 꽤 곤란한 상황이 벌어지겠지만 말이야."

태영이 쉬지 않고 날아드는 촉수를 피하며 친절하게 설명해 주었다.

그사이 슬라임이 세 마리로 늘었을 때였다.

"놈들을 해치우는 방법은 두 가지다."

태영이 그리모어의 손잡이를 쥐며 말을 이었다.

퉁! 번쩍─!

그리고 섬광처럼 돌진하며 발도!

일직선으로 뻗어 나간 그리모어가 관통하자 촉수를 날리던 슬라임이 우뚝 멈춰 섰고, 경련을 일으키듯이 흔들리다가 물처럼 변해 쏟아져 내렸다.

"첫 번째는 이렇게 놈이 몸속에 있는 핵을 박살 내는 거지. 그리고……."

웅! 웅! 웅! 웅!

뒤이어 태영의 팔목 주위로 불덩이가 떠올랐다.

그리고 몸을 돌리는 순간.

퍼퍼퍼펑-!

뒤로 접근하던 두 슬라임의 몸에서 연이어 불길에 폭발했다.

그러자 슬라임의 몸이 순식간에 시커멓게 타들어 가기 시작했다. 점점 쪼그라들어 바닥에 눌어붙은 껌처럼 변해 버릴 때까지.

"두 번째가 이거다."

"소, 손에서 불덩어리가…… 마법처럼……."

마법처럼이 아니라 그냥 마법이지만, 저렇게 놀라는 얼굴이나 보려고 시연한 게 아니다.

그리고 얼굴을 보아하니 이미 대부분 감을 잡은 모양이다.

아니, 아직도 모르면 IQ 검사부터 다시 받아 봐야 한다.

"이걸 가지고 온 이유가 그래서군요!"

퍼뜩 정신을 차린 곽현경이 돌아보는 배낭의 내용물은 바로 화염병.

그들처럼 마법의 마 자도 모르는 사람들도 불을 사용할 수 있게 해 주는 무기니까.

그리고 그게 태영이 고민 끝에 찾아낸 방법이다.

'지금 이들에게 부족한 건…….'

뭐 파고들자면 끝도 없지만, 역시 가장 심각한 문제는 똥파리 수준밖에 되지 않는 레벨이다.

그러나 낙담할 일은 아니었다.

태영도 거기서부터 시작했고, 빠르게 해결한 전력이 있으니까.

'가장 쉽고 빠르게 레벨을 올리는 방법은 역시 확실한 약점을 가지고 있는 몬스터를 집중적으로 공략하는 것이다. 그리고 그런 데는 슬라임만 한 놈이 없지.'

답은 바로 나왔다.

문제는 정작 이 지역에 들어온 뒤로 슬라임을 본 적이 없다는 점이었다.

그러나 그것도 어렵지 않게 해결할 수 있었다.

'본래 이 지역은 대부분이 늪지였다. 그리고 늪지는 슬라임의 주 서식지. 그럼에도 놈들이 보이지 않는다면 이유는 하나밖에 없겠지. 갑자기 변해 버린 환경 탓에 햇빛을 피해 어딘가에 숨어들었다는 말이다. 그리고 그러기에 적당한 장소는…….'

어둡고 습한 동굴!

삐이-!

이에 태영은 청영을 보내 주위를 뒤져 이 동굴을 찾아낼 수 있었다.

그리고 덤으로 그 과정에서 정말 생각지도 못했던 곳까지 찾게 됐지만 어쨌든.

태영은 이미 곽현경 일행에게 기본 지식을 설명해 주었다.

레벨이나 마력에 대해서도, 또 그게 어떤 방법으로 얻어지는 것인지에 대해서도. 게다가 방금 눈앞에서 태영이 가볍게 세 마리의 슬라임을 해치우는 장면을 본 직후!

"더 말씀하시지 않아도 됩니다!"

"그래, 확실히 게임 속에서 보던 슬라임과는 다르지만, 공격이 통한다면 겁먹을 이유가 없지! 좋아! 가자고!"

"놈들을 잡아서 레벨을 팍팍 올리는 거야!"

곽현경과 1군 대원들은 바로 화염병을 꺼내 들고 의욕을 불태우며 동굴로 몰려 들어갔다.

ー저거, 저대로 둬도 되겠어?

되레 걱정스러운 목소리를 내는 건 그리모어였다.

그리모어는 알고 있기 때문이다.

분명 슬라임은 강하다고 할 만한 몬스터는 아니다.

그러나 이계의 경험 많은 모험가도, 아니 경험 많은 모험가일수록 어떻게든 피하려고 하는 몬스터였다.

"자, 나와…… 크악!"

"헉! 나, 나왔다! 우측이야! 얼른…… 큭! 이, 이런 여기도…… 으아아악! 사, 살이 타들어 가는 것 같아! 도, 도와…… 으악!"

"끄, 끌려간다! 놈들이 저 녀석 발목을 잡고…… 으악! 여, 여기도 나왔다!"

"어, 어디서 나오는 거야? 어떻게…… 으악!"

그 이유가 바로 이거다.

부정형의 몸을 가진 놈들은 작은 틈만 있으면 어디든 파고 들어 갈 수 있는 몬스터.

즉, 보이는 게 전부가 아니라는 말이다.

입구에 슬쩍 발을 걸치는 정도로 세 마리가 나왔다면 실제 숫자는 그 수백 배 이상!

그런 곳에 250명이나 되는 사람이 우르르 몰려 들어갔으 니 결과는 뻔하다.

곳곳에서 솟아 나오는 촉수에 맞고! 깨지고! 끌려가고!

그러나 대원들도 당하고 있지만은 않았다.

"치, 침착해라! 모두 봤잖아! 놈들은 불에 약해!"

"그, 그래! 화염병!"

"빨리 불붙여! 일단 화염병으로 놈들에게 사로잡힌 녀석들 부터 구하자!"

"돼, 됐다! 좋아, 받아라! 이 자식들아!"

펑! 펑! 펑! 펑!

뒤이어 곳곳에서 터져 오르는 불길!

그러나 아직 태영이 말해 주지 않은 것이 하나 더 있었다.

"헉! 뭐, 뭐야? 끄떡도 없잖아?"

이거다.

슬라임이 불에 약한 건 사실이지만, 그게 화염병 몇 개 던진다고 해치울 수 있다는 말은 아니라는 것.

놈들이 태영의 화염 마법에 순식간에 녹아 버린 것도 그저 불에 약해서가 아니었다.

일점사로 단숨에 핵까지 태워 버린 결과였다.

즉, 지금처럼 중구난방으로 화염병을 던져 봐야 놈들을 더 열 받게 할 뿐이고.

"윽! 자, 잡혀…… 으악!"

사태도 시시각각 악화할 뿐이었다.

그러나 태영은 그저 팔짱을 끼고 지켜만 보았다.

─괜찮겠나?

"괜찮고 말고 할 일도 아니지. 이것도 경험이야. 세상에 공짜로 얻을 수 있는 건 없다는, 돈 주고도 배우기 힘든 경험이지."

─뭔 말인지는 알겠다만, 그러다 죽어 버리면?

"알잖아. 슬라임에 휩싸인다고 바로 소화돼 버리는 건 아니야. 이러니저러니 해도 인원이 250명이나 되니 그때까지 보고만 있지는 않을 테고. 뭐 꽤 뜨거운 맛을 보게 되기는 하겠지만, 그 정도는 회복약으로도 충분히 치료할 수 있어."

태영이 곽현경 일행의 배낭에 하나씩 매달려 있는 회복약을 바라보며 대답했다.

대비 정도는 해 뒀다는 말이다.

─저게 뭔지는 제대로 설명해 줬고?

"……응? 했나? 안 했나?"

이 와중에도 회복약을 쓰는 사람이 없는 걸 보면 아무래도 안 한 모양이다.

그러나 그걸 태영의 잘못이라고 할 수는 없다.

공장 사람들은 정말 아는 게 하나도 없었던지라 레벨이나 마력 같은 기초 지식부터 설명해 줘야 했으니까.

누구든 한 번에 그렇게 많이 떠들다 보면 깜박하는 게 있기 마련이다.

이에 태영은 그냥 쿨하게 넘어가기로 했다.

"뭐 어떻게든 되겠지."

－그게 그렇게 넘어가도 되는 문제냐?

"흐악! 사, 살려 줘! 다리가…… 다리가 타들어 가는 것 같아!"

아닐지도 모르지만.

펑! 화르르르!

비명을 터뜨리는 사내의 다리를 잡아끌던 촉수에서 불길이 터진 건 그때였다.

그 방향으로 시선을 돌리자 머리에 터번처럼 천을 두른 사내가 또 다른 화염병에 불을 붙이며 뛰어오고 있었다.

이에 슬라임은 타깃을 바꿔 그를 향해 촉수를 날렸다.

그러나 사내는 빠르게 몸을 굴려 피한 뒤에 뛰어올라 측면의 벽을 밟으며 접근! 아래로 떨어지며 화염병을 쥔 손을 그대로 슬라임에 쑤셔 박았다.

펑-!

뒤이어 울리는 폭음!

내부에서 일어난 불길에 슬라임의 몸이 급격히 팽창하다가 그대로 터져 버렸다.

대신 그 앞으로 몸을 굴리며 나온 사내의 팔도 시뻘겋게 변해 있었지만.

"봐라!"

벌떡 일어나며 팔을 뻗었다.

그리고 다른 손으로 배낭에 달린 회복약을 빼내 팔에 뿌리며 소리쳤다.

"이거! 회복약! 괜찮아!"

－저 녀석……

"수인족이군."

당연히 그가 소리치는 말도 이계어였다.

그러나 붉게 변했던 팔이 빠르게 본래 색으로 돌아오는 모습은 누구나 알 수 있게 해 주었다.

"화상이 치료되고 있어!"

"틀림없어! 이 물병이다! 이 병에 담겨 있는 게 치료제인 거야!"

"일단 화상을 입은 녀석들을 치료해라! 서둘러! 슬라임의 체액은 산성 액체라 지체할수록 상처가 깊어진다!"

한국인들도 곧바로 회복약을 꺼내 들었다.

그리고 그사이, 다른 쪽에서도 변화가 일어나기 시작했다.

"마구잡이로 던지지 마! 화염병에도 한계가 있지만, 이런 식으로 따로따로 움직이면 혼란만 가중될 뿐이다! 일단 대열부터 갖추고 바닥에 불의 장벽을 만들어라!"

펑! 화르르르-!

"봐라! 놈들은 불을 무서워해 이렇게 불길을 만들어 두면 쉽게 접근하거나 촉수를 뻗어 오지 못한다! 공격은 그다음! 화력을 집중해 한 놈씩 해치워라!"

두어 개의 화염병으로 바리케이드 같은 불길을 일으키며 소리치는 사람은 곽현경이었다.

그렇게 명확한 방침이 나오자 혼란은 빠르게 진정되어 갔다.

부그르르. 푸확-! 푸확-!

그 앞에서 속속 불길에 휩싸이며 터져 나가는 슬라임!

태영이 씨익 웃으며 중얼거렸다.

"봐라. 계획한 그대로지."

─ 계획이라…….

그 말에 그리모어가 찜찜한 목소리로 대꾸했을 때였다.

드드드드! 퍼펑-!

돌연 동굴 입구 근처에서 폭음이 터져 나왔다.

그리고 굴러떨어지는 바위 뒤에서 폭발하듯이 쏟아져 나

오는 엄청난 숫자의 슬라임 떼!

"헉! 저, 저게 뭐야?"

동시에 이제야 겨우 상처를 치료하고, 이제야 겨우 슬라임을 정리해 가던 사람들은 모두 사이좋게 얼굴이 흙빛이 되어 버렸고.

─이것도 계획대로인 건가?

"물론이지."

히죽 웃으며 대답한 태영이 그들을 돌아보며 소리쳤다.

"자, 뛰어라!"

"뛰, 뛰다니? 어디로 말입니까?"

"당연히 앞으로지."

"하, 하지만 앞에도 아직 슬라임이……."

"그러니까 뛰라는 거다. 지금 이 동굴에 숨어 있는 슬라임들은 소음을 듣고 이곳으로 몰려들고 있다. 그리고 보다시피 나가는 길은 이미 막혔지. 그러니 방법은 하나, 감당할 수 없을 정도로 몰려들기 전에 앞을 막는 놈들을 해치우고 전진하는 방법뿐이다! 만약 따라오지 못하는 녀석이 있다면……."

잠시 말을 끊은 태영이 황망한 얼굴로 바라보는 사람들을 향해 빙긋 웃었다.

"죽겠지."

효과는 즉각적이었다.

"으, 으아! 오, 온다! 슬라임 떼가 오고 있어!"

"죽어! 저런 놈들에게 휩싸여 버리면! 순식간에 뼈만 남을 거라고!"

"빌어먹을! 뛰어!"

"화염병! 뒤에 있는 사람은 바닥에 불을 질러 놈들을 막아라! 나머지는 앞에 있는 놈들을 해치우며 돌진한다!"

대원들이 앞뒤로 화염병을 날리며 뛰어가기 시작했다.

그리고, 그리모어에 말했듯이 그게 태영이 바라던 이상적인 장면이었다.

불로 바리케이드를 만들고 대응하는 방법은 매우 적절한 판단이었다고 생각하지만, 그렇게 편하게 싸워서는 훈련이 되지 않을 테니까.

물론 그렇다고 무턱대고 몰아붙이기만 할 생각은 아니다.

"모두 힘을 내라!"

태영은 열심히 응원도 해 주었고.

"이 동굴 끝에는 너희들을 위해 준비해 둔 선물도 있다!"

이런 것도 준비해 두었다.

"으악! 자, 잡혔어!"

"젠장! 화력을 집중해 구해라!"

뭐 듣고 있는 사람은 없는 것 같지만 어쨌든.

태영의 경험상 궁지에 몰린 사람은 평소의 몇 배에 달하는 집중력을 발휘하는 법.

거기에 전열과 후열을 종횡하며 필사적으로 소리치는 곽

현경의 노력이 더해지자 점차 혼란이 가라앉았다.

그리고 익숙해지기 시작했다.

어떻게 해야 더 효과적으로 뒤에서 밀려드는 슬라임 떼의 추격을 늦출 수 있는지, 또 어떻게 해야 더 빨리 앞에서 몰려드는 슬라임 떼를 뚫고 나갈 수 있는지.

'뭐 슬라임을 상대로, 그것도 즉효 약인 화염병까지 들고 있는데 이 정도는 해 주지 않으면 곤란하지. 어쨌든 이제 돌발 상황에도 조직적으로 대응하는 방법은 그럭저럭 적응한 것 같고…….'

태영이 그런 생각을 하고 있을 때였다.

"아직이냐? 빨리 가! 뒤의 불길이 약해지기 시작했다고!"

"아, 아니, 더는 못 가!"

"뭐?"

"여기가 끝이야! 막혔다고!"

와글대는 대원들 앞에서 당혹성이 들려왔다.

당연하다. 태영이 사전답사를 왔을 때도 막혀 있었으니까.

"그, 그럼 어쩌라고? 뒤에서 슬라임 떼가 몰려오고 있어! 게다가 이제 화염병도 몇 개 남지 않았다고!"

당연히 이런 상황이 되리라는 것도 알고 있었다.

그래서 준비해 두었다.

"당황할 필요 없어. 말했잖아. 끝까지 오면 선물이 있을 거라고."

"서, 선물이요?"

"저거다."

태영이 맞은편 동굴 벽 앞에 쌓여 있는 물건을 가리키며 대답했다.

긴 철봉 끝에 칼날이 용접된. 그라올 떼가 공장을 습격할 때 그들이 사용하던 창이었다. 말하자면 본래 그들의 무기니 선물이라고 하기는 뭐하지만.

"우리 창이 언제 여기에…… 아, 아니, 창이 여기 있다는 건 혹시……."

당연히 쓰라고 가져다 놓은 거다.

이곳에 온 가장 큰 목적은 대원들의 레벨 업이지만, 그게 전부는 아니었다.

실제 전장에서는 그 이상으로 조직력이 더 중요하다.

태영이 대원들을 몰아붙인 이유가 그것이고, 지금까지는 잘해 왔다고 할 만하다.

그러나 충분하다고 할 수는 없었다.

구덩이의 적병은 슬라임처럼 화염병만으로 막을 수 있는 놈들이 아닐 테니까. 당연히 직접 창칼을 마주쳐야 할 테고, 그게 태영이 준비한 다음 단계 훈련이다.

"부, 불이 꺼져 가고 있어!"

그러나 그런 걸 일일이 설명해 줄 시간은 없는지라 짧게 정리해서 말해 주었다.

"방법은 간단하다. 내가 보여 준 대로, 그냥 놈들의 핵을 푹 찌르면 돼. 어떤 의미에서는 화염병을 던져 대는 거보다 쉽지."

"저런 놈들에게 접근해서 핵을……."

대원들은 사색이 되었다.

그때 그들 틈에서 한 명이 뛰어나와 창을 움켜쥐었다.

그리고 옷가지를 찢어 칼날에 둘둘 말더니 화염병의 기름을 부어 불은 붙이며 태영을 돌아보았다.

"이렇게 하면 됩니까?"

머리에 터번처럼 천을 감은, 대원들에게 회복약의 사용법을 알려 준 수인족이었다.

그때는 청년이라고 생각했는데 자세히 보니 소년에 가까운 얼굴이었다.

'일단 견인족(犬人族) 같은데…….'

"이름이 뭐지?"

흥미롭게 지켜보던 태영의 질문에 수인족의 몸이 움찔했다.

뒤따라 나오던 수인족도 마찬가지였다.

처음에는 놀란 얼굴로 태영을 바라보았고, 곧 부러운 눈길로 질문을 받은 수인족을 돌아보았다.

이에 살짝 얼굴을 붉히며 머뭇대던 그가 황급히 머리를 숙이며 대답했다.

"다란이라고 합니다."

"좋다, 다란. 앞으로 수인족은 네게 맡기겠다. 그리고……."

태영이 고개를 돌리며 소리쳤다.

"곽현경, 50명을 뽑아 이 수인족, 다란을 따르라고 해라!"

"네? 어? 네! 어이, 너희들! 거기에서 거기까지! 뭘 정신을 놓고 있는 거야? 말씀 못 들었어? 얼른 창을 들고 저……."

"우오-!"

그때 동굴에 긴 포효가 울려 퍼졌다.

그, 다란이 창을 들고 뛰어가며 터뜨리는 포효였다.

그리고 약해지는 불길을 뚫고 들어가 그 너머의 슬라임에 창을 박아 넣었다.

그러나 핵에는 닿지 못한 듯 슬라임의 몸에서 촉수가 솟아나왔지만, 다란은 아랑곳하지 않고 몸으로 밀어붙이며 다시 한번 창을 찔러 넣었다.

부르르르. 펑-!

순간 경련하듯 떨리며 폭발하는 슬라임!

"나를 따라라!"

다란이 터번을 와락 잡아 뜯으며 소리쳤다.

그 위로 뾰족한 짐승의 귀가 드러났고, 뒤쪽에는 위로 올라온 꼬리가 맹렬하게 좌우로 흔들리고 있었다.

다란을 따라 돌진하는 수인족의 꼬리도 마찬가지였다.

"젠장! 뭐야, 저건? 귀엽잖아!"

"이 자식, 뭘 보고 있는 거야? 아니, 보고만 있을 때냐?"

"그래, 놈들의 약점은 불만이 아니야! 저 녀석들도 하는데 우리라고 못 할 리가 없어!"

"이제 화염병도 없으니 다른 방법도 없지!"

"빌어먹을, 좋아! 해 보자고!"

다른 대원들도 하나둘 창을 집어 들었다.

그리고 다란이 한 것처럼 옷가지를 만 창날에 불을 붙이고 돌격!

콱! 콱! 콱! 콱!

슬라임의 몸에 연이어 창이 박혔다.

대원들이 이런 식으로 나오자 슬라임도 대응 방식이 바뀌었다.

휘익! 콰직!

포획이 아니라 촉수를 휘둘러 대는 방식으로.

"크윽, 이 자식!"

"괜찮아! 저런 거에 한 방 맞는다고 안 죽어! 끌려가서 삼켜지는 것보다는 차라리 이게 나아!"

"물러나지 마라! 찔러! 찔러!"

그러나 한번 손맛은 본 대원들은 물러나지 않았다.

열화와 같이 죽창, 아니 쇠 창을 찔러 대며 일 보 전진! 그리고 두들겨 맞으며 밀리다가 다시 역습을 가하며 이 보 전진!

"바, 밖이다!"

"동굴이 끝났어! 살았다고!"

몇 시간 만에 마침내 동굴을 빠져나올 수 있었다.

물론 그만한 대가는 치러야 했다.

옷은 물론 몸도 너덜너덜, 대부분 피투성이가 되어 서로 몸을 의지해 겨우 서 있는 수준이었다.

그러나 그만한 보람은 있었다.

> ### [—]
>
> **근력 : 93**
> **순발력 : 74**
> **지구력 : 78**
> **마력 : 15**
> **종합 평가 레벨 : 23**

일단 가장 레벨이 높았던 곽현경도 5레벨 상승!

다른 대원들은 6~9나 올라 있었다.

– 뭐 똥파리였으니까.

물론 빠른 성장의 가장 큰 비결은 그거겠지만.

–기초 창술 [찌르기]를 습득했습니다.

대원 대부분이 이런 스킬을 습득한 건 노력의 결과라고 할 수 있었다.

"수인족도 그렇고, 하루치 훈련 결과치고는 꽤 괜찮군. 의외로 습득력도 있고. 당장 내일부터 강도를 한두 단계 높여도 되겠어."

대원들 입장에서 그게 기뻐할 일인지는 모르겠지만, 적어도 억울할 일은 아니었다.

그길로 태영을 따라 산에서 내려왔을 때 봤기 때문이다.

"오셨습니까?"

"그래, 상황은 어때?"

"네, 뭐 보시는 대로입니다."

태영의 말에 슬쩍 고개를 돌리며 대답하는 알바인과 무잠족의 뒤, 피떡이 되어 널브러져 있는 100여 명의 사람을.

2군으로 분류된 사람들이었고.

'신체 능력이 떨어지는 2군을 1군처럼 바로 실전 훈련에 투입하기는 무리지. 먼저 안전을 위해 훈련을 버틸 수 있는 몸, 맷집을 키워 주는 게 순서야.'

태영이 이런 생각을 했기 때문이다.

태영이 아는 한 맷집을 키우는 가장 효율적인 방법은 맞는 거니까.

그리고 본래 폭력에는 언어가 필요 없는 법!

"우욱! 우웩-!"

이렇게 토 나올 때까지 패는 일은 말이 통하지 않는 무잠족은 물론 아예 말 못 하는 환수도 할 수 있는 일이다.

─스킬 [하드 스킨]을 습득했습니다.

그 결과가 이거고.

"괜찮나?"

"헉헉! 누, 누구…… 헉! 괘, 괜찮습니다!"

이런 예의범절은 덤이다.

물론 1군 중에서도 '하드 스킨'을 습득한 사람이 꽤 있었다. 그리고 1, 2군이 그러는 동안 3군은 다음 훈련에 필요한 화염병 따위를 제조 중이다.

그러나 태영도 알고 있었다.

'노력하는 만큼 놈들과의 격차는 좁아진다. 하지만 그뿐이다. 좁힐 수는 있어도 따라잡을 수는 없어. 물론 모르고 시작한 일도 아니지만, 준비할 시간이 얼마나 주어질지조차 장담할 수 없는 상황이라면 역시 이들만으로는 부족해.'

태영은 그 부분을 메울 방법도 이미 생각해 두었다.

"연락은?"

"일단 알고 있는 곳은 모두 해 두었습니다. 얼마나 모일지는 모르겠습니다만."

"상황을 안다면 오겠지."

알바인의 대답에 태영은 곳곳에 널브러진 1, 2군을 돌아보았다.

"오늘 훈련은 여기까지다. 2군과 함께 공장으로 돌아가라.

나는 이 사람들과 할 일을 마치고 가겠다."

그리고 곽현경에게 간단한 지시 사항을 전하고 몸을 돌릴 때였다.

다란이 수인족과 함께 황급히 뛰어오며 소리쳤다.

"주, 주인님, 잠시만요!"

"주인님?"

"저희 목숨을 구해 주시지 않았습니까? 또 이곳의 영주님이시기도 하고, 저희도 따르기로 했으니 주인님 아닙니까?"

"틀린 말은 아니군요."

다란의 말에 알바인이 고개를 끄덕이며 흐뭇한 미소를 지었다.

"뭐 호칭 문제는 넘어가고, 용건이 뭐지?"

"저희도 같이 가겠습니다."

"너희가? 내가 어디로 가는지 알고 하는 말인가?"

"네, 무잠족에게 들었습니다."

"흠……."

잠시 다란을 바라보던 태영이 몸을 돌리며 대답했다.

"뭐 좋겠지. 너희와 무관하다고 할 수도 없는 일이니까. 따라와라."

"감사합니다!"

그리고 무잠족과 수인족을 데리고 이동.

울창한 숲에 가려진 어두운 계곡을 따라 들어가자 오래된 유적지가 나타났다.

"이쪽입니다."

앞서 걷던 알바인이 고개를 돌렸다.

그 앞에는 넝쿨에 뒤덮인 유적이 자리 잡고 있었다.

반 이상 허물어져 있지만, 남은 부분만으로도 대충 지어진 건물이 아니라는 것 정도는 알아볼 수 있었다.

길게 이어진 아치형 통로 벽에 조각되어 있는 섬세한 문양들.

─이건…….

"그래, 신대 시대의 문자야."

─어둠의 계곡 때는 알고 찾아간 것이니 그렇다 쳐도, 이런 곳에서 또 신대 시대의 유적을 보게 될 줄은 몰랐군. 남아 있는 게 거의 없다고 들었는데 말이야.

"그래도 있을 곳에는 있는 법이지."

태영은 가볍게 대답했다.

이 유적의 연대 따위는 중요한 문제가 아니다.

그런 데 관심을 가질 여유도 없었다.

현재 태영의 최우선 과제는 구덩이의 적과 맞설 수 있는 병력을 양성하는 일이니까.

문제는 그 과정에서 필연적으로 거쳐야 하는 일이 있다는 부분이다.

'30레벨 수준까지라면 단시간에 올릴 방법은 많아. 문제는 그다음, 전직이다. 전직하지 못하면 상한선에 부딪혀 레벨도 올리지 못하고, 특화 기술도 배울 수 없다. 그런 수준의 병력이라면 아무리 많아도 구덩이의 병사들을 상대하기는 무리다.'

바로 이거다.

그러나 이 역시 걱정할 일은 아니었다.

알바인을 따라 무잠족을 만났을 때 이미 그들의 정보창을 확인해 봤기 때문이다.

당시 무잠족의 레벨은 70~80대.

전직을 끝낸 상태라는 의미고, 그 장소가 바로 이 유적이었다.

아니, 정확히는 유적 내부의 구체.

'여기가 신대 시대의 유적이라면, 저것도 신대 시대의 전직의 보주라는 말이겠군. 확실히 지금까지 보던 전직의 보주와는 달라.'

일단 사이즈부터 달랐다.

일반적으로 전직의 보주는 축구공만 한 크기의 수정구로 되어 있다.

반면 석탑 위에 놓여 있는 구체는 거의 10여 미터에 달하는 크기였고, 돌 같은 재질인데도 희미한 빛을 뿜어내고 있었다.

'보통 전직의 보주와 어떤 차이점이 있는지는 모르겠지만,

무잠족을 보면 일단 기능적으로는 문제가 없다는 말이겠지.'

태영이 이곳을 찾은 이유도 그런 걸 확인해 보기 위해서가 아니었다.

"저희는 수인족과 그리 좋은 사이라고는 할 수 없습니다. 하지만 이곳은 버림받은 땅에서 전직할 수 있는 유일한 장소라 공동으로 사용하고 있습니다. 설사 분쟁 중이라도 이곳에서만큼은 어떤 부족도 무력을 사용해서는 안 된다는 규칙이 있죠."

"하나 더 있지."

알바인의 말에 어둠 속에서 낮은 목소리가 흘러나왔다.

고개를 돌리자 양옆으로 늘어서 있는 석주(石柱) 뒤에서 여러 인영이 걸어 나왔다.

각각 호랑이나 개, 고양이, 늑대를 닮은 외모의 사람들은 버림받은 땅에 사는 수인족의 대표, 족장들이었다.

"불쾌한 인간 냄새가 코를 찌르는군."

그중 호랑이를 닮은, 호인족 사내가 눈살을 찌푸리며 알바인을 돌아보았다.

"이곳은 결코 외부인에게 알려 줘서는 안 된다. 그 정도는 되다 만 짐승 같은 너희도 알고 있으리라고 생각하는데?"

"그건……."

"됐다."

태영이 한 걸음 나서며 알바인을 제지했다.

그리고 호인족을 필두로 견인족, 묘인족, 야랑족을 주욱 훑어보며 다시 입을 열었다.

"너희들을 이곳에 모은 사람은 나다."

"뭐? 인간 따위가……."

"먼저 들어라."

태영이 낮은 목소리로 호인족 족장의 말을 자르며 다시 말을 이었다.

"현재 이 지역의 상황은 너희들도 알고 있을 것이다. 세상이 어떻게 변하고, 또 어떤 사람들이 나타났는지. 하지만 더 중요한 건 그와 함께 나타난 새로운 위협이다. 너희들이 검은 산이라고 부르는 곳에 있는 인간들이지. 나는 이곳의 하쿠인들을 규합해 놈들을 몰아낼 생각이다."

"놈들과 싸우겠다고?"

"쉬운 일은 아니겠지만, 이곳에서 살아남기 위해서는 필연적으로 해야만 하는 일이지. 너희들도 그렇고 말이야. 그러니 너희에게도 기회를 주겠다는 말이다."

"기회?"

"그래, 이곳에서 살 자격을 얻을 기회를."

태영의 대답에 수인족이 황당한 표정을 떠올렸다.

그때 불쾌한 눈길로 바라보던 호인족 족장이 피식 웃으며 고개를 저었다.

"웃기는 말장난을 하는군. 하긴, 놀랄 일도 아니지. 네놈이…… 아니, 더 말을 섞고 싶은 생각도 없으니 돌아가라. 네가 무슨 말을 해도 우리가 도울 일은 없다."

"이유는?"

"네놈이 인간이기 때문이다. 우리는 인간에게 좋은 감정이 없으니까."

"하찮은 이유로군."

태영의 말에 호인족 족장이 움찔했다.

그러나 그것도 잠시, 바로 성난 얼굴로 위협적인 송곳니를 드러내며 말했다.

"네놈이 뭘 안다는 거냐? 감히 인간 따위가…… 아니, 됐다. 더 말하고 싶은 생각도 없다. 우리 일은 우리가 알아서 한다. 그러니 네 일도 네가 알아서 해라."

호인족 족장이 거칠게 몸을 돌릴 때였다.

"뭘 알아서 하겠다는 겁니까!"

태영의 뒤에서 거친 목소리가 터져 나왔다.

동시에 무잠족 사이를 비집으며 다란과 10여 명의 수인족이 뛰어나왔다.

"너희는……."

각 족장 주위에 모여 있는 수인족이 놀란 얼굴로 웅성거렸다.

그러나 정작 다란은 그들에게 눈길조차 주지 않았다.

"그래서 족장님들은 대체 지금까지 뭘 했습니까? 아니, 정말 뭔가 할 생각이 있기는 합니까? 그렇다면 어째서 놈들이 우리 눈앞에서 부모 형제를 죽이고, 우리를 짐승처럼 끌고 가는 동안 지켜보기만 한 겁니까?"

다란이 이글대는 눈으로 호인족 족장을 바라보며 소리 쳤다.

"이분뿐입니다! 저희가 정말 도움이 필요할 때 도와주신 분은! 그런데도 정작 우리 대표라는 분들은 인간과 얽히기 싫다고 하시는 겁니까? 차라리 솔직하게 말하십시오! 용기 가 없어서라고! 놈들이 무섭다고 말입니다!"

"뭐라? 어디서 감히 머리에 피도 안 마른 강아지 새끼 가……."

호인족 족장이 와락 인상을 구기며 중얼거릴 때였다.

"난 아직 싫다고 안 했는데?"

그 뒤에서 웃음기 섞인 목소리가 흘러나왔다.

호인족이 움찔하며 고개를 돌리자 흰색에 옅은 밤색 줄무 늬를 가진 여자 묘인족이 장난치듯이 꼬리를 잡고 흔들어 대 며 말을 이었다.

"그렇게 무서운 눈으로 쳐다보지 마. 사실이 그렇잖아. 우 리가 각 부족의 대표인 건 사실이지만, 네가 우리의 대표는 아니잖아. 네가 거절했다고 우리도 거절해야 한다는 말은 아 니지."

"너……."

"나도 같은 생각이오."

그때 나이가 지긋해 보이는 견인족 족장이 앞으로 나섰다.

그가 눈을 덮은 짙은 갈색 털을 들어 올리며 태영과 다란을 번갈아 보다가 한숨을 불어 내며 고개를 저었다.

"적어도 묵은 감정을 앞세워 들어 보지도 않고 거절할 일은 아니겠지."

"저런 인간의 말에 장단을 맞춰 주겠다는 건가?"

"말했지 않소, 묵은 감정을 앞세울 일이 아니라고. 중요한 건 그가 누구인지가 아니라 사실을 말하고 있다는 것이오. 그리고 또 피해 갈 수 없다는 것도 알지. 그럼 싸우는 수밖에 없고, 싸워야 한다면 함께할 사람이 한 명이라도 많은 편이 좋지 않겠는가?"

"난 그런 것까지는 모르겠지만, 굳이 복잡하게 생각할 필요도 없겠지. 나 대신 생각해 줄 사람은 많은 것 같으니까. 나까지 나서서 떠들면 더 복잡해질 테니 좀 더 많은 쪽을 따르지."

묘인족이 남의 일처럼 말했다.

그러자 자연히 시선은 뒤쪽에서 묵묵히 팔짱을 끼고 지켜보던 늑대, 야랑족에 모였다.

"싸움이라면…… 찬성이다."

"결정됐네."

낮게 흘러나오는 대답에 묘인족이 히죽 웃으며 말했을 때였다.

"다들 정신이 나간 거냐!"

호인족 족장이 포효를 터뜨리듯이 소리쳤다.

"고작 인간의 말 몇 마디에 놀아나다니, 정말 한심해서 못 봐 주겠군! 그래, 좋다! 어디 너희들 마음대로 해 봐라! 네놈 들이 죽든 말든 어차피 나와는 상관없는 일이니까! 믿었던 인간에게 등을 찔리는 것도! 나중에 내 앞에서 우는소리나 하지 마라!"

그 말을 끝으로 호인족 족장은 더 볼일이 없다는 듯이 와 락 몸을 돌렸다.

그러자 그 주위에 있던 세 명의 호인족도 다른 부족을 위 협하듯이 이를 드러내며 뒤따랐다.

묵묵히 지켜보던 태영이 입을 연 건 그때였다.

"아직 할 말이 남았다."

"하지 않는 게 좋을 거다, 지금 난 기분이 좋지 않으니까."

"그래도 할 말은 해야지."

태영이 고개를 끄덕이며 성큼성큼 걸어갔다.

그리고 자신보다 머리 하나는 더 크고, 몸집은 두 배에 달 하는 호인족 족장을 올려다보며 말을 이었다.

"나도 싫다는 사람을 억지로 끌어들일 생각은 없다. 어차 피 도움도 안 될 테니까. 대신 너희도 이곳을 떠나 줘야 겠다."

"뭐?"

"처음에 말했을 텐데? 나는 너희에게 이곳에서 살 자격을 얻을 기회를 주기 위해서 온 것이다. 방금 넌 그 기회를 스스로 거부한 것이고. 그럼 떠나는 게 순리 아니겠나?"

"네놈이 뭐라고 그런 말을 운운하는 거지?"

"그러고 보니 소개가 늦었군."

호인족 족장의 말에 태영이 피식 웃으며 소리쳤다.

"알바인, 다란, 내가 누구인가?"

"네, 주인님입니다!"

다란이 바로 한쪽 무릎을 꿇으며 대답했다.

뭐 그것도 인제 와서 새삼스럽게 부정할 생각은 없지만.

"이 땅의 영주님입니다!"

태영이 바라던 건 이쪽, 알바인의 대답이었다.

그리고 그에 대한 수인족 족장들의 반응은 제각각이었다.

견인족 족장은 조금 놀란 듯이 눈을 껌벅였고, 묘인족 족장은 재미있다는 듯이 눈을 반짝이며 바라보았고, 야랑족 족장은 여전히 팔짱을 낀 채 묵묵히 바라볼 뿐이었다.

그리고…….

"개소리하지 마라! 누구 맘대로 네가 이 땅의 영주라는 거냐?"

"물론 내 맘대로다."

태영이 거칠게 소리치는 호인족 족장 앞으로 바짝 다가

갔다.

"나를 따를지 말지는 네 자유다. 하지만 내 영지에서 살지 말지는 네가 결정할 수 있는 일이 아니다. 그러니 오늘 안으로 떠나라. 나는 쥐새끼의 심장을 가진 짐승 따위는 필요 없으니까."

"네놈이 감히!"

호인족 족장이 와락 인상을 구기며 소리쳤다.

그리고 그때, 돌연 네 줄기의 섬광이 태영의 얼굴을 가르며 지나갔다.

호인족 족장의 손에서 뻗어 나온 손톱이었다.

텅-!

"크헉-!"

그러나 비명을 터뜨린 것도 호인족 족장이었다.

태영이 몸을 날려 손톱을 피하며 무릎으로 턱을 찍어 올린 것이다. 그리고 피를 뿌리며 퉁겨지는 머리를 추격하듯이 따라붙으며 위에서 아래로 다시 한번 타격!

호인족 족장의 몸이 수직으로 떨어지며 바닥에 처박혔다.

"헉! 조, 족장님!"

세 호인족이 당혹성을 터뜨리며 뛰어올 때였다.

바닥에 처박힌 호인족 족장의 상체에 걸터앉은 태영의 손에 뽑혀 나온 그리모어가 섬광을 뿜으며 그어졌다.

위잉! 콰콰콰콰-!

그 궤적을 따라 폭발이 일어나며 지면이 갈라졌다.

이에 세 호인족이 주춤하는 사이, 수직으로 떨어진 그리모어가 바닥에 박혔다.

콰지지직—!

그리고 그대로 지면을 긁으며 미끄러지다가 호인족 족장의 목 바로 앞에서 멈췄다.

"누구 맘대로…… 그래, 네 쪽에서는 그런 말을 할 수도 있지. 하지만 그런 말을 할 생각이었다면 나보다 먼저 해야 할 상대가 있지 않나? 아니면……."

위이이잉—!

그리모어의 검날에서 폭발하듯이 뿜어져 올라오는 오러!

태영이 그 빛 속에서 당혹감에 물들어 있는 호인족 족장의 얼굴을 내려다보며 이를 드러냈다.

"나는 만만해 보인다는 거냐?"

"오, 오러……!"

호인족 족장이 경악한 얼굴로 떠듬거릴 때였다.

—주인, 뒤다!

머릿속에 울리는 목소리!

순간 태영은 바로 그리모어를 뽑으며 몸을 돌렸다.

치잉—!

그 칼날이 쇳소리를 일으키며 흔들렸다.

그러나 태영의 눈은 다른 방향을 향해 움직이고 있었다.

번뜩이는 속도로 튀어나와 태영의 등에 기습을 가하고 스쳐 지나가는 그림자!

지금까지 묵묵히 지켜보던 야랑족 족장이었다.

그리고 태영의 눈이 그 모습을 포착했을 때.

퉁—!

이미 그 뒤를 따라붙고 있었다.

야랑족 족장은 당황하는 기색을 보였지만, 잠깐이었다.

마치 따라올 수 있으면 따라와 보라는 듯이 한 단계 더 가속!

그야말로 섬광 같은 속도로 유적을 가로질러 석주에 손톱을 박아 넣더니 그대로 나선을 그리며 위로 솟구쳐 올라갔다.

그리고 아래로 시선을 돌리는 순간.

"와일드 오러!"

– 아하! 좋지! 이제 우리가 저 늑대 녀석을 놀라게 해 주자고!

콰콰콰콰—! 퍼펑—!

그리모어의 바람대로 야랑족 족장의 눈이 휘둥그레졌다.

사방으로 뇌전을 뿜어 대며 석주 아랫부분을 통째로 날려 버리는 오러!

야랑족 족장은 허물어지는 석주 위에서 황급히 몸을 날렸다. 아니, 날리려는 찰나 뿌옇게 피어오르는 먼지구름 속에서 불쑥 솟아 나온 손이 그의 갈기를 휘어잡았다.

그게 끝이었다.

콰쾅-!

그대로 바닥에 박히듯 내리꽂히는 야랑족 족장!

덜컥대던 야랑족 족장은 황급히 몸을 일으키다가 허탈한 신음을 흘리며 다시 털썩 누워 버렸다.

그 목에 검을 들이댄 태영이 미간을 좁히며 물었다.

"이건 무슨 의미지?"

"말하지 않았나? 싸움은 찬성이라고."

야랑족 족장이 낮은 목소리로 대답했을 때였다.

"쯧, 하여간 사내들이란…… 우리가 이래서 사내놈을 족장으로 뽑지 않는 거야. 얘기가 진행되지를 않으니까."

묘인족 족장이 혀를 차며 중얼거렸다.

그리고 어슬렁대는 몸짓으로 걸어와 야릇한 눈빛으로 태영을 돌아보았다.

"너, 강하구나."

묘인족 족장의 말에 태영은 무표정한 얼굴로 대답했다.

"그건 모르겠군. 하지만 이건 말해 줄 수 있지. 나는 나와 내 영지민이 피 흘려 지킨 땅에서 아무것도 하지 않고 살겠다는 놈들을 지켜봐 줄 정도로 속이 좋은 사람이 아니다."

"그래 보이기도 하고."

묘인족 족장이 피식 웃으며 고개를 돌렸다.

"결국, 동료가 되든지, 적이 되든지 둘 중 하나를 택하라는 말이군. 뭐 좀 강압적인 면이 있지만, 이해 못 할 얘기도 아니지. 그게 얘기도 빠를 테고 말이야. 그럼 정리해 보지. 일단 견인족은 이 인간을 따르겠다는 쪽이지?"

그 말에 견인족 족장이 태영을 돌아보았다.

아니, 정확히는 그야말로 존경과 감탄이 넘쳐흐를 듯한 눈빛으로 태영을 바라보는 견인족 청년 다란을 보고 있었다.

다란도 모르는 눈치는 아니었지만, 눈길조차 돌리지 않았다.

견인족 족장은 한숨을 불어 내며 고개를 끄덕였다.

"그렇소."

"그럼 야랑족은……."

"충분하다."

야랑족 족장이 말을 끊으며 대답했다.

"나는 이미 싸움에서 졌다, 먼저 기습을 하고도. 변명의 여지가 없지. 관례대로 따르겠다. 이제 내 목숨은 네 것이다."

"아오오오-!"

족장의 말에 묵묵히 지켜보던 야랑족이 일제히 울음을 터뜨렸다.

몸을 일으킨 야랑족 족장은 태영을 향해 몸을 돌리며 다시 한쪽 무릎을 꿇고 앉았다.

"부하들의 목숨도."

묘인족 족장이 방긋 웃으며 끄덕였다.

"이걸로 우리 쪽도 결정된 셈이군. 나는 처음부터 많은 쪽에 붙겠다고 말했으니까. 그럼 이제 남은 건 하나밖에 없는데……."

자연스럽게 모두의 시선이 한쪽으로 집중되었다.

주섬주섬 몸을 일으키던 호인족 족장이 움찔하며 어중간한 자세로 굳어 버렸다.

"망할 고양이 같으니!"

호인족 족장이 울컥한 목소리로 중얼대며 다시 털퍼덕 주저앉았다.

그리고 팔짱을 낀 채 잔뜩 찌푸린 눈으로 태영을 바라보다가 슬쩍 시선을 돌리며 말했다.

"어이, 거기! 견인족 꼬마, 족장을 너무 무안하게 만들지 마라! 많든 적든 일족을 이끌어야 하는 위치가 되면 네가 생각하는 것보다 훨씬 더 많은 걸 고민할 수밖에 없게 되는 거다! 하고 싶은 대로만 할 수는 없다는 말이다!"

다란이 움찔하며 돌아보았다.

"내 주인은 오직 한 분뿐입니다."

그러나 이런 대답과 함께 팩 고개를 돌렸고 다시 그, 주인을 향해 존경의 눈빛을 보내며 열심히 꼬리를 흔들었다.

호인족 족장의 얼굴에 울컥한 표정이 떠올랐다.

그러나 말을 삼키듯 몇 번 울대를 꿈틀대다가 태영을 돌아보며 물었다.

"하나만 묻지. 너는 우리에게 뭘 해 줄 수 있나?"

"말했듯이 살 자격을 주겠다."

"하! 원래 이곳은⋯⋯."

"더는 도망치지 않고, 더는 숨지 않고, 더는 동족이 죽거나 끌려가는 걸 보면서도 참지 않고 살 수 있는 자격을 말이다."

코웃음 치던 호인족 족장이 움찔하며 입을 다물었다.

그리고 복잡한 감정이 얽힌 눈으로 바라보다가 천천히 옅은 미소를 떠올렸다.

"그건 마음에 드는군."

다음 날 아침.

"어? 뭐지? 혹시 그새 정찰병이 나간 적이 있었어?"

"그런 말은 못 들었는데? 애초에 다들 그럴 상황이 아니잖아. 어제 훈련 때문에 1군이든 2군이든 다 뺐었다고. 그렇다고 3군에 있는 사람들이 정찰을 나갔을 리는 없잖아."

"그럼 저건 뭐야?"

"저거라니? 뭐⋯⋯ 헉! 저, 저게 뭐야? 대체 어디서⋯⋯."

"그쪽만이 아니야! 저쪽에서도 오고 있어! 헉! 저쪽에서도…… 사방에서 몰려오고 있어!"

"기습이다! 분명 놈들이 쳐들어온 거야! 서둘러 사람들에게 알려라!"

공장에서는 일대 소란이 벌어졌다.

여러 방향에서 동시에 맹렬한 속도로 돌진해 오는 무리가 목격되어서다.

그러나 그 소동은 태영의 등장과 함께 바로 해소되었다.

"놀랄 필요 없다. 저들은 아군이다."

"아, 아군요?"

"그래, 바리케이드를 치우고 맞아들여라."

그리고 곧 모습을 드러내기 시작했다.

"그럴 필요 없다."

"아오오오!"

거친 포효와 함께 좌우로 갈라지는 바리케이드를 뛰어넘어 들어오는 건 야랑족.

잠시 후 그 뒤를 따라 견인족이 뛰어 들어왔다.

"하아, 오랜만에 뛰니 꽤 힘드네."

묘인족 족장은 그렇게 말하면서도 굳이 담을 뛰어넘어 들어왔다.

그리고…….

"정말 인간 냄새가 진동하는군. 뭐, 이것도 익숙해져야겠지."

그중에는 불평 섞인 말을 늘어놓으며 어슬렁대듯이 걸어 들어오는 호인족 족장도 끼어 있었다.

물론 족장들만 온 것은 아니었다.

일단 하울이라는 이름의 야랑족 족장이 끌고 온 부하는 약 50명, 견인족 족장 디글과 묘인족 족장 일라가 데려온 인원은 각각 30으로 비슷했고, 라르고라고 밝힌 호인족 족장이 데려온 인원이 40명 정도 되었다.

ㅡ합쳐서 150마리 정도 되는 건가? 생각보다는 적군.

확실히 그런 감이 없진 않았다.

그러나 그게 이 지역에 사는 수인족 전부는 아니었다.

족장들이 데려온 건 부족의 전사들, 당장이라도 전장에 투입할 수 있는 숙련된 전사들이다.

그게 공장의 사람들과 다른 점이었고.

"분위기를 보니 당장 일을 벌일 생각은 아닌 모양이군. 그런데도 이른 새벽부터 소집했다면 뭔가 다른 일이 있다는 건가?"

"물론이지. 네가 보기에 이곳의 인간들은 어때 보이나?"

"약하군. 냄새만으로도 알 수 있을 정도로."

"그럼 당장 일을 벌이지 못하는 이유도 굳이 설명하지 않아도 되겠지? 나는 준비도 하지 않고 전쟁을 할 정도로 담이 큰 사람은 아니니까."

"준비라면……."

"훈련이지."

그게 수인족 전사들을 소집한 이유다.

일단 어제는 태영이 직접 1군을 훈련시켰지만, 혼자 250명이나 되는 인원을 챙기는 데는 한계가 있고 효율도 나쁘다.

게다가 이곳에는 1군만 있는 게 아니다.

2군과 3군도 있고, 그들 역시 놀릴 생각은 없으니 활용할 방법을 찾아야 한다.

'그중 가장 급한 건 2군이겠지.'

1군처럼 주력으로 삼기에는 부족하지만, 발전 가능성은 있어 전력이 안 되는 3군처럼 아예 후방 지원으로 빼놓기는 아까운 애매한 전력이니까.

물론 그들도 훈련을 받으면 나아지기는 할 것이다.

그러나 기초 능력의 차이가 뚜렷하니 1군과 섞어 버리면 되레 전체의 성장을 저해시킬 위험이 있었다.

'역시 별도의 부대를 만드는 편이 좋겠지. 적과 직접 충돌하지 않으면서도 전황에 영향을 줄 수 있는 부대로. 그럼……'

거기까지 생각하면 답은 바로 나온다.

'유격 부대다!'

그리고 수인족이야말로 유격에 천부적인 소질을 가진 종족!

태영은 2군의 훈련을 수인족에 맡길 생각이었다.

그때 대강의 설명을 들은 호인족 족장 라르고가 코끝을 찡

그리며 되물었다.

"무슨 말인지는 알겠다. 하지만 우리는 수인족이다. 너를 따르기로 한 이상 이러쿵저러쿵 토를 달거나 적당히 할 생각은 없지만, 다른 인간들이 우리 말을 따르겠는가?"

수인족 측에서는 당연히 나올 수 있는 질문이다.

중앙 대륙에서 수인족의 위치는 잘해야 노예, 그 이상도 이하도 아니니까.

그러나 그런 걱정은 하지 않았다.

"수인족이다, 수인족! 봐! 모두 귀가 뾰족하고 꼬리도 있어!"

"그제 공장에 들어온 사람 중에 수인족이 있다는 말은 들었지만, 이렇게 많이……."

"당연히 우리보다 힘도 세고 날렵하겠지?"

"그걸 말이라고 하냐? 수인족이라고! 아까 못 봤어? 그 들개 같은 괴물들도 버둥대던 담장을 휙휙 뛰어넘어 들어오는 거?"

"그런 종족이 우리 편이 되어 주는 건가? 굉장하다. 판타지 영화 속에 들어와 버린 기분이야."

"판타지는 판타지지, 꽤 살벌한 판타지지만."

"그래도 말이야. 저런 수인족까지 한편이 됐다니까 뭔가 할 수 있다는 생각이 들지 않아?"

주위에 몰려들기 시작한 사람들이 이렇게 떠들어 대고 있으니까.

"뭐라고 떠들어 대는 거지?"

물론 한국어를 모르는 쪽에서는 그리 달갑지 않겠지만.

"너희들이 꽤 멋지고 믿음직스럽다는군."

"……뭐?"

태영의 통역에 라르고가 당황한 얼굴이 되었다.

참고로 다란과 처음 이곳에 왔던 수인족이 천으로 귀를 가리고 있던 이유도 그 때문이었다.

물론 어제 동굴에서의 훈련을 함께한 이후로는 가리지 않았다.

한국인은 수인족 차별 따위는 하지 않는다는 사실을 몸소 체험해 봤으니까.

그리고 태영도 일단은 한국인. 그러니까…….

"자, 잠깐만요! 제가 어째서 유격 훈련을 받아야 하는 겁니까?"

당연히 이것도 차별이 아니다.

단순히 발표 직후에 발끈해서 뛰어오는 다란은 견인족이고, 견인족은 유격병에게 최적화되어 있는 종족이라는 이유 하나뿐이다.

"그저 견인족이라는 이유만으로 유격대에 편입된다는 건 수긍할 수 없습니다! 저는 전사가 되고 싶습니다! 사냥개처럼 이리저리 뛰어다니는 게 아닌 당당하게 적과 맞서는 주인님과 같은 전사가 되어 주인님의 검과 방패가 되고 싶단 말입니다!"

그러나 다란은 거칠게 고개를 흔들어 대며 견인족을 무안하게 만들었다.

그리고 이렇게까지 말하면 태영도 억지로 다란을 유격대에 끼워 넣을 생각은 없었다.

뭐든 자율성이 중요한 법이니까.

"할 수 없지."

태영은 고개를 끄덕이며 라르고와 하울을 돌아보았다.

"그럼 저 녀석도 부탁해."

같은 수인족이라고 적성까지 같은 건 아니다.

견인족과 묘인족이 유격에 특화된 종족이라면, 호인족과 야랑족은 전사에 가까웠다.

그 때문에 태영은 처음부터 유격대로 점찍어 놓은 2군은 견인족과 묘인족에, 돌격대로 삼을 1군은 호인족과 야랑족에 맡길 생각이었다.

"아아, 물론이지."

슬쩍 다란을 돌아본 라르고는 이를 드러내며 웃었다.

"견인족치고는 기개가 좋은 녀석이군. 난 그런 녀석을 좋아하지. 특히 예뻐해 주마."

하울도 기꺼이 받아들여 주었다.

"그, 그럴 수가……."

반면 뒤늦게 그런 사실을 알게 된 다란은 세상을 다 잃은 얼굴이 되었지만 어쨌든.

　그때 견인족 족장 디글이 물어 왔다.

　"저들에게 우리가 익힌 기술을 가르쳐 주는 건 상관없습니다. 그런데 대체 어떻게 가르치라는 말입니까? 저들은 우리 말을 모르지 않습니까?"

　확실히 그런 문제가 있긴 하다.

　그러나 태영에게 그런 건 아무런 문제가 되지 않았다.

　"기어. 뛰어. 올라가. 그 세 가지 정도는 가르쳐 뒀고, 지금은 그 세 가지면 돼."

　"……쉬어는 없군요."

　"물론 가르치지 않았으니까, 당분간은 가르칠 생각도 없고."

　"그럼 우리 쪽은?"

　이어지는 라르고의 질문에 태영이 빙긋 웃으며 대답했다.

　"따라와. 싸워. 더 필요해?"

　"아하하하!"

　담장 위에 누워 있던 일라가 배를 잡고 뒹굴었다.

　그리고 몸을 뒤집어 엎드린 자세로 태영을 바라보며 야릇한 목소리로 중얼거렸다.

　"단순한 것도 이쯤 되면 매력이지. 정말 마음에 드는 남자야."

그러거나 말거나.

"충분할 것 같군."

"그래, 싸우는 데 긴말은 필요 없지."

라르고와 하울도 꽤 마음에 드는 얼굴로 중얼거렸다.

"그럼 바로 시작해 보지. 따라와!"

그리고 바로 몸을 돌리며 1군을 이끌고 진군!

"그럼 우리도……."

"뛰어!"

일라가 비글의 말을 가로채 소리치며 뛰어갔다.

그리고 짜증 나는 얼굴로 돌아보는 비글을 비웃듯이 깔깔
대며 2군을 데리고 공장을 빠져나갔다.

― 저대로 괜찮겠나?

"걱정할 필요 없어. 라르고와 하울, 비글, 일라는 각자 성
향은 달라도 척박한 이곳에서도 부족을 이끌어 오던 족장들
이니 뭘 해야 할지 알 거야. 거기에 몇 마디 보태 봐야 사족
이지."

물론 그렇다고 맡겨만 둘 생각은 아니다.

시간은 부족하고, 태영이 원하는 방향성은 명확하니까.

한정된 시간에 원하는 형태의 군대로 키워 내기 위해서는
세심한 훈련 프로그램이 필요하다.

그러나 당장은 기초 체력과 수인족과의 연대감이 더 중요
하다.

그리고 그보다 더 중요한 것은…….

"영주님!"

알바인이 도착한 것은 그때였다.

"끝났나?"

"네, 모두 말씀하신 대로 검은 산 주변에 10명, 거기서부터 일정 거리를 두고 2명씩, 예비 인원 10명을 제외한 나머지는 배치해 두었습니다."

"무엇보다 중요한 건 놈들에게 발각되지 않는 거다. 그 부분도 확실히 설명해 뒀겠지?"

"물론입니다."

지금 태영이 가장 주의를 기울이는 게 구덩이의 동향이다.

태영에게 필요한 시간이란 결국 얼마나 놈들의 눈을 피할 수 있느냐로 결정된다.

무잠족의 주 임무가 그것이다.

외견상으로는 평범한 동물과 차이가 없는 환수는 적의 동향을 감시하는 데 최적! 또한, 무잠족과 시각을 공유할 수 있어 그 자체가 연락망이 되는 것이다.

그리고 그 최고봉은 청영!

삐이이이-!

청영은 혼자 핵심 시설인 공업 단지를 맡고 있었다.

"알겠다. 별도의 지시가 있을 때까지는 현 상태를 유지해라."

"네!"

전쟁은 이미 시작되었다.

그 사실을 놈들은 모르고, 태영은 알고 있다.

'그게 이번 전쟁에서 내가 유리하다고 말할 수 있는 유일한 부분이다. 그러니 가능한 한 모든 방법을 동원해 준비하고, 놈들을 무찌를 것이다! 다른 누구도 아닌 나를 위해서!'

할 일이 많았다.

- 어디 가는 거야?

"전쟁에서 이기는 데 필요한 게 뭐라고 생각해?"

- 폼, 글쎄…… 간단하게 생각하면 병력의 숫자와 질이겠지만, 그게 주인이 생각하는 답이라면 그런 식으로 되묻지는 않았겠지.

물론이다.

전투와 전쟁은 다르다.

전투는 단순히 병력 대 병력의 싸움이라면 전쟁은 총력전.

문자 그대로 두 진영이 가지고 있는 모든 것을 쏟아부어 승부를 내는 것이다.

그리고 그중 특히 중요한 건 병력을 뒷받침해 줄 경제력과 생산력이다.

- 그렇긴 하지. 하지만 지금 같은 상황에는 대입하기 어려운 말

아닌가?

"꼭 그렇지도 않아."

태영이 이곳을 거점으로 삼은 이유도 그 때문이다.

여기는 공업단지, 조금만 둘러보면 필요한 자재를 얼마든지 구할 수 있는 곳이다.

그뿐만 아니라 그 자재를 필요한 형태로 가공할 기반 시설까지 갖춰져 있었다.

경제력이란 그런 것이다.

"그리고 거기에 충분한 인원이 더해지면……."

커다란 공장 앞에서 걸음을 멈춘 태영이 씨익 웃으며 말을 이었다.

"그게 바로 생산력이지."

안에서는 100여 명의 사람들이 분주하게 움직이고 있었다.

어제 1군이 슬라임 던전에서 마음껏 화염병을 던져 댈 수 있던 이유가 바로 이들, 3군으로 분류된 200여 명 덕분이다.

그들은 비록 2군에도 끼지 못했지만.

"다음 박스 간다!"

"좋아, 온다! 휘발유 채워! 각자 오른쪽에서부터 겹치지 않게! 넘치지 않도록 조심하고! 다음!"

"이쪽에 헝겊 떨어져 간다! 아직이야? 빨리 가져와!"

"잘 끼워 넣어! 심지가 휘발유에 살짝 닿을 정도로만 끼워 넣어 놔야 사용하기 쉽다! 다 됐다! 어이, 이 박스 옮겨 놔!"

작업 속도는 실로 눈부신 수준이었다.

순식간에 박스 단위로 완성되는 화염병이 이미 한쪽 벽을 꽉 채우고 있을 정도였다.

ㅡ그렇군. 어제 1군 녀석들이 던져 대던 병은 여기서 만들어진 건가? 그런데 이렇게까지 많이 만들 필요가 있어?

"물론이지. 초기에 슬라임만큼 빠르게 레벨을 올릴 수 있는 녀석은 없으니까. 2군을 레벨업 시킬 때도 써야 하고, 구덩이의 놈들과 싸울 때도 여러모로 써먹을 수 있지 않겠어?"

ㅡ그렇긴 하다만…… 뭐가 저렇게 빨라? 저 녀석들 다 전문가야?

그건 뭐든 빨리빨리 해야 직성이 풀리는 한국인의 종특이다.

위이이잉ㅡ!

그러나 역시 이쪽도 무시할 수는 없다.

유리병이 채워진 상자를 줄지어 이동시키는 컨베이어벨트.

컨베이어벨트만이 아니다. 공장 내부에서는 그 외에도 크고 작은 수많은 기계가 굉음을 일으키며 움직이고 있었다.

공업 단지의 최대 이점 중 하나가 그것이다.

규모에 걸맞은 대형 발전기를 이용해 전기를 생산, 작업 효율을 극대화할 수 있다는 점.

물론 대격변 탓에 대부분 기계가 고장 나 쉬운 일은 아니었지만…….

깡ㅡ!

"빌어먹을, 정말 못 해 먹겠군!"

그때 근처에서 거친 쇳소리와 함께 욕설이 터져 나왔다.

고개를 돌리자 커다란 기계 아래에서 시커먼 기름이 덕지덕지 묻은 중년 남자가 기어 나오고 있었다.

"10년 넘도록 멀쩡하게 돌아가던 기계가 대체 왜 갑자기 고철 덩어리가 돼 버린 거냐고! 뭐 하나 멀쩡한 구석이 없잖아!"

"뭐가 잘 안 되나?"

"젠장, 지금 내 꼴을 보면 몰라? 남 일에 참견 말고……."

태영의 말에 잔뜩 찌푸린 얼굴로 고개를 돌리던 사내가 움찔하며 입을 다물었다.

그 사내의 이름은 이덕수.

태영이 공장에 처음 들어왔을 때부터 영지 선포를 할 때까지, 번번이 나서서 태클을 걸어 오던 바로 그 중년인이었다.

"쳇, 너였냐?"

그리고 그 태도는 여전히 현재진행 중이다.

그러나 태영도 더는 문제 삼지 않았다.

이유는 간단하다, 필요하니까.

태영도 나중에 알게 된 사실이지만, 본래 이덕수라는 사람은 이 공장의 공무과에서 20년 넘게 일한 베테랑 기사였다.

당연히 공장 설비에 대해서는 누구보다도 잘 알고 있었고, 실제로 발전기나 다른 기계들을 수리한 사람이 바로 그였다.

태영이 일부러 시간을 내 공장을 찾은 이유도 그를 만나기 위해서였다.

"아, 마침 잘 왔다. 대체 이게 뭐야? 아까 그 짐승처럼 생긴 놈들이 우르르 몰려와서 다짜고짜 이런 풀떼기를 쌓아 두고 가던데. 말이 통해야 뭐라도 묻지. 넌 알 거 아니야."

물론 알고, 그래서 온 것이다.

태영은 수인족이라고 차별 따위는 하지 않는 사람이다.

즉, 공장 사람들과 똑같은 규칙을 적용했다는 말이다. 지금 공장에서 일하는 3군처럼, 직접 전투에 나서지 못하는 사람이라도 놀릴 수는 없다는 규칙.

이덕수가 흔들어 대는 풀떼기가 그 결과물이다.

전사 계급이 아닌 수인족이 밤새 모아 온 약초, 회복약의 재료다. 그리고…….

"이제부터 여기서 할 일이지."

이어지는 말에 이덕수의 얼굴이 와락 일그러졌다.

"젠장, 말 한번 편하게 하는군. 하여간 위에 있는 놈들은 다 똑같다니까. 뭐든 그저 말만 하면 뚝딱 만들어지는 줄 알지. 정제해야 성능을 높일 수 있다면서? 그럼 원심 분리기 같은 걸 만들어야 할 거 아니야? 그게 생각만큼 간단한 게

아니라고! 게다가 라인도 바꿔야 하고! 그런 걸 지금 나보고
다 하라는 말이냐?"

　―어이, 정말 이 녀석에게 맡겨도 되는 거냐? 화염병이라는 거
야 그렇다 쳐도 회복약은 먹는 거잖아. 번번이 저렇게 떠들어 대는
놈이 거기에 무슨 짓을 할지 어떻게 알아?

　끝도 없이 쏟아지는 불평에 그리모어가 찜찜한 목소리로
말했다.

　사실 태영도 그런 걱정을 안 해 본 건 아니다.

　그러나 곽현경의 말을 듣고 바뀌었다.

　"괜찮아. 저 사람도……."

　태영이 낮은 목소리로 대답할 때였다.

　"아빠!"

　뒤에서 예닐곱 살 정도 되어 보이는 아이가 소리쳤다.

　그러자 입에 침을 튀기며 떠들어 대던 이덕수가 화들짝 놀
라며 황급히 뛰어갔다.

　"여, 여기는 왜 왔어?"

　"아빠 보려고 왔지. 그런데 아빠 지금 저 아저씨 막 혼낸
거야?"

　"어? 아, 아니, 그건……."

　"굉장하다!"

　"응?"

　"저 아저씨 그 사람이잖아! 자경단 아저씨들이 영주라고

부르는 그 사람 말이야! 그 아저씨들한테 들었어! 저 아저씨는 굉장한 사람이라고! 그런데 아빠가 막 혼내고 그러면 아빠는 더 굉장한 사람인 거잖아! 아니야?"

"어? 뭐…… 그, 그렇지."

"와! 엄마는 아빠가 맨날 불평만 한다고 뭐라고 하지만, 역시 사실은 굉장한 사람이었어! 이 공장 사람들도 아빠 말을 듣고 말이야! 나 친구들한테 자랑할래!"

깡충깡충 뛰며 소리치던 아이가 쏜살같이 뛰어갔다.

잠시 멍하니 그 모습을 바라보던 이덕수가 문득 생각난 듯이 몸을 돌리며 말했다.

"그 뭐냐, 아까 설명하던 거 처음부터 다시 말해 봐."

얼굴이 꽤 붉어져 있었다.

"사람은 그렇게 복잡하지 않아. 뭔가 한다면 해야만 하는 이유가 있다는 말이지. 그게 뭔가를 얻고 싶어서든, 지키고 싶은 게 있어서든 말이야."

태영이 피식 웃으며 중얼거렸다.

불과 몇 시간 만에 프레스를 개조한 착즙기와 선반을 개조한 원심 분리기가 만들어졌다.

그리고 다시 몇 시간이 지났을 때.

"확실히 제대로 된 설비를 이용하니 줄에 묶어 돌릴 때보다 깔끔하게 나오는군."

태영은 컨베이어벨트를 따라 줄지어 나오는 회복약을 볼

수 있었다.

그것도 상자 단위로.

−스킬 [포션 제조]를 습득했습니다.

라인에서 종사하는 3군 사람들에게 이런 스킬이 생기는
건 덤이다.

그사이 1, 2군도 정말 열심히 훈련한 모양이다.

"히익− 헥헥! 히익− 헥헥!"

그들을 데리고 갔던 수인족보다 한층 더 짐승 같은 모습으
로 혀를 내밀고 헥헥대는 모습만 봐도 알 수 있었다.

"직접 훈련시켜 보니 어때?"

"형편없더군."

소감을 물어본 라르고는 꽤 신랄하게 대답했다.

"그래도 처음 생각했던 만큼은 아니야, 물론 아주 조금
이지만."

"아까는 요령을 꽤 빨리 익힌다고 말하지 않았나?"

"그걸 포함해서 하는 말이다."

그러나 뒤이은 하울의 말을 굳이 부정하지는 않았다.

−스킬 [휘두르기]를 습득했습니다.

아마도 1군의 머리 위로 떠 오르는 이런 메시지 때문인 모양이다.

─스킬 [산악 행군]을 습득했습니다.

비글과 일라를 따라나섰던 2군의 머리 위에는 이런 게 떠올라 있었다.

불과 이틀 만의 성과였다.

─쪼렙이니까.

뭐 이것도 부정할 수 없는 사실이기는 하다.

그러나 그만큼 격차가 좁아진다는 것도 사실이다.

그리고 설사 쪼렙이라도 이처럼 빠른 성장에는 그만한 대가를 치러야 하지만, 그 역시 문제가 되지 않았다.

"자, 마셔라!"

턱─!

이제 이런 회복약은 박스 단위로 생산할 수 있으니까.

그리고 그런 생산 속도는 더 빨라질 예정이다.

"영주님, 찾아왔습니다."

다음 날 아침, 알바인이 데려온 사람들로 인해서 말이다.

구덩이의 적을 감시하는 무잠족 외에, 10명의 예비 인원에게 맡긴 임무가 바로 이거였다.

소형 환수를 이용해 곳곳에 숨어 있는 한국인을 찾아오는 것.

　알립니다.

　이들은 한국어를 모르지만, 적이 아닙니다.

　여기서 멀지 않은 곳에 모여 있는 한국인을 도와주는 사람들입니다.

　우리는 여러분을 받아들일 생각이 있습니다.

　물론 공짜는 아니고, 강요할 생각도 없습니다. 지금이 안전하다고 생각한다면 거절해도 상관없습니다. 하지만 우리와 함께하고 싶은 생각이 있다면 이들을 따라…….

언어의 장벽 따위는 이런 쪽지 한 장으로 해결될 일이었다.

그리하여 알바인이 찾아온 사람은 약 30명.

일단 태영은 그들에게 대략적인 상황을 설명해 주었다.

그리고 10여 명의 지원자를 적성에 따라 1군과 2에, 나머지는 3군에 편입시켜 공장에 취직시켜 주었다.

그렉이 돌아온 건 그 무렵이었다.

"딱 좋을 때 왔군."

"뭐가 딱 좋을 때야? 이 망할 놈의 말 때문에 엉덩이와 허리가 으스러질 지경인데! 젠장, 이거 디스크 나가는 거…… 아니, 잠깐. 딱 좋을 때? 그럼 혹시…….”

거친 숨을 불어 내는 흑영의 등에서 떠들어 대던 그렉이 움찔하며 1, 2군을 둘러보았다.

"미리 말해 두지만, 난 저런 거 못 해! 안 하는 게 아니라 못 하는 거야! 왜냐하면, 난 힘없는 드워프니까!"

그리고 바로 돌아가는 분위기를 잃고 실드를 펼치기 시작했다.

태영도 기대하지 않았다.

"너, 여기 있던 자재들을 챙겨 가고 싶다고 했지? 왜 그런 거지?"

"그걸 몰라서 묻냐? 나도 명색이 드워프야! 당연히 그걸로 이런저런 걸 만들어 보고 싶어서지! 그런 훌륭한 자재를 보고도 의욕이 안 생기면 그게 어디 드워프냐?"

"그럼 그걸 해."

태영은 빙긋 웃으며 그렉을 공장에 밀어 넣었다.

물론 그 과정에서 약간의 반발이 있었지만, 어렵지 않게 해결할 수 있었다.

태영은 그쪽 반면으로는 전문가라고 자부할 수 있으니까.

그리고 그렉 역시 입만 열면 떠들듯이 명색이 드워프, 성과는 바로 나왔다.

"오! 이건……."

그 첫 번째가 수인족의 손에 장착된 칼날이다.

태영은 검이 훨씬 낫다고 생각하지만, 수인족은 본래 손톱을 무기로 사용하던 종족.

그 특성을 고려해 크로(Crow) 형태로 제작한 것이다.

그러나 여기서 주목할 부분은 따로 있었다.

'지금까지의 경험으로 보면 현대 물건의 부식은 마력의 영향일 확률이 높다. 그럼 아예 제작 과정에서부터 마력을 주입한다면 부식을 막을 수 있을지도 몰라.'

바로 이런 태영의 가설이 사실로 입증됐다는 점이다.

그리고 이건 현대의 금속이라도 다시 제련하면 사용할 수 있다는 의미!

그 덕에 수인족의 크로는 최강의 복합강 중 하나인 다마스커스로 제작될 수 있었다.

쾨쾅—!

"우하! 이런 돌덩이를 이렇게 쉽게! 굉장해! 이거 정말 굉장합니다, 족장님!"

당연히 변변한 장비품조차 없던 수인족은 대만족이었다.

그러나 걱정되는 부분이 없는 건 아니었다.

이런 장비품을 양산 체재로 생산하려면 실질적으로 공장을 지휘하는 이덕수의 도움이 필요하지만, 그가 말도 통하지 않는 그렉을 어떻게 받아들일지 모른다는 점이었다.

"훗, 너, 마음에 드는군. 너처럼 기계에 대해 빨리 습득하는 녀석도 처음 보지만, 눈빛만 봐도 알 수 있지. 너도 저 레온이라는 녀석이 마음에 안 드는 거지? 다른 사람은 몰라도 나는 이해한다. 앞으로도 잘해 보자고."

그러나 걱정할 필요는 없는 모양이다.

"후후후! 그래, 네가 무슨 생각하는지는 나도 알아. 나도 한바탕 일을 끝내고 나니 맥주가 당기는군."

뭐 옆에서 지켜보면 그냥 시트콤이지만.

어쨌든 그렇게 며칠을 보내는 사이 1군 대부분을 전직시킬 수 있었다.

그리고 2군 역시 슬라임 던전에서 빠르게 레벨업을 하며 전직을 해 나가기 시작했다.

'이제 1, 2군과 수인족의 연계도 자리 잡아 가고, 공장도 정상 궤도에 올랐어. 또 구덩이 놈들의 동향도 지금처럼 무잠족에 맡겨 두면 되겠지.'

그러나 그게 태영이 할 일이 끝났다는 말은 아니었다.

알고 있기 때문이다.

'아무리 준비를 철저히 해도 여전히 놈들과의 격차는 존재한다. 놈들은 이쪽 전력을 모르니 잠시 우세를 점할 수는 있겠지만, 결국 전력 차에서 밀릴 수밖에 없어. 그럼 놈들을 이길 방법은 하나! 그 잠시의 우세를 점했을 때 확실한 결정타를 입히는 것이다. 그리고 여기서 그걸 할 수 있는 사람은…… 나뿐이다!'

그러니 1, 2군만이 아니라 태영 자신도 준비해야 한다.

뭘 해야 할지도 이미 정해 두었다.

"알바인, 하루 이틀 정도 자리를 비우겠다! 내가 돌아올

때까지 주변 경계를 강화하고 문제가 발생하면 수인족 족장 들과 상의해 대처하라.”

이에 흑영에 오른 태영이 기수를 돌리며 소리쳤다.

“청영, 가자!”

삐이—!

오랜만에 정찰 임무에서 벗어난 청영이 경쾌한 울음을 터 뜨리며 그 뒤를 따랐다.

꩜

길게 뻗어 있는 도로.

그 양옆으로 빈틈없이 늘어서 있는 크고 작은 건물.

대한민국 어디에서나 볼 수 있는 흔한 도시의 모습이었다. 그리고 또, 현재 대한민국 어디나 그렇듯이 이곳 역시 대격 변의 여파를 피해 가지는 못했다.

도로는 곳곳에서 뚫고 올라온 바위에 찢기듯 흩어져 있었 고, 건물은 대부분 반 이상 허물어진 채 시커멓게 변한 철골 을 흉물스럽게 드러내고 있었다.

참상이라고 해도 좋을 풍경이다.

숲처럼 펼쳐진 건물 사이로 해가 저물어 가도 달라질 건 없었다.

되레 길게 늘어지는 그림자는 폐허가 된 도시를 한층 기괴하게 보이게 할 뿐이었다.

그리고 그마저 점차 희미해질 무렵.

크르르르.

어둠에 삼켜진 골목에서 낮은 울음이 흘러나왔다.

이를 시작으로 쓰레기 더미처럼 쌓인 잔해 뒤에서 붉은 안
광이 떠오르기 시작했다.

그 안광은 모두 한곳으로 향해 있었다.

쩍쩍 갈라진 도로 한복판에 서 있는 말과 그 옆에 무방비
하게 앉아 있는 사람이었다.

놈들의 움직임은 은밀하고 신속했다.

빠르게 눈빛을 교환하고 일사불란하게 무너진 건물의 벽
에 몸을 숨기며 이동.

수 미터 거리까지 접근해 펄쩍 뛰어올랐을 때였다.

팍! 푸확-!

그 위로 피가 뿜어져 올라왔다.

허공에서 몸을 비틀며 떨어져 버둥대는 놈의 목에서 뿜어
져 올라오는 피였다.

파팍! 푸확-! 팍! 푸확-!

그 옆에서도, 또 뒤에서도 연이어 피가 치솟았다.

이에 뒤따르던 놈들이 흠칫하며 불안한 눈으로 주위를 두
리번대기 시작했다.

삐이이이-!

하늘에서 날카로운 울음이 터져 나온 건 그때였다.

그리고 좌우로 넓게 날개를 펼친 모습으로 활강하듯이 떨어져 내리는 푸른 매!

뒤늦게 적을 발견한 놈들이 이를 드러냈다.

그러나 잠깐이었다.

거리가 가까워질수록 놈들의 눈이 공포에 물들었고, 그 끝에서 다시 피가 터져 오르자 황급히 몸을 돌리며 뿔뿔이 흩어져 도망치기 시작했다.

지지직, 푸확─!

물론 그런다고 피할 수는 없었지만.

"됐어. 몇 마리 잡는다고 없어질 놈들도 아니고, 어차피 네게 도움이 될 것도 없잖아. 괜히 그런 놈들에게 힘 뺄 거 없어."

뒤이은 목소리에 놈들을 추격하던 매가 호선을 그리며 되돌아왔다.

그리고 도로에 앉아 있던 사내의 어깨에 안착.

"수고했다."

그, 태영이 청영의 머리를 쓰다듬으며 빙긋 웃었다.

─그래울 몇 마리 잡은 게 칭찬까지 받을 일은 아니지만, 확실히 처음과 비교하면 꽤 나아지기는 했지. 정작 레벨은 그대로라는 게 문제지만.

"그것도 곧 해결되겠지."

―그렇겠지. 이번 전쟁에서 이기면 말이야. 하지만 주인도 알잖아. 전쟁은 의욕만 가지고 이길 수 있는 게 아니야.

"그래서 준비하고 있잖아."

좀 전까지 도로 한복판에 앉아 있던 이유가 그 때문이다.

태영의 직업은 '엘더 슬레이어―라이트 세이버'.

그리고 결론적으로 말하면 태영은 이 직업에 꽤 만족하고 있었다. 그러나 단 하나, 부족하다고 느끼는 부분이 있었다.

바로 그 직업의 핵심 스텟인 '광력'이다.

전직할 때 받은 광력은 불과 50.

'엘더 슬레이어'의 고유 스킬을 사용할 때는 물론 '광화'로 다른 스킬을 사용할 때도 필요하다는 점을 생각하면 턱없이 부족한 양이었다.

'그래도 성장이 빠르면 상관없지만……'

그조차 되지 않았다.

일반적으로 스텟은 다음 레벨에 도달하기까지 어떤 능력을 많이 활용했는지에 따라 결정된다.

즉, 힘을 많이 사용하면 힘이, 마력이나 스킬 위주였다면 마력이 많이 오른다는 말이다.

그러나 '광력'은 아예 레벨의 영향을 받지 않았다.

현재까지 알아낸 방법은 하나, 전직할 때 얻은 스킬인 '광합성'뿐이다.

'광합성'은 기본적으로 빛을 '광력'으로 변환해 체내에 축적해 주는 스킬.

소모된 '광력'을 회복시켜 주는 효과가 있지만, 그 자체가 '광력'을 상승시키는 효과도 발휘한다.

원리는 마법사가 마력 양을 상승시키는 방식과 같다.

마법사가 명상을 통해 마력을 상승시키듯이 '광합성'으로 체내에 모이는 '광력'을 구준히 순환시키면…….

−광력의 최대치가 1만큼 확장됐습니다.

때때로 이런 메시지가 떠오르는 것이다.

정말 아주 때때로.

김태영 [레온]

신체 특성 : 각성자 Lv. 2
직업 : 엘더 슬레이어−라이트 세이버 Lv. 1
특성 부여
[각성자 : 마소 흡수율 55%↑, 스킬 습득률 55%↑, 지식 습득률 55%↑, 피해 저항력 55%↑]
[불의 화신 : 화염 속성 마력 50%↑, 화염 저항 50%↑, 화염 흡수 10%↑]
근력 : 389(+15)
순발력 : 427
지구력 : 397(+15)
마력 : 374(+56)
광력 : 61
종합 평가 레벨 : 151

그 결과가 이것이다.

버림받은 땅으로 오는 길에는 그렉을, 와서는 공장 사람들의 훈련에 여념이 없어 '광합성'에만 집중했는데도 정작 레벨은 3이나 올랐는데 '광력'은 아직 61.

그러나 실망할 일은 아니었다.

뭐가 됐든 꾸준히 올라가고 있는 건 사실이고, '광력'을 상승시키는 과정 자체가 엘더 슬레이어의 성장과 밀접한 관련이 있다는 것도 알게 됐으니까.

그러나…….

- 광력을 1 더 올린다고 뭐가 달라져?

"달라지지 않겠지."

'광합성'은 그냥 시간이 남아서 하고 있던 것일 뿐이다.

"지금 내게 필요한 것도 꾸준한 성장이 아니야. 당장 사용할 수 있는 힘이다."

- 그렇게 편리한 힘이 어디 있어?

"그냥 마력을 불어 넣는 것만으로 오러를 뿜어 대는 네가 할 말은 아니지 않냐?"

- 난 예외고.

부정할 생각은 없지만, 그리모어도 아직 모르는 게 있다.

태영도 그 예외에 속하는 인간이라는 것이다.

남보다 잘나서가 아니다.

되레 평범해서다. 평범하기에 이계에 적응하기 힘들었고,

수없이 비참하게 죽었고, 어떻게든 살아 보려고 죽어라 듣고, 기억하고, 배워야 했다.

그 경험이야말로 태영의 무기!

'그리모어의 말처럼 필요할 때, 필요한 것이 눈앞에 떨어져 있는 일 따위는 없다. 필요한 건 직접 찾아내는 것이다. 그리고 다른 사람은 몰라도 나는 할 수 있어. 여기 어딘가에 내게 도움이 되는 뭔가가 있다면, 찾아내고야 말겠다!'

태영은 쉬지 않고 기억을 뒤졌고, 마침내 떠올릴 수 있었다.

"예전에 어떤 음유시인에게 들은 얘기가 있지. 그런 얘기가 대부분 그렇듯이 그것도 훗날 꽤 이름을 날리게 된 어떤 모험가 파티의 무용담이었어."

– 무용담?

"뭐 무용담이라기에는 끝이 좋지 않았지만 어쨌든, 그 얘기는 그들이 아직 이름조차 알려지지 않은 모험가였던 시절에 우연히 대륙 남부로 흘러들어 가게 됐다는 데부터 시작하지. 그리고 이런저런 고생을 하다가 야영을 하게 되지. 특이하게도 비슷한 모양의 돌산이 오망성처럼 배열되어 있던 장소에서 말이야."

– 돌산이 오망성처럼? 가만, 그럼……

바로 여기다.

공장 사람들의 훈련 장소를 찾아 근방을 정찰하던 청영의 눈으로 보니 한눈에 들어왔다.

오망성을 그리며 솟아 올라와 있는 다섯 개의 돌산이.

"그리고 만월이 떠올랐을 때……."

이어 태영이 어두워진 하늘에 떠오르는 보름달을 올려다 봤을 때였다.

삐이-!

갑자기 청영이 날개를 퍼덕이며 울음을 터뜨렸다.

고개를 돌린 태영의 입가에 웃음이 번졌다.

"나타났다고."

그 앞에서는 신기루처럼 흐릿한 형체가 떠오르고 있었다.

수백 수천 개의 뼛조각으로 이루어진 산이었다. 그리고 그 중심에는 아래로 이어지는 거대한 동굴이 뚫려 있었다.

―이건…… 디멘션 던전인가?

그 동굴의 이름이다.

아니, 정확히 말하면 이런 식으로 발생하는 던전이나 유적의 총칭이다.

그러나 이계에도 그 정체에 대해 아는 사람은 없다.

알려진 건 불과 세 가지.

첫째는 특정 장소에서 특정 조건이 갖춰졌을 때만 나타난다는 것이고, 둘째는 그 대부분이 상상하기 힘든 위험이 도사리고 있는 곳이라는 것.

그리고 마지막은…….

"디멘션 던전을 알고 있다면 이제 내가 왜 찾아왔는지도 이해했겠지?"

─그야…… 아니, 잠깐!

떠듬대던 그리모어가 얼른 정정했다.

─방금 음유시인에게 들어서 알게 됐다고 하지 않았어? 그럼 그 얘기에 나오는 모험가들은 살아서 나왔다는 말이고, 결국 그게 뭐든 여기서 얻을 수 있는 건 이미 그 녀석들이 다 챙겨 나왔을 확률이 높다는 말이잖아.

그런 걱정 따위는 할 필요가 없다.

태영이 음유시인에게 들은 그 일은 적어도 1년 뒤에나 일어날 일이니까.

물론 그리모어에는 그런 말까지 해 줄 수는 없는지라.

"그야 들어가 보면 알겠지."

태영은 가볍게 대꾸하며 던전으로 들어갔다.

안쪽으로 발을 들여놓자 기묘한 저항감이 느껴지기 시작했다.

마치 투명한 점액질을 뚫고 들어가는 감각.

그런 느낌은 입구를 지나자 곧 사라졌지만, 대신 무겁고 진득한 대기가 몸을 휘감아 왔다.

─뭔가 명확하게 말하기는 힘들지만, 불쾌하기 짝이 없는 곳이군.

원래 그런 곳이다.

이곳에 있지만, 이곳이 아닌, 현대는 물론 이계와도 전혀 다른 법칙이 적용되는 공간.

되레 여기는 태영이 경험해 본 던전에 비하면 그나마 나은 환경이었다.

그러나 그게 안심해도 좋다는 말은 아니다.

삐이—!

청영을 데리고 들어온 이유다.

그리고 태영이 말하기도 전에 날개를 펼치며 이륙!

크고 작은 뼈가 빽빽이 박혀 있는 벽을 날카로운 눈으로 훑으며 날아다니기 시작했다.

그렇게 청영을 앞세우고 들어가기를 약 10분.

거의 일직선으로 되어 있는 통로 끝에 상당한 넓이의 원형 광장이 나타났다.

"다 온 모양이군."

―다 왔다고?

"그래, 더 둘러볼 것도 없어."

바로 눈앞에 보이기 때문이다.

갈라진 천장으로 스며든 달빛이 떨어지는 광장의 중심.

켜켜이 쌓인 뼈와 시체 위에 잿빛 갑옷을 입은 미라가 턱을 괸 자세로 앉아 있는 돌로 된 의자가 세워져 있었다.

그리고 그 뒤에는 검게 변색된 깃발이 걸린 장대가 박혀 있었다.

"내가 찾아온 게 저거야."

태영이 그 깃대를 바라보며 중얼거렸을 때였다.

덜그럭.

그 목소리에 반응하듯 미라의 몸이 움찔했다.

처음에는 팔이, 다음은 다리가, 그리고 막 잠에서 깨어난 것처럼 머리를 흔들더니 양팔로 팔걸이를 잡으며 천천히 몸을 일으켰다.

그리고 고개를 들어 올렸을 때, 투구 속에서 붉은 불길이 확 뿜어져 나왔다.

그러나 당황할 이유는 없었다.

"물론 그냥 가져가게 해 주지는 않겠지만 말이야."

이런 건 상식이니까.

그때 미라가 허리에서 검을 뽑아 들어 올리며 소리쳤다.

"£₵⊂∬₵∠우※ə!"

─뭐라는 거야?

태영도 알아듣지는 못했다.

그러나 의미는 명확하게 전달되었고, 태영 역시 같은 생각이었다.

"덤비라는 말이겠지."

태영이 가열 찬 미소를 지으며 대답했다.

그리고 살짝 상체를 낮추며 그리모어를 움켜쥐는 순간!

"크허어어엉─!"

광장을 뒤흔들며 울리는 포효!

돌풍처럼 휘몰아치는 '비스트 피어'의 파동에 태영의 앞에 쌓여 있던 뼛조각들이 거칠게 흔들리며 튀어 올랐다.

"타키온–!"

그리고 그 중심을 가로지르는 한 줄기 섬광!

중간 과정 따위는 없었다.

문자 그대로 빛의 속도로 뻗어 나간 태영은 돌격과 동시에 미라의 앞에 도달했고, 그 허리에서는 오러에 휩싸인 그리모어가 한층 가속된 속도로 뽑혀 나왔다.

펑! 콰콰콰콰–!

그 앞에서 일어나는 폭발!

순간 거친 폭풍이 일어나며 일대의 뼛조각이 확 치솟아 올라갔다.

콰쾅–!

그때 또다시 폭음이 터져 나왔다.

그리고 그 직후, 가루로 변해 흩어지는 뼛조각 속에서 태영이 주르륵 밀려 나왔다.

–큭! 주인, 저 녀석…….

"그래."

태영이 시선을 들어 올렸다.

그 앞에는 놈, 미라가 검은 기운을 뿜어 올리는 검을 들고 태영을 바라보고 있었다.

'비스트 피어'도, 그 뒤의 공격도 통하지 않은 것이다.

그러나 정작 태영은 그리모어처럼 당황하는 기색 따위는 보이지 않았다.

"놀랄 일도 아니지."

사실 조금 전 던전에 관해 설명할 때 빼놓은 말이 있었다.

원래 태영이 들었던 음유시인의 얘기에서 이곳에 들어왔었다고 한 사람은 모험가가 아니라 50명 정도 되는 용병단이었다.

모험가라고 말한 건 결과적으로 그렇게 됐기 때문이다.

지금 태영의 앞에서 붉은 흉광을 번뜩이는 놈, 최강의 언데드라고 불리는 데스나이트의 검에 괴멸된 용병단에서 단 2명만 살아남아서 말이다.

당연히 예상할 수 있었다.

위잉! 콰쾅—!

검은 기운을 흩뿌리며 유령처럼 다가와 검을 휘두르는 데스나이트!

떨어지는 검을 막으면 무릎이 덜컥대고, 휘둘러 치는 검을 막으며 몸을 통째로 들리며 밀려날 정도의 위력이었다.

막을 때마다 중심이 흔들리니 반격할 기회조차 없었다.

'하지만⋯⋯.'

태영이 살짝 입술을 깨물었을 때였다.

삐이이이─!

그 앞을 날카로운 울음이 가로질렀다.

그리고 예상치 못한 상황에 거리를 좁혀 오던 데스나이트가 움찔하며 멈춰 서는 순간.

칭! 칭! 칭! 칭!

그리모어의 칼날이 연이어 울렸다.

불의 힘으로 전환된 태영의 마력이 그리모어에 축적되는 것이다.

그리고 그때마다 열기를 발산하며 붉게 물들던 그리모어가 막 용광로에서 꺼낸 쇠처럼 시뻘겋게 달아올랐을 때!

"자신이 없었다면 들어오지도 않았다!"

퍼퍼퍼펑─!

호선을 그리며 날아가 폭발!

치솟는 불길과 함께 주르륵 밀려나던 데스나이트가 당황한 몸짓으로 투구를 들어 올렸다.

그 안에서 일렁이는 흉광이 거칠게 흔들리고 있었다.

그러나 그따위 지저분한 눈빛 따위는 무시!

"반응이 느리군."

태영이 곧바로 놈에게 따라붙으려 할 때였다.

"⊂∬∅∠우※ə!"

미끄러지듯이 뒤로 물러난 데스나이트가 고함을 터뜨리며 검으로 바닥을 내리찍었다.

그리고…….

쿠쿠쿠쿠! 펑! 펑!

치솟아 오르는 뼛조각과 함께 상황이 급변하기 시작했다.

적은 기다려 주지 않는다

온통 검은 바위로 덮여 있는 계곡.

그 양옆은 마치 산을 갈라놓은 것처럼 가파른 절벽으로 되어 있었고, 앞은 요새와 같은 성벽으로 막혀 있었다.

그러나 외부의 적을 막기 위해 만들어진 성벽은 아니었다.

그 내부에 범죄자를 가둬 두기 위해서였다.

바깥세상과 완전한 단절.

이곳의 존재 의의는 오직 그 하나였고, 오랜 세월 동안 그 목적대로 유지되어 왔다.

한번 들어가면 다시는 나올 수 없는 구덩이라는 이름이 붙을 정도로 말이다.

그러나 그마저도 현대와 이계를 뒤흔들어 놓은 대격변의

영향을 피해 가지는 못했다.

주인이 바뀐 것이다.

그 이름은 타라칸, 이곳의 죄수를 규합해 수백에 달하는 관리 병사들을 일거에 몰살시키고 구덩이의 주인 자리를 차지한 남자였다.

"흠……."

그, 타라칸의 미간에 주름이 잡혔다.

앞에는 족쇄가 채워진 사람들이 불안한 눈으로 주위를 두리번대고 있었다.

걸레처럼 찢긴 옷가지는 곳곳이 피로 얼룩져 있었다.

그러나 딱히 상관없다.

타라칸이 그들에게 원하는 건 단 하나, 노동력이다.

상처를 입었다거나 말이 통하지 않는 건 노동력을 쥐어짜는 것과는 상관없는 일이다.

문제는 그런 것보다 그들의 숫자였다.

"이것뿐인가?"

"죄, 죄송합니다."

"내가 그런 말이나 듣고 싶어서 질문한 것 같은가?"

"그, 그건……."

"이 지역에 갑자기 나타난 이계의 도시는 나도 직접 가 본 적이 있다. 처음 보는 형태의 도시이기는 했지만, 적어도 수백 수천 명이 살던 규모가 아니라는 것만은 알 수 있었지. 실제로 며칠 전까지는 한 번 나갈 때마다 백 단위의 인간을 잡아들이기도 했고 말이야. 그런데 갑자기 그 10분에 1도 잡아오지 못하게 됐다면 그만한 이유가 있을 거 아닌가?"

타라칸이 한쪽 무릎을 꿇은 병사를 내려다보며 덧붙였다.

"아니, 있어야겠지."

"그, 그게 저도 이유를 잘 모르겠습니다."

"모른다?"

슬쩍 입술을 추켜올리는 타라칸의 외눈이 붉게 물들었다.

그때 병사가 황급히 고개를 들어 올리며 말했다.

"절대 허투루 찾아본 건 아닙니다! 도시를 샅샅이 수색해 놈들의 흔적을 찾았습니다! 그리고 그 흔적을 추적해 여러 개의 은신처를 찾아내기도 했습니다!"

"그런데?"

"없었습니다. 분명 놈들의 흔적이, 그것도 얼마 전까지 생활하던 흔적이 있었는데도 정작 놈들은 보이지 않았습니다. 그뿐만 아니라 이동한 흔적조차 찾을 수 없었습니다."

"이동한 흔적도 찾지 못했다고?"

이어지는 말에 타라칸이 살짝 미간을 찌푸리며 고개를 돌렸다.

그 눈에 족쇄에 묶인 사람들이 흠칫하며 황급히 시선을 피하는 모습이 보였다.

잠시 그들을 바라보던 타라칸이 중얼거렸다.

"그럼 결국 흔적을 지웠다는 말인데…… 저런 놈들에게 그만한 재주가 있다고는 생각하기 힘들겠지. 그럼……."

"수인족의 짓이 아닐까요?"

그때 타라칸을 수행하던 병사 중 한 명이 끼어들었다.

"수인족은 대체로 추적술에 능합니다. 당연히 그만큼 흔적을 지우는 데도 능하겠죠. 더구나 비슷한 시기에 수인족 놈들도 부락을 버리고 사라진 걸 생각하면……."

"제들끼리도 모른 척하던 놈들이 저런 알지도 못하는 녀석들을 도왔다고는 생각하기 힘들다. 적어도 자발적으로는 말이야."

"그럼……."

"중요한 건 그게 수인족인지 아닌지가 아니다. 누가 됐든 우리 일을 방해하는 자가 있다는 거다. 그리고……."

잠시 생각하던 타라칸이 피식 웃으며 고개를 끄덕였다.

"짚이는 구석이 전혀 없는 것도 아니지."

"며칠 전에 노예를 잡아 오던 부대를 습격했던 자를 말씀하시는 겁니까?"

"몇 달이나 별문제 없이 진행해 오던 일이 놈이 나타난 직후부터 차질이 생기기 시작했다. 우연이라기에는 너무 공교롭지."

"제게 70명만 붙여 주십시오. 사흘 안에 잡아 오겠습니다."

"멍청한 소리를 하는군."

"네?"

"방금 말하지 않았나? 반복되는 일에 우연은 없다. 저 녀석들이 도시를 샅샅이 뒤지면서도 그런 놈들을 발견하지 못한 것도, 번번이 허탕을 친 것도, 당연히 우연이 아니겠지. 그럼 생각할 수 있는 건 하나, 놈들은 이쪽의 움직임을 파악하고 있다는 말이다."

"대체 어떻게……."

"거기까지는 나도 모르겠군."

타르칸이 가볍게 대꾸하며 시선을 돌렸다.

그 앞으로 보이는 계곡의 끝부분에는 여러 개의 갱도가 뚫려 있었다.

그리고 그 주위에서는 앙상한 몰골의 사람들이 족쇄가 채워진 발을 힘겹게 움직이며 돌아다니고 있었다.

"하지만 놈을 끌어낼 방법은 알고 있지."

그들을 바라보던 타르칸의 입가에 들짐승 같은 웃음이 떠올랐다.

"그것도 아주 쉽고 간단한 방법을 말이야."

쿠콰콰콰—!

바닥에 깔린 뼛조각이 미친 듯이 치솟아 올라왔다.

그 틈을 뚫고 들어오는 금속 빛!

"······칫!"

뒤로 물러나던 태영이 입술을 일그러뜨리며 그리모어를 휘둘렀다.

치칭-!

쇳소리와 함께 터져 오르는 불똥!

그 너머에서 태영을 스쳐 지나가는 말의 모습이 떠올랐다.

썩은 살점이 덕지덕지 붙어 있는 말이었다.

그 위에는 군데군데 녹이 번진 갑옷을 입은 미라 같은 몽골의 기사가 타고 있었다.

그러나 놈을 보고 있을 여유 따위는 없었다.

위잉- 파캉!

숨돌릴 틈도 없이 이어지는 쇳소리!

바로 몸을 돌리며 휘두른 그리모어의 칼날에서 울린 소리였고, 그 너머에서는 창을 비껴든 또 다른 언데드 나이트가 스쳐 지나가고 있었다.

그 뒤에도, 또 그 뒤에도!

같은 모습을 한 수십 마리의 언데드 나이트가 돌진해 오고 있었다.

두두두두! 콰콰콰콰-!

일대를 통째로 휩쓸듯이 검과 창을 휘두르며.

-젠장, 저 빌어먹을 놈이…….

바로 그리모어가 말한 빌어먹을 놈, 데스나이트가 불러낸
놈들이다.

알 수 없는 소리를 지껄이며 검을 내리꽂았을 때, 터져 오
르는 뼛조각 속에서 기어 올라온 수십 마리의 언데드 기사단.

그러나 지금 중요한 건 어떤 놈이 불러냈는지가 아니다.

-주인, 감당할 수 있겠나?

이거지만, 딱히 의미 있는 질문이라고는 할 수 없었다.

대답은 언제나 정해져 있으니까.

"해봐야지."

얌전히 기다리고 있을 생각도 없었다.

퉁-!

대답과 동시에 놈들을 향해 돌진!

놈들을 향해 뻗어 나가는 태영의 손에서 그리모어가 검집
으로 들어갔고, 다시 한 줄기 섬광으로 변해 뽑혀 나왔다.

콰콰콰콰-!

그 앞에서 폭발하듯이 치솟아 오르는 오러!

선두에서 돌진해 오던 두 마리의 언데드 나이트가 산산이
부서지며 터져 나갔다.

그러나 뒤따르는 놈들은 일말의 동요도 보이지 않았다.

되레 한층 속도를 높여 날아드는 검과 창!

콱! 콱! 콱!

그러나 칼날 끝에서 튀어 오르는 건 뼛조각뿐이었다.

태영은 이미 그 위로 날아오르고 있었다.

우지직-!

그리고 그대로 내리꽂히며 그 아래로 창을 세우고 지나가는 놈을 말과 함께 양단!

-주인!

바닥에 착지하자 그리모어의 목소리가 귀를 꿰뚫듯이 파고들어 왔다.

주위에 있는 놈들이 일제히 창을 찔러 오고 있었다.

그러나 피할 필요도 없었다.

삐이이이-!

태영을 휘감듯이 원을 그리며 울리는 청영의 울음!

순간 사방에서 날아들던 창이 도미노처럼 한쪽으로 쏠리며 비껴졌고, 그 중심에서 푸른 섬광이 소용돌이를 일으키듯이 넓게 퍼지며 회전했다.

콰자자작-!

창을 찌르던 언데드 나이트가 연쇄적으로 터져 날아갔다.

그러나 태영은 놈들에게 눈길조차 주지 않았다.

알고 있기 때문이다.

'……거기냐?'

어디로 움직여야 하는지, 또 어떤 놈을 먼저 처리해야 하는지도.

주위에 수십 마리의 언데드 나이트가 날뛰고, 그때마다 무수한 뼛조각이 치솟아 올라오고 있었지만, 그런 건 아무런 지장이 되지 않았다.

모두 보고 있으니까.

파캉─!

이렇게 등 뒤에서 날아드는 창은 물론.

콰직─!

청영이 놈의 뒷덜미를 스치며 목뼈를 뜯어내는 것까지.

청영 역시 마찬가지다.

새도 스텝을 밟으며 놈들을 가로지르는 태영의 옆에서 휘청거리는 언데드 나이트들.

태영의 동선을 파악하고 놈들을 견제해 주는 것이다.

태영이 소나기처럼 쏟아지는 창과 검 사이를 거침없이 가로지를 수 있는 이유는 새도 스텝보다 그 덕분이었다.

'고생한 보람이 있군.'

당연히 저절로 그렇게 된 게 아니다.

사실 지금까지 태영은 청영의 성장 방향에 대해 갈피를 못 잡고 있던 면이 있었다.

비행형 환수라 넓은 시야를 이용한 정찰에는 압도적인 힘을 발휘하지만, 낮은 화력과 방어력 탓에 전투에서 활약할 수 있는 범위는 제한적일 수밖에 없었다.

속도와 정확도에 주력해 왔던 이유도 그래서다.

그리고 청영 역시 착실히 훈련에 임해 준 덕분에 나날이 나아지고 있었지만, 그 역시 한계는 있었다.

'나도 전장에서 싸우며 청영의 움직임을 모두 파악하기는 힘들다. 그건 청영도 마찬가지고. 물론 청영도 그 나름대로 열심히 돕고 있고 또 점차 나아지고 있기는 하지만, 아직은 청영이 전투에 끼어들면 혹시 모를 위험에 신경 쓰느라 되레 내가 전투에 집중하지 못할 때가 많아. 그렇다고 번번이 빼놓으면 성장하지 못할 거고……'

그때 떠올랐다.

'만약 내가 그렇듯이 청영도 내 눈으로 전황을 볼 수 있다면?'

물론 당시도 청영이 태영의 눈으로 보지 못하는 건 아니었다.

청영의 '감각 공유'는 일방통행만 가능한 게 아니니까.

그러나 청영이 태영의 눈으로 보는 건 되레 시야가 좁아질 뿐이라 사용하지 않았을 뿐이다.

태영이 생각한 것도 그런 게 아니다.

'눈은 두 개다!'

핵심은 바로 이거다.

한쪽 눈은 자신의 시야를, 다른 눈을 각각 서로의 시야를 바꿔서 사용하는 것!

황당한 발상이었지만.

'스킬도 결국은 마력의 흐름이다. 내가 청영의 시야를 사용할 때가 정방향이라면, 청영이 내 시야를 사용할 때는 역방향. 즉, 한쪽 눈은 정방향, 다른 눈은 역방향으로 마력이 흐르게 하면 된다는 말이야.'

이론적으로는 못 할 이유가 없었다.

아니, 사실 이론적으로는 더 말이 안 되지만, 태영이라면 불가능한 일은 아니었다.

태영은 각성자, 무한에 가까운 마력 루트를 만들어 낼 수 있는 존재니까.

그리고 곧 태영은 새삼 깨닫게 되었다.

'으악! 내 눈깔!'

세상이 그렇게 호락호락하지 않다는 걸 말이다.

태영이 버림받은 땅으로 오는 동안 상급 몬스터를 피해 다닌 결정적인 이유가 그 때문이었다.

대부분의 시간 동안 거의 장님이나 다름없었으니까.

그러나 말했듯이 그런 경험은 새삼스러운 일도 아니었고, 그 정도로 포기할 태영도 아니었다. 이에 쉬지 않고 눈알의 실핏줄을 터뜨리며 도전에 도전을 거듭!

그리고…….

─청영의 스킬 [감각 공유 Lv. 2]이 지속적인 외부의 마력 간섭으로 인해 파생 스킬을 발생시켰습니다.

–[감각 공유 Lv. 2]의 하위 스킬 [복합시(複合示) Lv. 1]을 습득했습니다.

–[감각 공유 Lv. 2]가 [감각 공유 Lv. 3]으로 상향되었습니다.

이게 그 결과물이었다.

'파생 스킬?'

태영도 처음 들어 보는 스킬이었다.

물론 이전에는 스킬의 마력 루트를 이렇게 말도 안 되는 방식으로 변형시켜 볼 생각을 해 본 적도 없으니 당연한 일일지도 모르지만 어쨌든.

태영은 성공과 동시에 찾아낸 새로운 가능성에 한껏 고무되었다.

그러나…….

'이, 이게 뭐야? 엄청 어지럽잖아? 아니, 그거야 당연하다면 당연하지만, 욱! 소, 속이…….'

사실 진짜 고생은 그때부터였다.

갑자기 두 가지 시야가 동시에 떠오르니 어지러운 게 당연!

"우웩–!"

태영은 토했다.

삐익–!

청영도 토했다.

지직! 퓩─!

때때로 태영의 몸에서 피가 튀는 이유도 그래서다.

끈질긴 노력 끝에 어지러움은 극복했지만, 아직 완전히 익숙해지지는 못한 것이다.

그러나 빠르게 나아지고 있었다.

쉬지 않고 몰아치는 언데드 기사단의 공격을 받아 내며.

태영은 섀도 스텝을 밟으며 쏟아지는 창과 검 사이를 뚫고 들어가며 몸을 날렸고, 청영이 그 아래로 파고들어 와 정확한 타이밍으로 등을 밟는 태영의 발을 한 번 더 띄워 주었다.

콰자자작─!

그리고 떨어지는 태영이 아래에서 반으로 갈라지며 허물어지는 뼈다귀!

"얼마든지 덤벼라!"

삐이─!

위에서 청영의 울음이 들려온 건 그때였다.

그리고 청영의 눈이 곧 태영의 눈!

"그리모어, 양손 도끼!"

태영이 와락 몸을 돌리며 확 퍼지듯 양손 도끼로 변형된 그리모어를 세웠다.

콰쾅─!

동시에 그 앞에서 폭발하는 검은 기운!

그 충격에 수 미터나 밀려난 태영이 고개를 들어 올리며 중얼거렸다.

"그래, 저 녀석이 있었지."

도끼날 너머로 보이는 건 검은 기운을 불길처럼 뿜어내는 검을 든 데스나이트였다.

그러나 곧 다시 보이지 않게 되었다.

홍해처럼 갈라졌던 언데드 나이트들이 봉합되듯이 다시 막아서는 탓이다.

그리고 그 주위에서 들썩이는 뼈다귀 속에서 기어 나오는 새로운 언데드 나이트들!

─젠장, 이래서야 끝이 나질 않겠군.

"그런 것 같군."

태영이 그리모어를 다시 검으로 되돌리며 몸을 일으켰다.

언데드 나이트는 기사라고 해 봐야 사실 그냥 말을 탄 조금 센 언데드에 불과하다.

역시 문제의 핵심은 놈, 데스나이트다.

언데드 기사단과 섞여 있어도 그렇지만, 좀 전에 붙어 본 느낌으로 판단하자면 태영과 놈은 거의 호각! 아니, 힘과 마력만 놓고 보면 되레 놈이 위다.

─어쩌지?

그러나 그리모어도 아직 눈치채지 못하고 있는 모양이다.

그때는 태영의 전력이 아니었다.

전력을 다하지 않았다는 말이 아니다. 그때도 100%의 힘을 사용했다. 단지…….

"고민할 필요가 있어?"

그 이상이 있다는 말이다.

※

화악-!

어둠 속에서 빛이 떠올랐다.

한 점의 이물질도 섞이지 않은 순수한 백광을 뿜어내는 건 태영의 허리에 달린 랜턴이었다.

어둠의 계곡, 신대 시대의 유적에서 그렉이 찾은 바로 그 랜턴이다.

그러나 작동되지 않았고, 랜턴이라는 이름이 무색하게도 연료를 넣는 곳조차 없었다.

'감정' 마법에 나온 정보도 '???'.

'뭐 감정 마법의 레벨을 올리면 알게 되겠지.'

당시 태영도 이렇게 막연하게 생각하고 챙겨 두었을 뿐이었다.

그러나 의외로 빨리 알게 되었다.

'정황상 이 랜턴의 주인은 선대 엘더 슬레이어였다는 건 분명해. 그리고 엘더 슬레이어가 다른 직업과 확연히 구분되는 점은 그 힘의 본질이 빛, 바로 광력을 사용할 수 있다는

거다. 이 랜턴에 따로 연료를 넣는 곳이 없는 게 그와 관련이
있다면…….'

시도해 볼 만한 방법이 떠올랐기 때문이다.

이에 태영은 바로 양손으로 랜턴을 잡고 광력을 주입해 보
았고…….

[파마의 랜턴]

주요 구성 : 아크 라이트 메탈
등급 : 렐릭
특기 사항 : 어둠 페널티 무효화. 어둠 속성의 적 능력치 약화.
이펙트 스킬 : 사냥의 시간(광력 해방에 따른 신체 능력 상승)
※빛의 힘을 저장, 방출할 수 있는 특수 광물 아크 라이트 메탈로 제작된
랜턴입니다. 광력을 충전해 놓으면 최대 8시간까지 빛을 방출하며, 어떤 환
경에서든 그 빛이 유지되는 한 사용자는 태양광을 받는 것과 같은 효과를
얻을 수 있습니다. 또한, 그 효과는 태양광에 페널티를 받는 어둠 속성의
적에게도 동일하게 적용됩니다.

예상대로였다.

그리고 이 정보창을 보는 순간 알 수 있었다.

이 랜턴이 엘더 슬레이어에 얼마나 중요한 장비품인지 말
이다.

엘더 슬레이어는 기본적으로 모든 능력치에 30%의 보너
스가 붙는 직업이다.

그러나 그 효과는 밝은 곳, 즉 태양광을 받을 때만 적용되

는 것이다.

태영이 100%의 힘을 발휘했지만, 그게 전력이 아니라고 한 이유가 그 때문이다.

이곳은 어두운 던전 내부.

엘더 슬레이어의 보너스가 적용되지 않는 곳이니까.

그러나 정보창에 나오는 것처럼 '파마의 랜턴'이 밝혀지는 것과 동시에 어둠 페널티는 무효!

태영이 여유를 부릴 수 있던 이유가 바로 이 때문이다.

-[엘더 슬레이어]의 직업 특성 [라이트 세이버]가 활성화되어 신체 능력이 30% 상승했습니다.

"자, 그럼 다시 시작해 볼까?"

빛과 함께 떠오르는 메시지에 태영이 씨익 웃으며 한 걸음 내디뎠을 때였다.

화악-!

그 몸이 빛에 휩싸이며 분열되었다.

이를 시작으로 태영은 빠르게 발을 움직이기 시작했고, 그때마다 태영의 몸을 휘감은 빛에서 갈라지듯 새로운 분신이 만들어졌다.

빛에 휩싸인 채 군무를 추듯이 같은 동작으로 움직이며 언데드 기사단을 향해 진군하는 수십 명의 태영은 그야말로 빛의 군대!

'광화'로 강화한 섀도 스텝이 만들어 내는 효과였다.

"£Å∠ŝ××!"

퍼펑-!

물론 그 대부분은 가볍게 찌른 창 한 방에도 터져 버리는 허상이다.

위잉- 콰자작!

그러나 핵심은 그 분신 속에 실체가 있다는 것!

폭발하는 섬광을 가로지른 태영은 그대로 언데드 나이트를 꿰뚫고 지나갔다.

그 뒤로 또 다른 분신이 갈라져 나왔고, 내디딘 발을 중심으로 방향을 바꿀 때 또 한 번, 연이어 분신을 만들어 내며 놈들을 가로질렀다.

콰콰콰콰-!

그 뒤에서 세 마리의 언데드 나이트가 뼈다귀로 변해 터져 나갔다.

그리고 멈춰 서는 태영의 옆에서도 한 마리가 허물어졌다.

삐이-!

태영의 동작이 멈추는 시점을 정확히 간파한 청영의 화력 지원이다.

그리고 이제 놈들은 그조차 막아 내지 못했다.

청영이 강해져서가 아니다.

일반적으로 언데드는 빛에 있는 곳에서는 약화하는 몬스터. 다시 말해 랜턴이 뿜어내는 태양광은 놈들에게 독이나 다름없다는 말이다.

이는 청영의 힘이 상승하는 것과 같은 효과를 가져왔고, 태영은 실제로 30%의 능력치 상승!

괜히 '파마의 랜턴'이라는 이름이 붙은 게 아니라는 말이다. 그리고 그 이름대로, 랜턴에 불이 밝혀지자 전황은 한순간에 바뀌었다.

삐이이이ㅡ!

콰직! 와드득! 펑ㅡ!

태영과 청영 주위에서 쉴 새 없이 터져 오르는 뼈다귀!

ㅡ크큭큭, 이거 꽤 좋군. 써는 맛이 없는 놈들인데도 뭔가 속이 뻥 뚫리는 기분이다.

그리모어의 말대로 뻥 뚫리고 있었다.

태영의 속도, 그리고 데스나이트의 앞을 겹겹이 에워싸고 있던 놈들도.

능력치의 상승과 함께 언데드 나이트를 해치우는 속도도 압도적으로 상승! 새로 기어 나오는 속도를 웃돌자 숫자가 확 줄어 버린 것이다.

이에 태영은 한 단계 더 속도를 올려 언데드 나이트를 격파!

마침내 바리케이드처럼 데스나이트의 앞을 막아서던 놈들

을 모두 날려 버리고 고속도로와 같은 길을 뚫었을 때였다.

"Åℂ◇◎◎!"

놈이 바닥에 박힌 검을 뽑으며 몸을 회전했다.

순간 그 몸을 따라 회전하는 검에서 시커먼 불길이 원을 그리며 퍼져 나갔다.

펑! 펑! 펑! 퍼퍼퍼펑—!

그 주위에서 연이어 터져 오르는 섬광!

태영을 따라 돌진하던 분신들이 폭발하며 일으키는 섬광이었다.

'광화 섀도 스텝'의 약점이 바로 이것, 광역기에는 취약하다는 점이다.

따라서 이것도 개선의 여지가 남아 있는 셈이지만, 당장은 문제 될 게 없었다.

분신은 이미 제 역할을 완수했고, 태영도 이미 목적지에 도착했으니까.

놈이 광역기를 사용할 때 '블링크'를 발동해서.

"£∠∝?"

바로 여기, 당혹성을 터뜨리는 데스나이트의 뒤로 말이다.

그리고 뒤늦게 태영의 기척을 눈치채고 몸을 돌리는 놈을 향해 뻗어 나가는 섬광!

카카각— 텅!

그 끝에서 쇳소리가 울렸다.

그러나 그 위로 퉁겨져 올랐다가 떨어지는 건 투구뿐이었다.

태영이 노렸던 놈의 머리는 수 미터 앞, 여전히 목에 붙은 채 얼굴을 일그러뜨리고 있었다.

유령 같은 특유의 움직임으로 아슬아슬하게 비껴 낸 것이다.

─……젠장!

그리모어가 불만스러운 목소리로 욕설을 내뱉었다.

"이름값은 하는군."

그러나 태영의 입가에는 웃음이 번졌다.

그리고 살짝 상체를 낮추며 그리모어를 검집에 넣었을 때.

화악─!

랜턴의 빛이 몇 배나 강하게 타올랐다.

─[파마의 랜턴]의 이펙트 스킬 [사냥의 시간]이 발동되었습니다.

─[사냥의 시간] 효과에 의해 [파마의 랜턴]에 축적된 광력을 최대치로 방출합니다. 이에 따라 [엘더 슬레이어─라이트 세이버]의 특성에 초과 능력치가 적용됩니다.

─32%…… 35%…… 38%…….

이게 '파마의 랜턴'의 이펙트 스킬 '사냥의 시간'!

광력을 최대치로 방출해 '엘더 슬레이어'의 능력치를 한계

이상 끌어 올리는 스킬이다.

대신 광력을 엄청난 속도로 소모한다는 단점이 있지만, 당연히 그런 건 문제가 되지 않았다.

어차피 더 길게 끌 생각은 없으니까.

"그럼 어디 이것도 막아 봐라!"

쾅-!

태영의 발밑에서 폭음이 울렸다.

그 기세가 심상치 않다고 느꼈는지 데스나이트는 바로 검은 기운을 흩뿌리며 횡으로 이동했다.

그러나 그건 태영의 최고 속도가 아니었다.

"타키온!"

쾅-!

최고 속도는 이것이다.

치솟아 오르는 뼛조각 속에서 직각으로 방향으로 바꿔 놈을 추격하는 섬광!

"와일드 오러!"

그 앞으로 거대한 검광이 뿜어져 나왔다.

그리고 사방으로 굵은 스파크를 뿜어내며 데스나이트와 충돌!

콰쾅-!

엄청난 폭음이 원형 광장을 통째로 뒤흔들었다.

콰과과과- 콰쾅!

무수한 뼛조각을 날리며 이어지다가 그 끝의 벽에서 다시 한번 폭음이 터져 나왔다.

그리고 우수수 떨어지는 뼛조각.

그 안에는 검을 치켜든 데스나이트가 벽에 처박혀 있었다.

"언데드치고는 미련이 많은 놈이군."

태영이 피식 웃었다.

그 손에 들린 그리모어는 여전히 날뛰듯 진동하며 격렬한 오러를 뿜어 올리고 있었다.

그러나 지금은 감당하기 힘든 힘이 아니었다.

지금 그 순간에도 태영의 힘은 꾸준히 상승하는 중이니까. 그리고…….

"∞∴≒※※!"

"무슨 말인지도 모르겠고, 관심도 없다."

-……50%

여기까지가 '사냥의 시간'으로 올릴 수 있는 최대 능력치였고, 그걸로 충분했다.

지지지지– 텅!

놈의 검을 찍어 누르며 이동하는 그리모어의 끝에서 퉁겨져 올라가는 머리.

순간 필사적으로 저항하던 놈의 팔이 힘없이 아래로 떨어

졌고, 갑옷 사이로 가루처럼 부서진 몸을 쏟으며 허물어
졌다.

　몇 마리 남지 않은 언데드 나이트들도 마찬가지였다.

　"후—!"

　태영이 한숨을 불어 내며 몸을 돌리자 달려오는 자세 그대
로 가루로 변하며 흩어지고 있었다.

　　─종합 평가 레벨이 상승했습니다!

　　─종합 평가 레벨이 상승했습니다…….

　그리고 이를 배경으로 주르륵 떠오르는 메시지.

　태영의 얼굴에 절로 웃음이 번졌다.

　"한바탕 땀을 흘린 뒤에 보는 레벨업 메시지만큼 즐거운
것도 없지."

　─무슨 간단한 운동을 끝낸 사람처럼 말하는군.

　"간단하지는 않았지."

　그러나 힘든 싸움이었다고도 할 수 없었다.

　이곳에 들어오기 전에 말했듯이, 태영은 이곳에 어떤 적이
있는지, 또 어떤 상황이 벌어질지 이미 모두 알고 있었으니까.

　당연히 어떻게 싸울지도 미리 생각해 두었고, 그대로 되
었다.

승리는 그 결과를 확인한 것에 불과할 뿐이다.

되레 태영의 아드레날린을 솟구치게 하는 건 그 과정이다.

'복합시'를 이용한 청영과의 공조와 '파마의 랜턴'으로 인한 능력치 강화, 그리고 무엇보다 이전과 비교할 수 없이 강해진 자신의 힘을 재확인할 수 있던 과정.

─ 그럼 더 좋아해도 되잖아.

"그럴 시간 없어."

태영이 바로 대답하며 고개를 돌렸다.

"……큭!"

그때 갑자기 그 입에서 신음이 터져 나왔다.

─ 응? 주, 주인! 왜 그래? 아니, 잠깐. 그러고 보니 놈들에게 당한 상처가…….

그 말대로 태영도 상처가 없는 건 아니다.

언데드 나이트에게 입은 상처가 적지 않았고, 그리 깊지 않음에도 아직도 피가 흐르고 있었다.

'고속 회복' 스킬이 있는데도 말이다.

그러나 태영이 신음을 터뜨리게 만든 건 그런 상처가 아니었다.

그보다 더 깊은, 몸속 깊은 곳에서부터 온몸을 태울 듯이 이글대며 퍼져 나가는 감각이었다.

"큭! 이, 이 감각은 분명…….."

태영이 터져 나오는 신음을 삼키며 대답할 때였다.

삐이ㅡ!

쿠쿵! 쿠쿠쿠쿠ㅡ!

머리 위에서 청영의 울음과 함께 동굴이 흔들렸다.

움찔하며 시선을 들어 올리자 천장에 쩍쩍 갈라지며 굵은 균열이 번지고 있었다.

ㅡ뭐, 뭐야? 혹시 좀 전에 주인이 시간이 없다고 한 게……

이런 걸 말한 건 아니었다.

그러나 이거든 저거든 급하기는 마찬가지.

"……빌어먹을!"

와락 고개를 돌린 태영이 바쁘게 손을 움직였다.

ㅡ[은닉의 마법 가방]에 [데스나이트의 갑옷]이 수납되었습니다.

ㅡ[은닉의 마법 가방]에 [데스나이트의 검]이 수납되었습니다……

아무리 급해도 챙길 건 챙겨야 하니까.

언데드 나이트의 장비품은 어차피 재활용도 힘든 잡동사니니 볼 필요도 없지만, 데스나이트는 명색이 보스급 몬스터.

매직 이상의 장비품이 섞여 있을 확률이 높으니 당연히 포기할 수 없다.

쿠쿠쿠쿠! 쿠쿠쿠쿠!

"으……."

동굴이 뒤흔들리고, 오장육부가 뒤틀리는 고통이 느껴져

도.

하물며 이 던전에 온 목적인 데스나이트가 앉아 있던 의자 옆에 박혀 있는 깃발은 말할 것도 없다.

이에 빠르게 전리품을 챙긴 태영은 바로 의자로 돌격!

–[은닉의 마법 가방]에 [데스나이트의 투구]가 수납되었습니다.

– 에이, 정말! 그런 건 좀 냅두라고!

그리모어가 이렇게 말해도 차마 뻔히 눈에 보이는 걸 못 본 척할 수는 없기에 바닥에 떨어져 있던 투구까지 빈틈없이 챙기고 깃대를 움켜쥐었을 때였다.

퍼펑! 콰콰콰콰–!

바로 위에서 폭음이 울리며 집채만 한 바위가 떨어졌다.

태영은 낚아채듯이 깃대를 잡아 가방에 밀어 넣으며 차지 대시로 그곳을 벗어났다.

"쿨럭–!"

그때 입에서 피가 터져 나왔다.

– 이, 이런…… 피를 토할 정도면…… 대체 무슨 일이야?

그러나 그리모어의 말에 대답할 시간도 없었다.

피 좀 토했다고 어물쩍대면 그냥 토하는 게 아니라 아예 피 떡이 되리라는 건 자명한 사실!

태영은 어금니를 꽉 깨물고 연이어 차지 대시를 발동했다.

위는 볼 여유도 없고, 필요도 없었다.

삐이–! 삑! 삐이이이–!

콰쾅–! 콰쾅–!

바위가 떨어질 만한 위치는 청영이 알려 주고 있으니까.

그 소리를 따라 태영이 좌로, 우로 급커브를 틀며 광장 너머의 통로를 가로지를 때였다.

삐이이이–!

갑자기 청영이 긴 울음을 터뜨리며 멈췄다.

그 앞의 통로는 이미 여러 개의 커다란 바위로 빈틈없이 막혀 있었다.

그러나 태영은 멈추지 않았다.

"어차피 이판사판이다!"

그 손에는 그리모어가 빛에 휩싸이며 도끼로 변하고 있었다.

☙

붉게 변한 철골을 흉물스럽게 드러내며 주저앉아 있는 건물들.

쩍쩍 갈라진 채 뒤집혀 있는 도로.

어스름하게 밝아오는 빛도 이미 생명력을 잃어버린 도시에 활기를 불어넣어 주지는 못했다.

군데군데 쌓여 있는 잔해를 뒤지며 돌아다니는 이를 모를 새나 짐승들 위로 일그러진 그림자를 더해 음울함만 더해 줄 뿐이었다.

그렇게 오랜 시간, 혹은 영원히 지속할 듯한 정적만이 이어지던 어느 때.

쿵-!

돌연 굉음이 울려 나왔다.

이어 거친 진동을 일으키며 도로 한복판이 움푹 주저앉았다.

그 충격이 도시 전체로 퍼지자 곳곳에서 놀란 새 떼가 날아올랐고, 근처를 배회하던 짐승들도 분주히 도망치기 시작했다.

삐이이이-!

굵게 번진 균열 사이로 푸른 매 한 마리가 솟아오른 건 그때였다.

퍼펑-!

그리고 그 뒤를 따르듯 치솟아 올라오는 바위.

바위를 따라 한껏 치솟았다가 쏟아지는 흙더미 속에서 한 사내가 퉁겨 나왔다.

몸을 굴리다 번쩍 고개를 들어 올리는 사내는 태영이었다.

"나, 나왔어! 밖이다!"

순간 그 입에서 환호성이 터져 나왔지만.

"쿨럭! 컥-!"

그럴 때가 아니었다.

태영은 던전이 붕괴하기 전부터 마력이 폭주하고 있었다.

그런 몸으로 연이어 차지 대시를 사용한 것도 모자라 양손 도끼로 변형시킨 그리모어를 쉬지 않고 휘둘러 댔다.

물론 그럴 수밖에 없는 상황이었고, 그 덕에 입구를 막은 바위를 뚫고 나올 수 있었다.

그러나 태영도 그만한 대가를 치러야 했다.

- 거, 검은 피……!

삐이이이-!

"큭, 빌어먹을! 오지 마!"

태영은 황급히 날아오는 청영을 향해 소리치며 상체를 세웠다.

상황은 명확하다.

검은 피가 나왔다는 건 어딘가 기맥이 터졌다는 증거.

그리고 그건 한 번으로 끝나는 게 아니다.

기맥은 모두 하나로 연결된 마력의 통로. 마력을 제어하지 못하면 연쇄 반응을 일으키게 되고, 그 결과는 하나밖에 없었다.

바로…….

'아니, 그 뒤는 생각할 필요도 없다! 그런 일은 일어나게 하지 않는다! 무슨 수를 써서라도 막아 내지 않으면 안 돼!'

태영은 자세를 잡고 앉아 내면에 의식을 집중했다.

문자 그대로 태풍이 휘몰아치고 있었다.

단전을 중심으로 거대한 소용돌이를 일으키는 마력!

이를 제어해야 하는 기맥도 풍랑을 만난 배의 돛처럼 거칠게 뒤흔들리고 있을 뿐이었다.

그러나 처음 겪어 보는 일은 아니었다.

왜 이런 현상이 일어났는지도, 또 대처하는 요령도 알고 있었다.

'예상하지 못했던 건 아니지만⋯⋯.'

문제는 그때와는 비교도 되지 않을 정도로 악화한 상태라는 것이다.

'하지만 나도 그때의 내가 아니다! 잡아낼 수 있어! 아니, 어떻게든 잡아내겠다! 할 수 있느냐가 아니라 해야만 한다!'

태영은 잡념을 떨쳐 내고 더 깊이 의식을 내면으로 침투시켰다.

당장이라도 끊어져 나갈 듯이 흔들리는 기맥을 지나 단전으로, 그리고 소용돌이치는 마력의 중심부로.

'여기다! 이 폭주를 막기 위해서는 먼저 이곳의 마력부터 제어하지 않으면 안 돼!'

태영은 단전에 압력을 가하기 시작했다.

공간을 좁혀 일종의 브레이크처럼 마력의 회전을 약화하려는 의도였고, 그 의도대로 마력의 소용돌이는 점차 기세가 줄어들었다.

'됐어! 이제…….'

그러나 태영이 미처 생각하지 못했던 부분이 있었다.

단전의 마력에 압력을 가하면 당연히 그와 연결된 기맥에 압력이 분산된다.

태영도 그걸 노린 것이다.

보통 사람보다 몇 배나 넓고, 촘촘한 기맥을 가지고 있으니까.

태영이 생각하지 못했던 건 이미 그 기맥 중 한 곳이 터져 있다는 사실이었다. 그리고 본래 힘이란 빠져나갈 구멍이 있는 곳에 더 집중되는 법.

'아, 아니, 잠깐! 이건…….'

태영은 급격히 증가하는 압력에 뒤늦게 그 사실을 깨달았지만.

파파파팡–!

몸속을 내달리듯이 울리는 파열음!

"쿨럭!"

태영의 입에서 다시 시커먼 피가 터져 나왔다.

–주, 주인!

그리모어가 당혹성을 터뜨렸다.

태영은 그 목소리 덕분에 겨우 멀어지는 의식을 붙잡을 수 있었다.

그러나 할 수 있는 일은 없었다.

간신히 연이어 터져 나간 기맥으로 연결된 통로를 막은 게 전부.

그 상태로는 단전의 마력을 제어할 시도조차 할 수 없었고, 한층 거칠어진 마력의 압력에 직격탄을 맞아 버린 다른 기맥도 당장이라도 터져 나갈 듯이 부풀어 올랐다.

'만약 다른 기맥까지 파열되면 걷잡을 수 없게 된다! 어떻게든 버텨 내는 수밖에 없어! 방법을 찾을 때까지! 그리고, 있을 거다! 뭔가 방법이……'

태영이 이를 악물고 버틸 때였다.

갑자기 팔을 따라 기묘한 열기가 흘러들어 오기 시작했다.

익숙하면서도 낯선, 이질적인 힘.

그 힘의 정체는 알 수 없었지만, 어디서부터 온 것인지는 바로 알 수 있었다.

－어떻게든 해 봐! 아직은 너무 이르다고! 약속했잖아! 재미있게 해 주겠다고! 난 아직 부족하다고! 벌써 주인을 잃고 싶지는 않단 말이다!

그리모어!

'이 힘은…… 내 의지로 움직여진다!'

그 사실을 알게 된 순간, 날뛰는 마력만큼이나 어수선하게 흩어져 있던 태영의 생각이 하나로 모이기 시작했다.

'이 힘이 지금 내가 가진 유일한 수단이다!'

태영은 망설임 없이 그 힘을 몸속 깊은 곳으로 끌어들였다.

'서둘러서는 안 돼.'

그리고 고통을 참아 가며 천천히 움직이기 시작했다.

그와 함께 점차 형태를 갖춰 가는 마력 패턴은 바로 얼마 전 어둠의 계곡에서 상위종 스토커를 쓰러뜨리고 얻은 '회복력 상승'의 상위 스킬 '고속 회복'이었다.

그리고 이 두 스킬의 회복력은 동일하다.

그럼에도 '고속 회복'이 상위 스킬인 이유는 '회복력 상승'은 패시브로만 작용하는 반면, '고속 회복'은 액티브로 사용할 수 있다는 점이다.

던전에서 언데드 나이트에게 당한 상처가 제대로 치유되지 않던 이유가 그 때문이다.

사용하지 않고 있었으니까.

'상처를 입는다는 건 아직 부족한 면이 있다는 말이다. 반대로 말하면 상처를 입지 않으면 어디가 부족한지 모른다는 뜻. 상처야말로 내게 필요한 스승이다. 고통을 느껴야 그 고통을 양분 삼아 성장할 수 있는 것이다.'

태영의 철학이다.

그러나 지금은 그런 철학이나 관철할 상황이 아닌지라 짜넣는 것이다.

터져 나간 기맥 주위에 '고속 회복'의 마력 패턴을.

그리고…….

'……회복되고 있다!'

그 속도는 그야말로 극적이라고 할 만했다.

마치 수십 배 속으로 돌아가는 영상처럼 빠르게 봉합되어 가는 기맥!

그렇게 모든 기맥이 다시 이어지는 순간, 태영은 필사적으로 봉쇄하고 있던 통로를 개방했다.

펑! 콰콰콰콰—!

동시에 폭음을 터뜨리며 밀려 들어오는 마력!

실제로 태영의 몸이 들썩일 정도로 엄청난 충격이 육체와 정신을 뒤흔들었다.

그러나 태영은 이를 악물고 버텨 냈고.

'큭! 버, 버텨 냈다!'

힘들게 회복시킨 기맥도 버텨 냈다.

대신 온몸이 갈기갈기 찢겨 나갈 것 같은 고통이 전해졌지만, 그런 건 이제 문제가 되지 않았다.

말했듯이 겪어 본 적이 있었고 요령도 알고 있으니까.

'그리모어, 받아라!'

태영은 먼저 그리모어에게 받은 힘부터 돌려주었다.

기맥이 완전히 회복된 지금 그 힘은 이제 마력의 흐름을 방해하는 이물질에 불과하다.

지금 태영에게 필요한 건 집중!

'이놈부터 잡는다!'

태영은 다시 단전에 압력을 가했다.

그리고 하나씩, 불필요한 기맥을 차단하며 마력의 흐름을 유도했다.

원을 그리며 몸 내부를 한 바퀴 회전하는 형태로.

처음에는 저항하듯이 격렬하게 반발하던 마력이 점차 안정되기 시작했다.

그리고 한 바퀴, 다시 한 바퀴, 점점 속도를 높이며 회전하던 마력이 하나의 원과 같은 형태가 되었을 때, 갑자기 거짓말처럼 사라졌다.

아니, 사라졌다고는 할 수 없었다.

"……끝났다."

태영의 몸에서 파동처럼 퍼져 나가는 힘.

그게 뭘 의미하는지는 알고 있었다.

바로…….

-[각성자] 레벨이 상승했습니다.

-[각성자 Lv. 3]
-잠재 능력 [힘의 원천]의 마소 흡수율이 60%로 상승했습니다.
-잠재 능력 [재능의 원천]의 스킬 습득률이 60%로 상승했습니다.
-잠재 능력 [지식의 원천]의 지식 습득률이 60%로 상승했습니다.

−잠재 능력 [용기의 원천]의 모든 피해에 대한 저항력이 60%로 상승했습니다.

−신체 능력이 대폭 향상되었습니다.

−근력 : 389⇒410(+15) 순발력 : 427⇒470 지구력 : 397⇒431(+15) 마력 : 374⇒416(+62) 광력 : 61
−종합 평가 레벨 : 155⇒165

성장이다.

태영은 마력이 폭주하기 시작할 때부터 알고 있었다.

그게 그토록 기다리던 각성자의 레벨업을 알리는 신호라는 사실을 말이다.

뭐 다시 생각해 봐도 타이밍이 참 별로였다 싶긴 하지만, 결국 문제없이 레벨이 올랐으니 퉁 치고 넘어가도 그만이다.

그러나 퉁 치고 넘어갈 수 없는 문제도 있었다.

−그리모어와 동화율이 한 단계 상승했습니다.
−그리모어에 축적된 영격 10을 사용해 상위 능력이 개방되었습니다.
−그리모어의 봉인된 일부의 힘이 해제되어 [데드 블링거]의 발현이 가능해졌습니다.

그 아래에 떠 있는 이 메시지다.

"뭔가 알아?"

혹시나 해서 물어봤지만.

─글쎄? 주인에게 빨려 들어갔던 마력이 되돌아올 때 좀 익숙한 느낌이 들긴 했지만, 그 이상은 떠오르지 않는군. 솔직히 말하면 내게 그런 마력이 있었는지도 잊어먹고 있었다.

역시 돌아오는 대답은 이런 거였다.

'동화율이 상승했다는 건 아마도 나와 그리모어의 관계에 답이 있을 거고, 그보다 신경 쓰이는 건 영격으로 상위 능력을 개방했다는 부분인데…… 영격은 도노반의 마을에서 언데드 사건을 일으키던 놈을 흡수했을 때 생긴 것, 그럼 그런 놈을 흡수해야만 그리모어를 성장시킬 수 있다는 말인가? 아니면 또 다른 뭔가가 있는 건가?'

그러니 이런 생각을 해 봤자 결국 가정을 벗어나지는 못하겠지만, 한 가지만은 확실하게 알 수 있었다.

"어쨌든 고맙다."

─응? 어…… 하, 뭐야? 어울리지 않는 짓 그만둬. 있지도 않은 손발이 오글거리니까.

이렇게 말해도 그리모어는 확실히 태영의 편이라는 것.

삐이─!

"물론 너희도."

태영이 빙긋 웃으며 무너진 건물 사이로 달려오는 흑영과 청영을 바라보았다.

어쨌든 결과적으로 이번 일은 꽤 성공적으로 마무리할 수 있었다. 거기에 태영은 물론 그리모어까지 새로운 힘을 얻었으니 이것저것 시험해 보고 싶은 생각도 들었다.

그러나 시간이 없었다.

디멘션 던전은 그 이름처럼 아예 차원이 다른 공간.

대부분 외부와는 적용되는 법칙이 다르다.

그건 시간의 흐름도 마찬가지다.

던전에서 태영이 시간이 없다고 한 말의 진짜 의미는 바로 그것이었다.

"일단 공단으로 돌아가자."

다음에 뭘 할지는 그 뒤에 생각해도 늦지 않는다.

"음⋯⋯."

태영의 입에서 침음성이 흘러나왔다.

태영이 공단으로 돌아온 건 저녁 무렵, 정확히는 사흘째의 저녁이었다.

그리고 앞서 말한 대로 이런 시간 차이는 예상했던 일이지만.

'그사이에 별문제가 없기를 바랐는데⋯⋯.'

그 바람은 이루어지지 않았다.

태영의 주위에 알바인과 곽현경, 다란, 수인족의 네 족장은 물론 이덕수와 그렉까지 모두 모여 있는 이유가 그 때문이다.

"언제였지?"

"발견한 건 오늘 정오쯤입니다. 혹시 감시가 붙어 있을지도 모른다고 생각해 구조가 늦었습니다. 그래서 이렇게……."

"바로 구조했어도 달라질 건 없었을 거다."

알바인의 말에 태영이 무표정한 얼굴로 대구하며 고개를 돌렸다.

그 앞에는 6구의 시체가 놓여 있었다.

마치 고문을 당한 것처럼 무수한 상처로 뒤덮인 각각 호인족과 묘인족, 견인족, 야랑족, 무잠족, 한국인이었다.

-하루에 종족별로 한 마리씩이다!

그리고 이게 그들의 목에 걸려 있었다며 알바인이 전해 준 팻말에 적혀 있는 글이었다.

그 내용은 그들이 어디에서 왔는지, 누가 보냈는지, 또 왜 저런 몸이 되었는지를 명확하게 말해 주고 있었다.

그리고 그와 동시에 태영에게 과제를 던져 주었다.

"어떻게 하시겠습니까?"

바로 이거다.

그러나 그건 태영이 대답할 문제가 아니었다.

"나를 부끄럽게 하는군."

그때 뒤에서 라르고의 목소리가 들려왔다.

고개를 돌렸지만, 라르고는 다른 곳을 바라보고 있었다.

마지막으로 숨이 끊어졌다고 들은 호인족 아이가 누워 있는 곳이다.

그러나 라르고의 붉어진 눈은 그 아이가 아닌, 그 앞에서 숨죽여 울고 있는 사람들을 바라보고 있었다.

"울어 주는 건가? 인간이, 이름도 모르는 수인족의 아이를 위해서? 심지어 같은 종족인 우리에게조차 버림받았던 아이를 위해서?"

"라르고……."

"나는 이미 충분히 많은 긍지를 잃었다. 아니, 잃었다고 생각했다. 하지만 지금 저들의 눈물을 보고 나서야 깨달았다. 애초에 우리는 긍지를 입에 담을 자격조차 없었다는 것을 말이다. 하지만 우리는 달라질 것이다! 저들과 함께! 더는 숨지 않고, 도망치지 않고, 동족의 슬픔을 보고만 있지는 않을 것이다! 나는……."

디글의 말에 점차 격앙된 목소리로 말하던 라르고가 와락 고개를 돌리며 소리쳤다.

"약속을 지키기를 바란다, 영주를 자칭하는 자여!"

그 옆에서는 디글과 일라, 하울이 같은 얼굴로 태영을 바라보고 있었다.

잠시 그들을 둘러보던 태영이 다시 주위에 모여 있는 공장 사람들을 돌아보며 물었다.

"준비됐다고 생각하나?"

"아직 부족하다."

라르고는 가차 없이 대답했다.

그러나 그들을 바라보는 눈에는 확실히 이전과 다른 열의가 깃들어 있었다.

"하지만 이 자리에서 맹세하겠다! 여기에 있는 하쿠인 중 누구도 호인족보다 먼저 죽는 사람은 없을 것이다!"

"오랜만에 호인족과 마음이 통하는군. 그래도 선두는 야랑족이다."

"물론 견인족도……."

"그만하면 됐다."

태영이 쓴웃음을 지으며 족장들의 옆을 지나갔다.

돌아오자마자 쉴 틈도 없이 이런 상황에 직면하게 되니 머릿속이 꽤 복잡했다.

─ 이제 어쩔 생각이지?

이런 질문의 답을 생각하느라 그런 건 아니었다.

라르고의 말대로 아직 공장 사람들은 부족하다. 그래도 용케 그사이 2군 대원들도 모두 전직을 했지만, 전쟁을 치르기에는 아직 배워야 할 게 많다.

태영이 이들과는 별개로 그렉을 보내 준비하던 일도 마찬가지다.

제때 시간을 맞출 수 있을지 확신하기 힘들었다.

'하지만……'

전쟁의 승패는 그런 것만으로 결정되는 게 아니다.

그 외에도 여러 가지가 있지만, 가장 중요한 건 병사들의 마음가짐. 즉, 사기다.

이런 상황을 무시하고 훈련하며 사기가 올라 주기를 기대하기는 힘들다.

그리고 뭣보다, 이번 일로 확실히 알게 되었다.

'적은 기다려 주지 않는다!'

따라서 답은 하나!

"이덕수, 그렉, 3군 모두 철야를 시켜서라도 오늘 밤 안에 남아 있는 작업을 완료해라!"

"뭐? 아, 아니, 아무리 그래도……."

"알았다! 하지!"

이덕수가 떠듬대는 그렉의 입을 틀어막으며 대답했다.

"곽현경, 알바인, 라르고, 디글, 하울, 일라, 모든 병력을 소집하라! 최종 훈련을 마친 뒤에 휴식을 취하도록 해라!"

우뚝 걸음을 멈춘 태영이 몸을 돌리며 말을 이었다.

"내일 새벽, 해가 뜨기 전에 시작한다!"

구덩이 공략

중앙 대륙의 최남단.

그곳이 버림받은 땅이라 불리며 오랫동안 대륙의 역사에서 제외되어 온 이유는 두 가지다.

첫째는 온통 늪지와 자갈밭뿐이라 점령지로서의 가치가 없다는 것.

그리고 두 번째가 타틸로니아 산맥.

마치 경계를 나누듯이 버림받은 땅의 북부에서 남부까지 길게 뻗어 있는 험한 지형의 산맥, 일명 검은 산이었다.

그리고 지금.

삐이─!

한 마리 매가 길게 갈라진 검은 산의 계곡 위를 가로지르고 있었다.

때는 아직 동이 터 오기 전.

채 어둠에서 깨어나지 못한 산은 한층 더 깊은 어둠에 물들어 있었다.

그러나 잠시 후, 맞은편에서 점점이 불빛이 떠오르기 시작했다.

계곡을 막아서듯이 우뚝 솟아 있는 성채 위에서 일정 간격으로 놓여 있는 화톳불이었다.

그리고 그 사이를 채우듯이 늘어서 있는 병사들.

매가 그 위에 도착했을 때.

"보이기 시작합니다."

"호오."

성벽 위에서 한 중년 남자가 눈매를 좁혔다.

거친 황갈색 머리를 풀어헤친 외눈의 남자는 타라칸, 구덩이라 불리는 이 성채의 주인이었다.

그리고 그가 바라보는 건 그 앞에 보이는 어두운 계곡을 따라 이동해 오는 수백의 인영이었다.

타라칸이 그들에 대한 보고를 받은 건 불과 30분 전.

갑작스럽다면 갑작스러운 일이지만, 그의 얼굴에 당혹감 따위는 보이지 않았다.

"역시 쥐 새끼는 한 마리 보일 때 얼른 때려잡아야 하는 거야. 잠깐 놔두는 사이에 이렇게까지 불어나니까 말이야."

되레 엷은 웃음을 떠올라 있었다.

"정작 쥐 새끼들은 모르지. 아무리 떼로 뭉쳐도 쥐 새끼는 쥐 새끼에 불과하다는 걸. 밟히고 으깨진 뒤에야 그 당연한 사실을 깨닫게 되는 법이지."

"어떻게 하시겠습니까?"

"방금 말했지 않나? 더 설명이 필요한가?"

"……아닙니다."

"그래도 조금 호기심이 생기기는 하는군. 고작 쥐 새끼라도 분수도 모르고 설치게 만드는 건 쉬운 일이 아니니까. 대체 어떤 놈이 저 쥐 새끼들에게 바람을 집어넣었는지 말이야."

"그럼 대화를 요청해 볼까요?"

"대화?"

타라칸이 미간을 좁히며 되물었다.

그리고 잠시 생각하다가 와락 고개를 들어 올렸다.

삐이ー!

그들의 머리 위를 맴돌던 매가 황급히 방향을 바꿔 날아간 건 그때였다.

그 모습에 타라칸의 얼굴에 짐승 같은 웃음이 번졌다.

"정말 흥미로운 놈이야. 하지만……."

타라칸이 화톳불 옆에 세워진 창을 발로 차올려 잡고 몸을 돌렸다.

"나는 쥐 새끼의 말 따위는 모른다."

그리고 짧은 말과 함께 활처럼 휘던 등이 펴지는 순간.

퉁! 콰콰콰콰—!

"굳이 말로 할 필요도 없겠지."

돌풍을 일으키며 날아가는 창과 함께 타라칸의 입술이 날카롭게 치켜 올라갔다.

"쥐는 쥐일 뿐이라는 걸 놈들도 알게 해 줘라!"

삐이이이—!

어두운 하늘에서 울리는 날카로운 울음.

카각! 치이이잉—!

동시에 그 아래에서 쇳소리와 함께 무수한 불똥이 튀어 올랐다.

콰쾅—!

그리고 10여 미터 떨어진 곳에서 울리는 폭음!

그 좌우에서 다란과 곽현경이 당황한 얼굴로 고개를 돌리며 소리쳤다.

"주, 주인님!"

"영주님!"

히히히힝—!

"소란 떨 것 없다!"

태영이 머리를 흔들며 서너 걸음 물러나는 흑영의 고삐를 당기며 대답했다.

그러나 눈은 그들을 보고 있지 않았다.

태영의 눈이 향한 곳은 멀리 보이는 성벽 위, 창이 날아온 곳이다.

– ……저놈이 대장인가? 일단 평범한 놈은 아닌 모양이군.

평범은커녕 괴물에 가까운 놈이다.

아직 성벽까지의 거리는 못해도 300여 미터.

대형 병기인 발리스타조차 뛰어넘는 거리를 날아온 것도 모자라 그 창이 박힌 곳은 마치 크레이터처럼 지면이 함몰되어 있었다.

그리모어와 충돌해 위력이 줄었음에도 말이다.

인간이 던진 창이 만들어 낸 결과라고는 믿어지지 않는 위력!

그러나 새삼 놀랄 일도 아니었다.

태영은 이미 그 창을 던진 게 누구인지 알고 있었다.

분명 놈의 얼굴을 직접 확인한 건 방금 청영의 눈을 통해 본 게 처음이다.

그러나 구덩이에 반란이 일어났음을 직감하고, 기억 속에서 이 시기에 구덩이에 있었던 것으로 짐작되는 인물을 찾아보자 떠오르는 사람이 하나 있었다.

그리고 어제 피투성이가 된 채 황야를 헤매다 죽은 사람들을 보는 순간 확신하게 되었다.

　태영이 아는 한 이계에서 그런 방식을 사용하는 자는 단 한 명!

　'타라칸…… 역시 너였나?'

　전쟁을 더 미룰 수 없다고 판단한 결정적인 이유가 바로 놈 때문이다.

　그건 사태를 악화할 뿐이라는 걸 알고 있으니까.

　'하지만 여기까지다! 앞으로 내가 만들어 갈 이계의 역사에 네놈 같은 이물질은 필요 없다! 네놈부터 시작해서 한 놈씩, 철저하게 배제해 나갈 것이다! 다른 누구도 아닌 나를 위해서! 그리고…….'

　"곽현경, 다란, 준비해라!"

　태영이 둘을 향해 고개를 돌리며 소리쳤다.

　"전쟁은 이미 시작됐다!"

　마치 그 말이 방아쇠가 된 것처럼 상황이 급속도로 빠르게 전개되었다.

　쿠쿠쿠쿠!

　"자, 시작이다!"

　"시궁창에서 기어 나온 쥐 새끼들을 때려잡으라는 장군님의 명령이다!"

　"출격!"

　두두두두-!

육중한 소음을 일으키며 벌어지는 성문에서 쏟아져 나오
는 말발굽 소리!

대략 150~200기의 기마대였다.

반면 태영 앞에는 약 400의 병력이 100명 단위로 포진해
있었다.

그러나 기병과 보병을 단순히 숫자로 비교할 수는 없다.

거기에 개인의 무력과 경험까지 고려하면 실제 전력 차이
는 압도적으로 적군이 높다고 할 수 있었다.

-감당할 수 있을까?

"그야 모르지. 실전은 처음이니까. 하지만 준비는 해
뒀다. 남은 건……."

태영이 침착한 어조로 대답했을 때였다.

"놈들이 온다!"

"당황할 것 없어! 우리가 그동안 뭘 위해, 어떤 훈련을 받
아 왔는지만 떠올려라! 각 대대, 진형을 갖추고 적의 타격에
대비해라!"

좌우로 갈라진 곽현경과 다란이 대원들 앞을 가로지르며
소리쳤다.

촤촤촤촤! 촤촤촤촤!

그 뒤를 따라 파도타기를 하듯이 치솟아 올라오는 방패!

앞만이 아니었다.

위쪽과 양옆, 그리고 뒤쪽까지!

100명 단위로 나뉜 네 부대가 빈틈없이 방패로 뒤덮였다.

그리고 방패 사이로 날카로운 빛을 발하며 솟아 나오는 수십 개의 창날!

고대 그리스의 전통적인 전법 중 하나인 팔랑크스.

방패로 에워싼 밀집 대형으로 방어를 단단히 굳혀 적의 돌격을 막아 내고 역공을 펼치기 위한 전법이다.

그러나 놈들은 머뭇대는 기미도 보이지 않았다.

"크큭, 전투가 시작하자마자 바로 숨는 건가? 쥐 새끼는 쥐 새끼들이군."

"그래도 뭔가 준비를 해 오기는 한 모양이군. 도망치는 놈은 보이지 않는 걸 보니 말이야. 대단한 용기야. 칭찬해 줄 만하잖아."

"크크큭, 그러게. 그럼 이제 그런 것도 상대를 가려 가며 해야 한다는 걸 가르쳐 줘야겠지."

"일거에 휩쓸어 버린다! 노월 왕국이 왜 군사 국사로 불리는지 똑똑히 보여 줘라!"

"방패 따위는 아무런 의미도 없다는 걸 보여 주마!"

"타격 준비! 돌격!"

되레 비웃음을 던지며 가속!

당연한 반응이었다. 지금까지 놈들에게 한국인은 사냥감에 불과했으니까.

평소보다 조금 많고, 조금 더 반항적이라는 게 긴장할 이유는 되지 않는다.

그러나 놈들은 모르고 있는 게 있었다.

콰콰콰콰—!

"큭! 뭐, 뭐야?"

"이 방패는 대체 뭐지? 개나 소나 다 들고 있기에 어디서 모양만 그럴듯한 쓰레기를 주워 왔다고 생각했는데…….'"

"우리의 돌진 공격을 받고도 멀쩡하다는 말인가?"

"방패만이 아니다! 이 자식들, 기마대의 돌격을 받고도 밀리지 않고 있어!"

"버러지만도 못한 놈들이 대체 어떻게 고작 일주일 만에…….'"

폭음과 함께 여기저기에서 터져 나오는 당혹성.

당연한 반응이다.

놈들에게 한국인들은 종이 인형이나 다름없는 존재.

그런 종이 인형들에게 돌격이 가로막히리라고는 상상도 못 하고 있었을 것이다.

그리고 그게 사실이기도 하다.

아무리 훈련을 해도 고작 일주일 만에 끌어올릴 수 있는 실력은 분명 한계가 있었고, 이를 가장 잘 이해하고 있는 사람이 태영이다.

그 자신이 수없이 바닥에서부터 실력을 키워 온 장본인이니까.

이에 태영이 눈을 돌린 게 바로 장비품이었다.

'장비품이라면…….'

얼마든지 찍어 낼 수 있으니까.

공업 단지에서 넘치도록 구할 수 있는 강판과 발전기의 가동으로 급격한 선진화를 이룩한 공장의 설비를 이용해서 말이다.

그게 뇌 구조가 중세에 머물러 있는 놈들과 현대인의 결정적인 차이다.

놈들은 상상도 하지 못할 테니까.

쿵! 쾅! 쿵! 쾅!

이런 식으로 갑옷과 방패를 프레스로 찍어 낸다는 방식은 말이다.

물론 그 방식도 완전한 해결책이 되지는 못했다.

'프레스를 이용하면 단시간에도 갑옷이나 방패 정도는 얼마든지 찍어 낼 수 있다. 하지만 놈들은 제대로 훈련받은 이계의 병사! 그런 방어구로는 마력을 사용하는 놈들의 공격을 한 번도 막아 내기 힘들다.'

그러나 태영이 이런 문제점을 모르고 있었을 리가 없다.

당연히 알고 있었을 뿐만 아니라, 수많은 직업을 경험해 본 덕분에 이를 쉽게 보완할 방법도 알고 있었다.

그게 바로 놈들이 방패를 쓰레기로 착각하게 만든, 방패 앞에 붙은 가죽이다.

태영이 풍부한 헌터의 경험을 살려 틈틈이 사냥한 몬스터 불카누스, 최상급의 물리 방어력을 발휘하는 가죽이다.

콰직! 지직-!

당연히 쉽게 뚫릴 리가 없다.

그리고 방패만 버텨 준다면 대원들도 버틸 수 있었다.

팔랑크스는 단순히 방패의 벽을 만들기 위한 대형이 아니다. 정사각형의 진형은 어떤 방향에서 가해지는 충격이든 모두의 힘을 모아 대항할 수 있도록 해 주는 대형!

"큭! 어, 엄청난 힘이다!"

공격을 받은 건 전방의 대원들뿐이지만…….

"후열! 받쳐라!"

그 뒤, 또 그 뒤의 대원들이 뒤를 받쳐 주는 것이다.

그때 적병 속에서 고함이 터져 나왔다.

"칫! 멍청한 놈들, 뭘 당황하고 있는 거냐? 그래 봤자 놈들이 쥐 새끼에 불과하다는 사실은 달라지지 않아! 제대로 싸워 본 적도 없는 놈들이 급조한 진형으로 버티는 것뿐이다! 전력을 한곳에 집중해라! 이런 오합지졸들은 한 곳만 뚫어 놓아도 순식간에 허물어지기 마련이다!"

정석적인 대응이라고 말해 주고 싶지만.

-정말 제들 입장만 생각하는 놈들이군. 주인이 말한 대로 말이야.

"그러니까."

태영이 씨익 웃으며 대답했다.

그렇게 정석적인, 즉 뻔한 대응을 예상하지 못했을 리가 없다는 말이다.

당연히 그에 대한 대응도 준비해 두었다.

"지금이다! 거창!"

진형 안에서 울리는 다란과 곽현경의 고함이 그것이다.

그와 동시에 방패 사이로 솟아 나와 놈들을 따라 움직이는 수십 개의 창!

쇠 파이프 끝에 칼날을 용접해 둔, 기본적인 형태는 이전에 사용하던 창과 같은 형태였다.

그러나 내용물은 전혀 다른 것이다.

그 역시 전기 공급으로 선진화를 이룩한 공장의 설비를 이용해 개조!

쇠 파이프는 좀 더 강한 철로 대체되어 있었다.

그리고 이를 관통하는 내부도 좀 더 정밀하게 가공, 거기에 몇 가지 부품이 추가되어······.

"발사!"

퍼펑! 퍼퍼퍼펑−!

이런 기능이 생기게 되었다.

칼날 아래에서 불길과 함께 뿜어지는 탄환!

쇠 파이프를 단발식 사제 총으로 개조해 버린 것이다.

그리고 태영은 이 총과 창을 결합한 새로운 무기에 어떤 이름을 붙일까 고민했지만, 그런 고민은 예상치 못했던 곳에서 해결되었다.

　–[총창병]으로 전직하게 되었습니다.

　바로 여기다.
　수인족 족장들을 만난 신대 시대의 유적에 있던 전직의 보주.
　그 무기, 총창으로 훈련을 시작한 이후, 그 보주로 전직하는 1군 대원 대부분에 이런 직업이 생성되었다.
　'무기 이름도 그렇고, 이런 무기를 이용하는 직업이 등록되어 있다는 건 신대 시대에도 이와 비슷한 무기를 사용하던 직업이 있었다는 말인가?'
　이는 태영에게 또 다른 의문을 떠올리게 해 주었지만 어쨌든!

　[총창병]의 직업 특성을 습득했습니다.
　총창 사격 : 총창의 탄환에 마력을 주입해 발사할 수 있게 됐습니다.
　화력 전투 : 각종 화력 무기의 효과가 15% 상승합니다.
　요새화 : 방어구의 성능이 15% 상승합니다.

　덕분에 이런 특성까지 습득!
　방금 창끝에서 발사된 탄환이 바로 이 '총창 사격'을 이용한 사격이었다.

즉, 마력이 담긴 탄환이라는 말이다.

게다가 그 탄환은 산탄!

뭐 이건 공장의 설비로도 일반 총처럼 정밀 가공하기 힘들어 그런 것이지만, 근거리에서 뿜어지는 산탄은 아무리 숙련된 이계의 전사라도 막아 내기는 무리!

"크아아악—!"

"이, 이게 뭐야? 창끝에서 불길이……."

"불이 아니다! 쇳조각이야! 불길과 함께 작은 쇳조각들이 뿜어져 날아온다!"

"피, 피해라!"

퍼펑! 퍼퍼퍼펑—!

"크악!"

폭음이 울릴 때마다 놈들이 속속 피를 뿜으며 말에서 굴러떨어졌다.

그러나 십중팔구는 바로 몸을 일으켰다.

산탄은 넓게 퍼져 막기 힘든 대신 탄환 하나하나의 위력은 떨어질 수밖에 없었다. 거기에 대원들의 마력도 아직 부족한지라 치명상을 입히기에는 부족했다.

"큭! 이 빌어먹을 자식들이!"

"그따위 방패와 무기를 들고 있다고 우리를 이길 수 있다고 생각하는 거냐? 그래, 좋다! 어디 덤벼 봐라! 네놈들 따위는 말도 필요 없다!"

이에 성난 고함과 함께 검을 휘두르며 달려드는 적병들!

밀집 대형으로는 기마대보다 되레 이런 놈들의 공격에 더 대처하기 힘들었다.

역시나, 결국 방패의 벽에 틈이 생기기 시작했다.

그러나 태영은 여전히 태연한 얼굴로 바라보고 있었다.

"근접전이 계속되면 이렇게 되겠지."

그 말처럼 이 역시 예상하던 부분이고, 대비도 해 두었기 때문이다.

"열렸다! 각오해라! 이 쥐 새끼 같은……."

콰직! 텅—!

그게 바로 이거다.

방패 안으로 뛰어들다 피를 뿜으며 퉁겨 날아가는 적병.

"큭! 뭐……."

"크르르르, 감히 누구에게 손을 대려는 거냐?"

"수, 수인족? 어디서 되다 만 짐승 같은 놈들이 겁도 없이……."

"그래, 네놈들은 우리를 그렇게 부르지. 또 그렇게 대해 왔고. 그런 네놈들 덕분에 나 같은 멍청한 수인족도 잘 알게 됐다. 누구와 싸워야 하는지. 그리고……."

낮은 울음을 흘리며 방패 사이를 걸어 나오던 그, 호인족 족장 라르고가 뒤쪽으로 시선을 돌리며 말을 이었다.

"누구에게 등을 맡겨야 하는지도."

"수인족 따위가 건방……."

푸확–!

와락 일그러지던 적병의 머리가 피를 뿜으며 치솟아 올라 갔다.

"너는 너무 말이 많아."

그 뒤에서 붉게 물든 갈기를 털어 내며 몸을 일으키는 건 야랑족 족장 하울이었다.

"싸움은 몸으로 하는 거다."

아오오오–!

그 말과 함께 긴 포효를 터뜨리며 대원들의 방패 사이에서 터지듯 쏟아져 나오는 야랑족!

살짝 인상을 찌푸리던 라르고가 몸을 돌리며 소리쳤다.

"잃었던 긍지를 되찾을 기회가 왔다!"

크와아아아–!

그 뒤에서는 호인족이 울음을 터뜨리며 쏟아져 나왔다.

"견인족의 전사들이여!"

컹컹컹컹–!

그리고 이어지는 디글의 고함과 함께 다른 진형에서 쏟아 져 나오는 견인족도 합세!

"지금이다!"

"전군, 대인(對人) 진형으로 전환!"

철컹! 촤촤촤촤─!

대원들이 일제히 공세로 전환한 건 그때였다.

"방패! 착창(着創)!"

곽현경과 다란의 구령에 방패 위로 수십 개의 총창이 걸쳐졌다.

퍼펑! 퍼퍼퍼펑─!

그리고 일제히 불을 뿜으며 발사!

물론 놈들도 이미 한번 경험해 본지라 넋 놓고 당하고 있지만은 않았다.

"하! 이따위 술수가 계속 통하리라고 생각하나?"

"놈들이 사용하는 무기는 연속적으로 사용하지 못한다! 다시 준비하지 못하게 바로 돌격해 밟아 버려라!"

바로 방패로 막아 내며 좀 전보다 헐거워진 진형을 향해 돌진해 왔다.

그리고 그 말대로, 쇠 파이프를 개조한 산탄총은 기본적으로 화승총과 같은 구조라 재장전에 꽤 시간이 걸린다.

그러나 왜 좀 전보다 진형이 헐거워졌는지까지는 생각해 보지 않은 모양이다.

"1열, 방어를 굳혀라! 2열, 발사!"

퍼퍼퍼펑─!

이게 그 이유다.

1개 진을 세 대열로 나누어 사격, 이동, 장전을 동시에 진행해 연속 사격하기 위해서.

　게다가 대원들도 이미 놈들의 대응을 경험해 본지라 화력은 놈들이 아닌 말에 집중되었다.

　히히히힝—!

　온몸에서 피를 뿜어 올리며 쓰러지는 말!

　"울부짖어라, 호인족이여! 우리가 위대한 선조들에게 받은 손톱과 어금니를 어디에 써야 하는지 기억해 내라! 우리는 사냥꾼이자 전사다!"

　"긴말 필요 없다! 적을 찢어라! 그럼 모든 게 증명될 것이다!"

　"우리의 등을 기꺼이 맡아 준 인간들에게 보여 줘라! 우리에게도 등을 맡겨도 된다는 것을!"

　크와아아아—!

　그리고 낙마한 놈들 위로 몰려드는 호인족, 야랑족, 견인족!

　그 손에는 최강의 복합강 다마스커스로 만들어진 강철 발톱이 장착돼 있었다.

　"헉! 이, 이놈들이…… 막아! 막아라!"

　"하, 하지만 숫자가…….."

　푸확—! 푸확—!

　그 위로 쉴 새 없이 피가 치솟아 올라왔다.

　"큭! 단장님, 선두 부대가 모두 당했습니다! 게다가 놈들

앞에 아군과 말의 사체가 뒤엉켜 있어 진군하기도 힘듭니다!"

"그런 건 나도 보고 있어! 빌어먹을, 검도 제대로 만져 본 적이 없는 놈들과 되다 만 짐승 같은 놈들 따위에게 이 무슨…… 저런 무기도, 이런 전법도 들어 본 적이 없어! 어떤 놈이야? 대체 이놈들 뒤에 어떤 놈이 있는 거야?"

물론 태영이다.

"아니, 됐다! 놈들 뒤에 누가 있든, 놈들이 쥐 새끼에 불과하다는 사실은 변하지 않아! 곧 그 바닥을 드러내게 해 주마! 부관, 병력을 분산한다! 기동력을 살려 전후좌우에서 공세를 퍼부으면 저따위 진형은 금세 와해될 것이다!"

그리고 참고로 말하자면, 놈들이 이렇게 떠들어 대는 소리도 다 듣고 있었다.

다음 단계로 넘어가야 할 때가 됐다는 말이다.

부앙! 부아아앙-!

그게 바로 이 엔진음이다.

어제저녁 태영이 이덕수와 그렉에게 지시한 작업이 바로 그것이다.

공단 여기저기에 버려져 있던 자동차를 수거해 맛이 간 부품을 떼어 내고, 쓸 만한 부품을 모아 재조립한 10여 대의 자동차.

정확히는 거친 지형에 대응한 SUV에 두꺼운 철갑을 두른 장갑차다.

　물론 그렇다고 몸빵용으로만 사용할 생각은 없는지라 병기도 탑재!

　그 위에 세 명의 대원들이 타고 있는 이유가 그래서다.

　"장전 끝났다! 마력 주입!"

　"오케이!"

　한 명이 장전, 나머지 두 명이 마력 주입 담당!

　투콰-!

　뒤이어 터져 나오는 굉음!

　육중한 SUV의 몸집에 걸맞게 150밀리가 넘는 대구경의 대포였다.

　한 방에 수백 개의 나사를 뿜어내는 산탄 포!

　당연히 그 범위와 위력은 총창의 산탄과는 수준이 달랐다.

　"다음 장전 완료!"

　게다가 가스 충전식으로 만들어져 장전 속도도 몇 배나 빨랐다.

　텅! 부아아앙-!

　그러나 더 위력적인 건 장갑차 그 자체였다.

　거친 엔진음을 일으키며 자갈밭을 헤집으며 ·회전할 때마다 어지럽게 회전하는 헤드라이트!

　난생처음 보는 장면에 말들은 혼란에 휩싸였다.

"지금이다! 발사!"

투쾅—!

"으아아아아—!"

그런 장갑차가 10여 대나 나타나 전장을 종횡하며 산탄 포를 뿜어 대자 측면이나 후방으로 돌아오던 적 기마대는 비명을 터뜨리며 속속 낙마!

"먹이다!"

크르르르! 컹컹컹컹!

말에 깔린 채 버둥대며 수인족의 사냥감으로 전락했다.

"빌어먹을! 저건 또 뭐냐고! 저런 게 살아서 움직인다는 보고는 들어 본 적이 없다고!"

당연히 적병도 날뛰는 말과 함께 우왕좌왕!

─꽤 한심해 보이지만, 뭐 이해 못 할 건 아니지. 저 녀석들 측에서는 뭔가 하려고만 하면 듣도 보도 못한 게 튀어나와 방해하고 있는 것이니까. 이제 뭘 해야 할지도 모르겠지. 하지만……

"알아."

태영이 살짝 고개를 끄덕였다.

당장 눈에 보이는 것만으로 전황에 대해 말하기는 이르다.

선봉으로 나온 기마대는 놈들의 일부, 그마저도 이쪽의 전력을 얕보고 있던 놈들이다.

그동안 무잠족의 환수를 이용해 모은 정보에 의하면 놈들의 전력은 최소 1,500!

'놈들은 지금처럼 쉽지 않겠지. 하지만 그 전에…….'

먼저 넘어야 할 벽이 있었다.

사실 이번 전투에 가장 큰 난점이라고 할 수 있는 게 바로 그 벽이었다.

비유가 아닌 말 그대로 벽. 바로…….

－주인!

그리모어가 소리친 건 그때였다.

순간 태영의 몸이 퉁기듯 솟아올라 흑영의 등을 밟았다.

"타키온－!"

그리고 그대로 섬광이 되어 뻗어 나갔다.

치이이잉! 콰쾅－!

동시에 그 옆으로 격렬한 스파크가 튀어 오르더니 조금 떨어진 곳에서 폭발이 일어났다.

한껏 치솟았다 쏟아지는 흙더미 아래에 박힌 건 창이었다.

"주, 주인님!"

바로 뒤에서 다란의 목소리가 들려왔다.

고개를 돌리자 창과 태영을 번갈아 보던 다란이 귀를 쫑긋 세우고 꼬리를 흔들어 대고 있었다.

그러나 그런 걸 봐 줄 틈은 없었다.

"다란, 곽현경, 모든 공격을 중단하고 방어 태세로 전환한다! 단순한 방어 태세가 아니다! 모든 역량을 총동원해서 전방에 방벽을 세워라!"

방금 태영이 쳐 낸 창은 조금 전 전투의 시작을 알릴 때처럼 타라칸이 던진 창이었다.

그뿐만이 아니었다.

슈슈슈슈─!

퇴각하는 적 기마대 뒤로 비처럼 내리꽂히는 화살!

쾅! 쾅! 쾅!

그 주위로 굉음을 일으키며 박히는 창!

바로 성벽 위에 설치던 20여 대의 발리스타에서 날아오는 창이다.

당연히 아무리 태영이라도 다 막아 내기는 무리!

발리스타의 공격이 시작되자 대원들이 방패로 펑펑 날아가고, 철갑을 두른 SUV도 일격에 뒤집혔다.

"곽현경, 다란, 퇴각하는 적을 따라붙을 생각 따위는 하지 마라! 방어를 굳히며 부상자를 수습하는 게 먼저다! 라르고, 하울, 디글, 넓게 산개해 발리스타에 대응하라!"

태영이 말하던 벽이란 게 바로 이것이다.

이 전투는 공성전!

눈앞의 전투가 어찌 되든, 그 안에 적이 얼마나 되든, 먼저 그 성벽을 넘어서지 못하면 아무런 의미도 없다.

그러나 지금 태영이 가진 화력으로는 성벽은커녕 성문조차 부수기 힘들었다. 아니, 화살과 발리스타의 융단폭격 탓에 접근조차 할 수 없었다.

'하지만…….'

방금 알게 된 게 아니다.

즉, 대책을 생각하는 데 충분한 시간이 있었다는 말이다.

태영이 화살과 창이 빗발치는 상황에서도 부대를 퇴각시키지 않는 이유가 그 때문이다.

동쪽 산자락 사이로 해가 떠오르기 시작하는 바로 지금!

삐이이이-!

멀리서 청영의 울음이 들려왔다.

고개를 돌리자 청영이 태양을 등지고 빠른 속도로 활강해 오고 있었다.

그리고 그 뒤로 연이어 떠오르는 그림자!

"……왔군."

성벽을 공략하기 위해 준비한 비장의 카드가 바로 이거다.

태영은 이곳에 모든 병력을 끌고 온 게 아니었다.

2군은 따로 움직이고 있었다.

성벽 앞에 있는 1군과 호인족, 야랑족, 견인족이 놈들의 이목을 잡아 놓은 사이, 동이 터 오기 전의 어둠에 몸을 숨기고 그동안 피를 토하며 익힌 기고, 뛰고, 기어오르는 솜씨를 발휘해서.

그러나 그동안 그들이 익혀 온 건 그저 기고, 뛰고, 기어오르는 기술만이 아니었다.

바로 비행.

아니, 정확히는 이덕수와 그렉, 3군이 밤을 새워 가며 만든 행글라이더를 이용한 활강이다.

"으햐! 풍경이 휙휙 지나가! 역시 이거 엄청나게 재미있어!"

물론 이렇게 떠들어 대는 묘인족 족장 일라가 재미있어하라고 그런 것은 아니다.

"여긴 계곡이라 바람을 타기 힘들다! 그러니 한시도 앞서가는 저 영주님의 매에서 눈을 떼지 마라! 정확히 저 매의 뒤를 쫓아야 제대로 목적지에 도착할 수 있다! 잊지 마라! 이번 전투의 승패는 우리에게 달려 있다!"

청영을 바짝 따라붙으며 소리치는 알바인의 말도 그중 일부, 무잠족에만 적용되는 얘기였다.

대부분의 인원인 2군은 애초에 이계어를 알아들을 수도 없었지만, 굳이 필요도 없었다.

이들은 묘인족이나 무잠족보다 한참 먼저 비행 훈련을 받아 왔기 때문이다.

−[비공병]으로 전직하게 되었습니다.

그리고 이에 따라 신대 시대의 전직의 보주를 통해 이미 이런 직업으로 전직!

> **[비공병]**의 직업 특성을 습득했습니다.
> **비행** : 모든 형태의 비행체를 조정할 때 정밀도에 30%의 보너스가 적용됩니다.
> **풍향** : 바람의 흐름을 예민하게 느낄 수 있게 됐습니다.
> **공중 화력** : 상공에서 사용하는 모든 도구에 정밀도와 화력이 15% 상승합니다.
> **긴급 낙하** : 추락 시 낙하 대미지를 50% 감소합니다.

이런 특성까지 습득했으니까.

그 덕에 간간이 휘몰아치는 돌풍 속에서도 일사불란하게 편대를 유지하며 활강!

"어? 저, 저게 뭐지?"

"새잖아? 갑자기 어디서 저렇게 커다란 새 떼가…… 아, 아니, 잠깐! 저거…… 사람이다! 저 새에 사람이 타고 있어!"

"무슨 헛소리야? 새에 사람이 타고 있다니…… 헉! 지, 진짜잖아?"

적병들은 성벽이 그림자로 뒤덮인 뒤에야 하나둘 고개를 들어 올리며 당혹성을 터뜨렸다.

그러나 너무 늦은 반응이었다.

"뭔가 떨어지고 있어!"

그 말대로 비공병은 이미 화염병 투하를 시작했으니까.

펑! 화르르르―!

동시에 폭음과 함께 확 퍼지며 치솟는 화염!

당연히 한 번이 아니었다.

"꺄하하하! 이거 신난다! 좋아, 좋다고! 그동안 우리 묘인족을 짐승 취급하며 얕보더니 꼴좋다! 이 기회에 네놈들도 뜨거운 맛 좀 봐라! 던져! 던져! 아니, 쏟아부어라!"

"마구잡이로 던지지 마! 먼저 발리스타다! 발리스타에 화력을 집중시켜 잿더미로 만들어라! 다음은 궁수부대가 모여 있는 곳이다!"

펑! 펑! 펑! 펑!

묘인족과 비공병으로 전직한 2군의 숫자는 약 100여 명!

그 인원이 성벽 위를 가로지르며 떨어뜨리는 화염병은 문자 그대로 융단폭격이었다.

당연히 화력이 집중된 발리스타는 순식간에 불길에 휩싸여 활활 타올랐다.

"이런 빌어먹을! 빨리 꺼라!"

"아, 아니, 하지만……."

"크악! 부, 불이다! 누, 누가 나 좀…… 으아아아!"

옆에서 얼쩡대다가 화염병에 맞은 적병도 순식간에 활활 타올랐다.

"젠장! 대체 뭐야? 어째서 사람이 날아오는데! 이 불은 또 뭐고? 무슨 기름이기에 화력이 이렇게 강한 거야?"

"그런 말을 할 때가 아니잖아! 화살이다! 일단 화살로 놈들을 격추해라!"

그래도 때때로 이런 말을 하는 놈들도 있었다.

그러나 날아가는 화살은 얼마 되지 않았고, 그조차 빈 행글라이더에 구멍을 뚫을 뿐이었다.

굳이 비공병에 묘인족을 붙여 둔 게 바로 그래서다.

묘인족은 낙하 대미지를 80% 가까이 무효화시키는 특성을 가진 종족!

고도 20여 미터까지 내려왔을 때 묘인족은 이미 모두 성벽 위로 뛰어 내려와 있었다.

"그렇게 놔둘 것 같으냐! 가자, 졸개들아!"

이야아아아아옹―!

그리고 일라를 따라 앙칼진 포효를 터뜨리며 놈들을 향해 돌진!

지직! 콰쾅! 푸화―!

닥치는 대로 찢어 대며 성벽 위를 질주하기 시작했다.

곳곳에서 치솟는 불길과 비명!

치솟는 피와 그 아래로 불길에 휩싸인 채 몸부림치며 떨어지는 적병!

당연히 비공병에 신경 쓸 여력이 없었고, 그 결과 사태는 끊임없이 악화!

성벽 위는 그야말로 아비규환이 돼 버렸다.

그러나 태영은 그 정도로 끝낼 생각이 없었다. 아니, 이제부터가 진짜 시작이다.

"뚫어라!"

부앙! 부앙! 부아아아앙─!

태영의 말이 끝나기가 무섭게 옆을 스쳐 지나가는 트럭!

범퍼에 날카롭게 날을 세운 철판이 이중으로 장착된 컨테이너 트럭이었다.

그리고 발리스타는커녕 화살조차 날아오지 않는 벌판을 지나 그대로 성문과 충돌!

콰콰콰콰─!

압도적인 질량으로 성문을 부수며 반 이상 파고들어 갔다.

트럭을 뒤쫓던 흑영의 등에서 몸을 날린 태영이 트럭의 뒤쪽에 내려선 건 그때였다.

그리고 다시 수직으로 몸을 날려 성벽을 밟으며 위로!

푸확─! 푸확─!

솟구쳐 올라오는 태영의 주위에서 연이어 핏줄기가 치솟았다.

태영을 막을 수 있는 적은 없었다.

성벽 곳곳에서 불길이 치솟아서이기도 하지만, 그 위로 드리워지는 빛!

─[엘더 슬레이어]의 직업 특성 [라이트 세이버]가 활성화되어 신체 능력이 30% 상승했습니다.

떠오르는 태양은 곧 태영의 힘이다.

콰콰콰콰—!

성벽 위를 가로지르는 태영의 뒤로 파도타기를 하듯 연이어 핏줄기가 솟구쳤다.

그때 옆에서 또 다른 핏줄기가 터져 올라왔다.

"헉헉! 주, 주인님, 따르겠습니다!"

태영을 따라 성벽을 기어 올라온 다란이 소리쳤다.

숨은 헐떡대고 있었지만, 태영을 바라보는 눈은 초롱초롱 빛나고 있었고, 꼬리는 정신없이 좌우로 흔들리고 있었다.

—……개군. 아니, 충성스러운 강아지라고 해야 하나?

투쾅! 콰콰콰콰—!

그때 아래쪽에서 굉음이 울렸다.

그와 함께 커다란 나무 파편을 튀어 올리며 불쑥 들어오는 컨테이너 트럭!

다시 한번 성문을 들이받으며 밀고 들어온 것이다.

'성벽 위에 타라칸은 보이지 않는다. 그렇다고 놈이 화염병 따위에 겁을 먹고 도망쳤을 리는 없지. 그렇다면…….'

"일라, 2군과 함께 잔당을 처리하고 성벽을 점령하라! 알바인은 무잠족과 함께 다음 작전을 시작하고, 묘인족은 성벽 점령이 끝난 뒤에 부상자와 점거 인원만 남겨 두고 뒤따라라. 곽현경, 라르고, 하울, 디글은 각자 부대를 이끌고 바로 나를 따라 적의 본진으로 진군한다!"

빠르게 명령을 내린 태영이 다란을 돌아보며 입 끝을 말아 올렸다.

"그럼 어디 따라와 봐라."

태영의 몸이 기울어지며 성벽 아래로 떨어졌다.

히히히힝! 두두두두-!

동시에 흑영이 부서진 성문 사이로 뛰어 들어오며 주인의 몸을 받았다.

"영주님을 따라라! 진군이다!"

그리고 그 뒤를 따라 쏟아져 들어오는 병사들!

"주, 주인님 쩔어!"

성벽 위에서 내려다보는 다란의 꼬리가 미친 듯이 흔들리고 있었다.

꩜

"오, 온다!"

"막아라! 한 발짝도 더 들여놓지 못하게 해라!"

계곡을 따라 줄지어 늘어서 있는 크고 작은 건물들 사이.

뾰족한 통나무를 엮어 만든 바리케이드 너머에 모여 있는 병사들 사이에서 고함이 빗발쳤다.

일부는 활을 들어 올리고, 일부는 창을, 말을 탄 병사들은 바리케이드를 돌아 나왔다.

그러나 그 앞으로 돌격하는 병사들의 속도는 조금도 줄어들지 않았다.

　두두두두─!

　그리고 그 앞으로 돌출되듯이 솟아 나오는 흑마!

　"저놈이 놈들의 두목이다!"

　"두목이라는 놈이 저렇게 티를 팍팍 내며 혼자 달려들다니, 그게 얼마나 멍청한 짓인지 가르쳐 주마! 질질 끌 것 없다! 바로 놈을 포위해 움직임을 봉쇄하고 다른 놈들이 따라붙기 전에 멱을 따 버려라!"

　바리케이드 좌우에서 몰려나온 기마병이 일제히 방향을 꺾었다.

　그리고 빠르게 거리를 좁히며 양옆을 들이받았다.

　푸화아아악─!

　"크아악! 다, 다리가……."

　그러나 치솟는 피와 함께 비명을 터뜨린 건 놈들이었다.

　"카, 칼날이다! 마갑에 칼날이……."

　"어, 어디서 저런 게…… 좀 전까지는 칼날 따위는……."

　당연히 보지 못했을 것이다.

　놈들이 충돌해 오기 직전에 발동시켰으니까.

　흑마, 흑영에 장착된 마갑 '백주의 철혈마'를 전투 타입으로 변환해서 말이다. 그리고 이제 흑영도 '백주의 철혈마'의 사용법에 익숙해진 상태!

히히히힝-!

거친 울음과 함께 몸을 옆으로 기울이며 몸통 박치기!

바로 몸을 회전시켜 주춤주춤 물러나는 말을 따라붙으며 다시 몸통 박치기!

"으아아악! 내 다리! 다리!"

그때마다 피가 튀고 비명이 터져 나왔다.

그러나 당연히 그보다 더 심각한 건 그 칼날을 몸으로 받아 버린 놈들의 말이었다.

하나같이 옆구리가 쩍 갈라진 비참한 몰골로 바닥에 머리를 박으며 쓰러지고 있었다.

푸확-!

물론 그게 놈들이 더 낫다는 말은 아니다.

"큭, 빌어먹을! 물러나! 충분히 거리를 벌리고 포위한 뒤에 검기를 퍼부어라!"

그런다고 달라질 건 없었다.

"라이트 웨이브!"

그리모어를 따라 길게 휘어지는 궤적을 그리며 퍼지는 태영의 검기는 3연사!

말 머리를 돌리던 놈들이 피를 뿜으며 굴러떨어졌다.

그리고 그때, 태영은 흑영을 몰아 그사이를 지나 뒤에서 소리치던 놈을 향해 질주하고 있었다.

"그리모어, 핼버드!"

투쾅-!

그리고 오러에 휩싸인 창날로 갑옷을 찢으며 가슴을 관통!

"크흭! 이, 이놈……."

태영이 핼버드를 박아 넣은 채로 들어 올리자 놈이 허옇게 질린 얼굴로 떠듬거렸다.

그러나 그것도 잠시, 등에 여러 발의 화살이 박히자 몸을 들썩이다가 축 늘어졌다.

-동료들과 사이가 좋지 않았나 보군.

꼭 그렇게 말할 수는 없었다.

"이, 이런……."

바리케이드 너머에서 화살을 날리던 놈들도 꽤 당황한 얼굴이었다.

이에 태영은 그대로 핼버드에 펜 놈의 시체를 앞세우고 돌진! 펄쩍 뛰어오르는 흑영과 함께 단숨에 바리케이드를 넘어 들어갔다.

푸화아아악-!

그리고 그 지점을 중심으로 확 퍼져 오르는 피 보라!

"컥! 뭐…… 으아아아-!"

정작 비명은 수십 미터 떨어진 망루 위에서 터져 나왔다.

그러나 굳이 시선을 돌릴 필요도 없었다.

"파이어 애로!"

태영은 한 손으로는 고삐를 잡아채고, 다른 손은 옆으로 뻗으며 소리쳤다.

그 팔목 주위로 불덩이가 원을 그리며 떠올랐고, 하나씩 길게 늘어나 화살처럼 변형되며 발사!

퍼퍼퍼펑-!

폭음과 함께 망루 위에서 불길에 휩싸인 병사가 우수수 떨어졌다.

"으악! 눈! 내 눈-!"

그러나 이번에도 비명은 반대 방향에서 들려왔다.

흑영을 타고 돌진하는 태영의 앞에 보이는 망루 위에서 피투성이가 된 얼굴을 부여잡고 떨어지는 궁수였다.

아직 망루에는 서너 명의 궁수가 시위를 당기고 있었지만, 놈들 따위는 무시하고 그대로 돌진!

"그리모어, 양손 도끼!"

위잉- 콰쾅!

일격에 통나무로 되어 있는 기둥을 날려 버렸다.

휘청대던 망루는 그대로 중심을 잃고 쓰러졌다. 당연히 그 위에 있던 궁수들도 확 피어오르는 흙먼지로 떨어졌고, 곧 그 안에서 연이어 핏줄기가 터져 올라왔다.

삐이이이-!

그리고 그 안에서 솟아오르는 청영!

"애써 훈련한 보람이 있군."

청영을 올려다보는 태영의 한쪽 눈은 그와 같은 금색으로 물들어 있었다.

태영이 거침없이 활개 칠 수 있는 이유가 그 때문이다.

-[복합시]가 발동 중입니다.

태영의 시야와 청영의 시야를 동시에 사용하는 '복합시'!

이는 1인칭으로 적과 싸우면서 3인칭으로 전장의 상황을 파악할 수 있다는 의미였고, 그 효과는 상상 이상이었다.

어디로 움직일지, 어디를 공략해야 할지, 또 어디서 기습이 날아올지 모두 파악할 수 있었다.

물론 그것도 어디까지나 트인 장소에 한정.

팅! 팅! 팅!

이렇게 건물에 숨어서 화살을 날려 대는 놈들까지 알 수는 없었다.

그리고 이렇게 좁은 길목에서는 망루보다 되레 그렇게 곳곳에 숨어 있는 저격수들이 더 진군을 방해하는 요소였지만 문제 될 건 없었다.

"알바인!"

"네, 이미 모두 파악해서 전달했습니다!"

지금까지 무잠족과 환수는 놈들의 동향을 감시하기 위해 구덩이 주위에 잠복해 있었다.

그러나 무잠족이 비공병과 함께 폭격대로 투입되는 것과

환수들 역시 감시병의 임무를 종료하고 모두 성내로 돌입!

작은 틈새 따위를 기어 다니며 곳곳에 숨어 있는 저격병의 위치를 파악하고 있었다.

푸확-!

그 결과가 이것이다.

맞은편 건물 지붕 위에서 튀어 오르는 피!

그와 함께 온몸에 시커먼 잿가루를 발라 놓은 적병이 경사를 따라 굴러떨어졌고, 그 뒤로 보이는 창문 안에서도, 기둥 뒤에서도 연이어 피가 튀어 올라왔다.

그리고 그 건물의 기둥을 타고 오르고, 재주를 넘듯이 창문으로 뛰어 들어가는 그림자들!

"한 놈도 놓치지 마라!"

아오오오-!

"꺄하하하! 숨어 있는 인간을 쫓는 게 이렇게 즐거운 일일 줄은 몰랐어! 좀처럼 없는 기회니 마음껏 즐겨라, 졸개들아!"

이야아아아옹-!

무잠족의 정보를 넘겨받은 민첩성 높은 수인족, 야랑족과 묘인족 전사들이었다.

물론 그들만 있는 것은 아니었다.

쾅-!

한쪽 건물에서 울리는 소음.

시선을 돌리자 부서진 나뭇조각과 함께 한데 뒤엉킨 두 명이 떨어져 내렸다.

"큭! 이 되다 만 강아지 같은 놈이……."

피투성이가 된 모습으로 단검을 뽑아 들며 몸을 일으키는 건 적 궁수!

"얄보지 마라!"

구르듯 접근해 놈에게 창을 찌르는 건 견인족이었다.

그리고 궁수가 그 창을 막는 순간!

퍼펑—!

창끝에서 불길이 뿜어졌다.

바로 총창의 사격이다. 이에 바로 앞에서 산탄에 적중된 적 궁수는 다시 넘어졌고, 견인족이 그 위를 덮치듯 달려드는 것으로 상황 종료.

푸확—!

튀어 오르는 피와 함께 견인족이 와락 몸을 돌리며 태영을 돌아보았다.

─……저 녀석은 또 언제 여기까지 따라온 거야?

거기까지는 모르겠지만.

"확실히 가능성은 있어 보이는군."

그 말에 귀를 쫑긋 세우고 꼬리를 파닥대는 견인족은 다란 이었다.

그러나 그러라고 한 말은 아니었다.

태영도 이번에 알게 됐지만, 지금까지 들어왔던 수인족의 정보는 꽤 저평가되어 있었다.

확실히 병사로서는 좀 통제하기 힘든 면이 있지만, 제대로 특성을 살릴 수 있는 임무를 주면 놀라울 정도의 수행률을 보여 주는 것이다.

게다가 성장도 빨랐다.

수인족의 성장이 느리다고 알려진 건 그들이 모험이 싫어 하기 때문, 즉 익숙한 사냥감만 잡기 때문이었다.

그러나 훈련을 위해 꾸준히 더 강한 몬스터와 붙여 보니 웬만한 인간 전사 이상의 성장 속도를 보여 주었다.

"지켜봐 주십시오!"

그중에서도 유난히 두드러진 성장 속도를 보여 주는 게 바로 이 녀석, 부지런히 꼬리를 흔들어 대는 엉덩이를 보이며 몸을 돌리는 다란이었다.

뭐 이유는 대강 짐작이 되지만.

'……아직이다.'

당장은 다란을 봐 줄 여유 따위는 없었다.

일단 이곳은 태영을 따라 진군한 1군과 호인족, 견인족에 의해 정리되어 가지만, 청영의 눈을 통해 보이기 때문이다.

그 앞에 설치된 몇 개의 바리케이드 뒤.

계곡 끝부분에 뚫려 있는 갱도 앞으로 모이는 적병들이 말이다.

이유는 명확하다.

비공병의 활약으로 함락한 성벽 근처에서 싸우는 건 무의미하다고 판단, 그곳에서 전열을 재정비한 뒤에 승부를 내려는 것이다.

'군데군데 포진된 바리케이드는 그때까지 시간을 벌려는 것이겠지. 그리고 저 안쪽은 놈들에게 익숙한 지형. 여러모로 불안한 부분이 있지만, 준비할 시간을 줄수록 불리해질 뿐이다!'

머뭇거릴 시간 따위는 없었다.

"알바인, 먼저 환수들을 보내 다음 지점에 매복한 저격수를 파악하라! 하울, 일라, 무잠족을 데리고 따라붙어 정보가 나오는 대로 신속히 놈들을 처리하라! 너희가 놈들을 처리하는 속도가 곧 우리의 진군 속도다!"

"들었지? 가자!"

"나머지는 이대로 진군한다! 라르고, 디글, 선두를 맡되 무리하지는 마라! 우리의 승부처는 여기가 아니다!"

"흥! 괜한 걱정을 하는군."

라르고가 헛웃음을 터뜨리며 허벅지에 박힌 화살을 잡아 뽑았다.

피식 웃은 태영이 고개를 돌리며 소리쳤다.

"돌격-!"

"가자! 호인족의 전사들이여!"

크와아아아-!

그리고 힘차게 달려 나가는 태영을 따라 다시 돌격!

"헉! 뭐, 뭐야? 으아아악!"

속속 비명이 터져 나오는 건물 사이를 지나 다음 바리케이드로! 화염병으로 망루와 바리케이드를 불태우며 돌파해 다시 다음 바리케이드로!

그야말로 노도와 같이 적을 격파하며 계곡의 중심부를 가로질렀다.

그리고 마침내 그 끝에 도착했을 때였다.

"크…… 이건…….."

걸음을 멈춘 라르고가 미간을 잔뜩 찌푸리며 중얼거렸다.

그 앞에는 이미 거의 1,000에 달하는 숫자의 병사가 완전한 진형을 갖추고 늘어서 있었다.

그러나 라르고가 인상을 찌푸린 이유는 놈들 때문이 아니다.

시체!

갱도 앞의 넓은 광장에는 곳곳에 엄청난 숫자의 시체가 산더미처럼 쌓여 있었다.

그 대부분은 이계인, 아마도 구덩이를 관리하던 노월 왕국의 병사들이겠지만, 한국인과 수인족의 시체도 꽤 보였다.

그리고 여기까지는 새삼 놀랄 일도 아니었지만.

"크큭큭, 꽤 재미있는 표정을 보여 주는군. 나로서는 공감하기 힘들지만 말이야."

문제는 히죽대며 지껄이는 놈, 타라칸의 좌우에 늘어서 있는 판자들이다.

　"으으……."

　피투성이로 사지가 결박된 사람들이 매달려 있는 판자.

　그들이 누구인지, 왜 그렇게 매달아 놨는지를 모르는 사람은 없었다.

　"비겁한 자식!"

　아직 강아지 티를 벗지 못한 다란이라도.

　그 말에 타라칸이 히죽 웃었다.

　"비겁? 착각하지 말아 줬으면 좋겠군. 설마 내가 네놈들 따위가 무서워서 이러고 있다고 생각하나? 아니지, 이건 그냥 취미야. 난 너희 같은 놈들이 이럴 때 어떤 얼굴이 되는지, 또 어떻게 대처하는지에 꽤 흥미가 많거든."

　"더러운……."

　"뭐 나도 그리 깨끗한 취미라고 생각하지는 않지만."

　타라칸이 느물대는 얼굴로 대꾸하며 태영을 돌아보았다.

　"그래, 네놈이군. 아까는 제대로 얼굴을 보지 못했지만, 그래도 딱 보니 알겠어. 네놈이 저 되다 만 짐승들과 병신 같은 인간들을 충동질해 이런 짓을 일으킨 놈이겠지. 성벽에서 보니 확실히 그만한 재주는 있어 보이는군. 그래서 더 궁금해지는군. 너는 이런 상황을 어떻게 대처할지 말이야."

　태영은 묵묵히 타라칸을 바라보았다.

전혀 예상하지 못했던 일이라고는 할 수 없었다.

말했듯이 놈이 어떤 인간인지 알고, 또 겪어 본 적이 있으니까.

인간 방패 타라칸.

과거에 놈이 전장에서 지금과 비슷한 짓을 저지르고 얻은 별명이다.

전투를 서두른 것도 같은 이유다.

이미 열 받은 놈을 방치하면 무슨 일이 벌어질지는 뻔하니까. 그래도 설마 지금처럼, 아직 수적으로 유리한 상황에서까지 이런 짓을 할 줄은 몰랐지만…….

"빨리 선택하는 게 좋지 않을까? 고민하는 사이에 숨이 넘어갈지도 모르는데 말이야. 네 입으로 말하기 힘들다면 내가 먼저 제안하지. 선택은 두 가지다. 하나는 이런 잘 알지도 못하는 놈들 따위 무시하고 공격하는 것, 다른 하나는 이대로 무기를 내려놓고 저 갱도로 들어가는 것. 후자를 선택하면 잘 대해 주겠다고 약속하지, 물론 내 기준이지만."

"틀렸다."

태영이 입을 연 건 그때였다.

"그들은 네놈이 말하는 것처럼 잘 모르는 사람이 아니다. 그리고 도움이 필요한 사람들도 아니지."

그리고 판자에 묶인 사람 중 한 명을 지긋이 바라보던 태영이 씨익 웃으며 말을 이었다.

"돈값을 해라."

"……뭐?"

이에 타라칸이 미간을 좁히며 되물었을 때였다.

철컹-!

"아직 너한테 돈을 받아 본 기억은 없다."

쇳소리가 울리며 피투성이로 판자에 결박되어 있던 사내 하나가 그 앞으로 툭 떨어졌다.

"이번에는 받아 낼 생각이지만."

"어? 아, 아니, 대체 뭐…… 이 자식이 어떻게……."

"닥쳐라! 내가 말하는 중이잖아!"

푸확-! 푸확-!

황망한 얼굴로 고개를 돌리던 병사의 목에서 피가 치솟았다.

그리고, 그게 시작이었다.

그 안에 잠들어 있는 악의

철컹-! 철컹-!

연이어 울리는 쇳소리.

그때마다 판자에 결박돼 있던 사람들이 아래로 뚝뚝 떨어졌다.

그리고 쇠사슬에 묶여 있던 팔목과 목을 풀듯이 좌우로 움직이다가 고개를 돌렸다.

"헉! 이, 이게 대체……."

판자 주위에 있던 병사들도 당혹성을 터뜨리며 고개를 돌렸다.

그러나 사내들의 동작은 그보다 몇 배나 빨랐다.

병사들이 제대로 상황을 파악하기도 전에 번뜩이는 움직

임으로 뒤로 이동!

한쪽 팔로 뒤에서 병사들의 뒷덜미를 잡아당겼고, 그때 다른 손에는 이미 너덜대는 소매 사이로 미끄러지듯이 흘러나온 단검이 쥐어 있었다.

푸확–! 푸확–!

동시에 쩍쩍 갈라지는 적병의 목에서 치솟아 올라오는 피!

"저, 적이다! 적습이다!"

"판자에 매달린 놈 중에 적이 섞여 있다! 죽여라! 놈들을 몽땅 죽여!"

뒤늦게 곳곳에서 고함이 터져 나왔다.

"크허어어엉–!"

그 앞에서 쩌렁쩌렁한 포효가 울려 퍼진 건 그때였다.

순간 주위의 모든 것이 얼어붙었다.

당황한 얼굴로 고함을 질러 대던 적병도, 단검을 번뜩이며 그 사이를 파고들던 사내들도, 수십 미터의 떨어진 곳에서 어리둥절한 눈으로 그 모습을 바라보던 아군들도.

"전군! 임전 태세로 전환하라!"

움직이는 사람은 이 사내, 흑영의 위에서 소리치는 태영뿐이었다.

그리고 다음 순간.

퉁–!

태영이 섬광처럼 뻗어 나갔다.

그 옆으로 얼어붙은 것처럼 굳어 있는 적병이 빠르게 스쳐 지나가고, 눈앞으로 한 사내의 모습이 빠르게 다가왔다.

황갈색 머리를 풀어헤친 거구의 사내 타라칸이었다.

그리고 그때, 태영은 선명하게 볼 수 있었다.

놈의 하나뿐인 눈은 태영을 따라 움직이고 있었고, 슬며시 치켜지는 입술 아래에서는 허벅지만 한 두께의 목 근육이 부풀어 오르듯이 꿈틀대고 있었다.

"……칫!"

순간 태영은 빠르게 그리모어를 측면으로 되돌렸다.

위이이잉— 콰쾅!

그 검날에 전해지는 충격!

태영의 몸이 떠올려지듯이 10여 미터나 날아올랐다.

—큭! 엄청난 힘이군. 아니, 그보다 저 녀석, 비스트 피어가 통하지 않는 건가?

그렇게 보이지만, 새삼 놀랄 일은 아니었다.

기본적으로 '비스트 피어'의 경직 효과는 상대는 마력을 뒤흔들어 일으키는 것.

일단 먹히면 100% 효과를 발휘하지만, 몸에 마력을 두르는 것만으로 쉽게 막을 수 있는 기술이기도 하다.

그리고 결정적으로 이계에는 그와 같은 기술이 '비스트 피어'만 있는 게 아니었다.

그 때문에 경계심이 많은, 뭐 그것도 그만한 실력이 따라 주는 전사에 해당하는 얘기지만, 전투에 임하기 전부터 몸에 마력을 두르는 자들이 있었다.

타라칸도 여기에 해당한다고 봐야겠지만.

'……빌어먹을!'

역시 욕이 나오는 건 어쩔 수 없었다.

좀 전의 기습으로 놈의 멱을 따 버렸다면 바로 해피엔딩을 맞이할 수 있었을 테니까.

그러나 이미 실패한 일을 붙잡고 억울해해 봐야 의미 없는 짓!

"잡아라!"

"놈이 이쪽으로 온다!"

"죽여라! 놈이 발을 디딜 틈도 주지 마라!"

게다가 아래에서는 그사이 경직이 풀린 적병들이 모여들고 있었다.

"팔랑크스!"

아군 진영에서 곽현경의 고함이 울린 건 그때였다.

"밀집 방어 태세로 진격하라!"

"영주님이 적진 속으로 떨어진다! 전력을 다해 놈들을 뚫고 들어가라!"

아군도 곧바로 총창을 세우고 진군하기 시작했다.

그러나 수십 미터의 거리가 있었고, 태영이 떨어지는 건 적진 한복판. 당장 도움을 받을 수 있는 상황도 아니었지만,

그럴 필요도 없었다.

팡—!

몸을 회전시키는 태영의 발끝에서 폭발하는 대기!

순간 태영의 몸이 수직으로 떨어져 서너 명의 적을 베어 가르며 내리꽂혔다.

그리고 바로 몸을 회전시키며 뒤쪽에서 몰려오는 놈들을 향해 그리모어를 휘두를 때였다.

푸확—! 푸확—!

그 앞에서 피가 뿜어져 올라왔다.

그리고 쓰러지는 적병 사이로 한 사내가 뛰어나왔다.

피에 흠뻑 젖은 너덜너덜한 옷가지를 걸친 사내는 판자에서 가장 먼저 결박을 풀고 내려왔던 그때 그 남자였다.

태영이 피식 웃으며 몸을 돌리자 그가 등을 맞대며 중얼거렸다.

"방금 그건 에어워크로군. 쓸 줄 모르는 거 아니었나?"

"몰랐지, 그때는."

"몇 달 사이에 익힐 수 있는 기술도 아닐 텐데?"

"사람에 따라 다르지."

칭! 푸확—!

태영이 창을 찌르며 달려드는 놈의 목을 날리며 몸을 돌렸다.

"그런데 그 피는 뭐야? 위장치고는 너무 리얼한데?"

카각! 푸확−!

태영을 따라 몸을 돌리는 사내의 앞에서 피가 치솟아 올라왔다.

"좀 전에 포로를 가둬 둔 방으로 어떤 놈들이 '우헤헤헤, 괴롭혀 주마'라고 떠들어 대며 들어오더군. 난 그런 개그는 좋아하지 않아서 말이야."

"확실히 개그였겠군."

태영이 피식 웃으며 중얼거렸다.

태영이 얼마 전 급하게 그렉을 정보 길드로 보냈던 이유가 바로 이 남자였다.

이미 그때부터 짐작하고 있었기 때문이다.

'지금 구덩이를 장악하고 있는 게 내 예상대로 타라칸이라면……'

놈이 어떤 짓을 할지.

이번 전쟁의 가장 큰 난점이 바로 그것이었다.

결과적으로 이번 전쟁은 태영의 기반을 닦기 위한 과정이 되었지만, 초기 목적은 청영의 성장을 위해서였고, 그 중요도는 지금도 마찬가지다.

그러나 그 정보를 아는 유일한 사람인 무잠족의 장로는 놈들에게 잡혀 있는 상황.

'이번 전쟁에서 지면 더 생각할 것도 없지만, 이겨도 문제다. 놈이 불리해져도 포로에게 손을 대지 않으리라는 기대

따위는 할 수 없어. 그러니 놈을 무찌르기 전에 포로의 안전을 확보한다! 그게 이번 전쟁의 선결과제다!'

그래서 그렉을 보내 이 남자를 불러들인 것이다.

최대한 빨리 버림받은 땅으로 와라.

지금 그곳에 있는 노월 왕국의 유배지 구덩이는 반란의 일으킨 죄수가 점거하고 있고, 다수의 포로까지 잡아 두고 있다.

다음 의뢰는 그 포로의 구출이다.

방법은 모두 네게 일임한다. 조력자가 필요하다면 그 역시 얼마든지 고용해도 좋다.

단, 시간은 일주일 내, 최소한 그 안에는 모든 준비를 끝내고 구덩이 근방에 잠입해 있어야 한다. 언제 움직여야 할지는 때가 되면 알 수 있을 거다.

태영이 아는 사람 중에 편지에 적혀 있던 이 내용대로 할 수 있는 사람은 한 명밖에 없으니까.

"따지고 보면 네가 보낸 연락도 개그지."

그게 바로 이 남자.

옅어지는 상처투성이의 얼굴 뒤로 날카로운 눈매만 드러낸 복면을 쓴, 미스트다.

그리고 그와 함께 판자에 결박되어 있던 사람들은 바로 그 미스트가 고용한 암살자들!

적진 곳곳에서 아직도 피가 치솟아 올라오는 이유다.

이에 빠르게 적을 휩쓸며 몸을 회전시키던 태영이 다시 물었다.

"그래서? 포로들은?"

"저 갱도 안의 감옥에 있다. 일단 수갑과 족쇄는 풀어 뒀지만, 놈들을 눈을 피해 탈출하기는 힘들었어. 그래서 기회를 보고 있었지. 하지만 이런 상태라면, 아니, 그보다……."

미스트가 미간을 찌푸리며 고개를 돌렸다.

"놈들이 숫자도 더 많고, 실력까지 더 나아 보이는 건 나만 그렇게 보이는 거냐? 정작 이 전투에서 져 버리면 포로 구출이고 나발이고 아무 소용도 없잖아."

정확한 지적이다.

기습이 실패하자마자 타라칸과 거리를 벌린 이유가 그 때문이다.

그때 놈을 해치웠으면 여러모로 편해지겠지만, 그런 게 맘처럼 되리라는 보장은 없는 법.

당연히 실패를 상정한 대책도 마련해 두었다.

"쓸데없는 걱정하지 말고, 너는 네 일에나 집중해. 잊지 않았겠지? 내 의뢰는 포로를 1명의 사망자도 없이 전원 구출하는 거다."

푸확-!

"내 전문은 죽이는 쪽이다만."

"크게 다르지도 않아. 놈들이 포로를 죽이기 전에 죽이면 되는 거니까."

"그러기에는 숫자가 너무 많다고 생각하지 않냐?"

"기회는 내가 만든다."

"어떤 기회?"

"그건 곧 알게 될 거야."

그사이 또 다른 적을 해치운 태영이 그리모어를 수직으로 세우며 대답했을 때였다.

"칫, 여전히 마음에 안 드는…… 아, 그렇지. 어이, 받아라!"

못마땅한 눈빛으로 바라보며 중얼대던 미스트가 문득 생각난 듯이 뭔가를 집어던졌다.

붉은 장갑이었다.

미스트에 '블랙 캣의 장화'에 대한 정보를 주는 조건으로 요구했던 장갑. 기대대로 미스트는 성실한 셔틀이 되어 그 장갑을 물어 와 준 것이다.

그것도 매우 적절한 시기에.

"빌어먹을 자식! 그게 뭔지 알고 있었다면 절대 네 제안을 받아들이지 않았을 거다!"

이런 불평도 예상했던 일이다.

당연히, 태영은 처음부터 손해나는 장사를 할 생각이 없었으니까.

ㅡ 저 녀석 왜 저래? 게다가 이거 한 짝뿐이잖아?

그런 건 아무런 문제가 되지 않는다.

물론 모든 장갑이 그렇듯이 이 역시 두 짝이 한 세트였겠지만, 나머지 한 짝은 어디에 있는지도 모르고, 관심도 없었다.

태영이 원했던 건 이거 하나!

그리고 그 효과는 바로 확인할 수 있었다.

태영이 미스트의 말을 씹으며 바로 왼쪽 장갑을 바꿔 끼우고 팔을 들어 올렸을 때.

칭! 칭! 칭!

손목에서 연이어 튀어 올라오는 스파크!

"헉! 저, 저게 뭐야? 어떻게…….."

그 앞에서 황당한 얼굴로 떠듬대는 놈들이 날린 검기였다.

그게 바로 이 장갑의 능력이다.

[언브레이커블 핸드]

주요 구성 : 에레니커의 가죽
등급 : 미스테릭
종합 방어력 : ??? (참격 : ? 타격 : ? 관통 : ?)
특기 사항 : 파괴 불가
※오래전 마력 폭발로 사라진 도시의 잔해 속에서 발견된 장갑. 외형은 평범한 가죽 장갑이지만, 파괴가 불가하다고 알려져 있습니다. 현재까지는 그게 한 도시를 잿가루로 만들어 버린 마력 폭발에 영향을 받아 변형된 것인지, 처음부터 그렇게 만들어진 것인지조차 밝혀진 바가 없습니다.

이계에 단 3개밖에 존재하지 않는다고 알려진 파괴 불가의 아이템!

장갑의 능력은 단지 그뿐이지만, 그거로 충분하다.

'그래도 가죽 장갑이라 타격을 받을 때 약간 통증이 느껴지지만……'

절대로 파괴되지 않는 방어구란, 모든 공격을 막아 낼 수 있는 방어구라는 의미니까.

태영이 슬쩍 입 끝을 추켜 올리며 미스트를 돌아보았다.

"자, 그럼 준비하고 있어."

"젠장, 뭘 알아야 준비를 하든지 말든지 하지……라고 말하고 싶지만……."

"비켜라, 머저리 같은 놈들!"

펑—!

"그럴 때가 아닌 것 같기는 하군."

미스트가 10여 미터 떨어진 곳에서 날아오르는 병사를 돌아보며 중얼거렸다.

구덩이의 병사였지만, 아군에게 당해서 그런 게 아니다.

타라칸이었고, 놈은 거치적대는 부하를 쳐 날리며 돌진해 올 정도로 열 받아 있었다.

그러나 그건 놈의 사정이고, 태영은 당장 놈과 치고받을 생각이 없었다.

자신이 없어서가 아니다.

상처뿐인 승리를 얻을 생각이 없어서다.

"이런 상황에서 포로까지 모두 구해 내겠다 이건가? 지나친 욕심이라고 생각하지만, 어디 한번 두고 보지. 어떤 꿍꿍이를 꾸미고 있기에 그런 말을 떠들어 대는지 말이야. 어쨌든 그게 여기서 할 일은 아니겠지? 어느 쪽이냐?"

"이쪽이야."

태영이 반대쪽으로 몸을 돌리며 대답했다.

삐이이이—!

그 방향에서 청영의 울음이 들려온 건 그때였다.

"좋아, 그럼 간다!"

순간 등을 맞대고 있던 태영과 미스트가 확 벌어지듯이 좌우로 나뉘며 뻗어 나갔다.

"뭐, 뭐야, 이건? 움직임을 종잡을 수가…… 헉! 크악!"

"대체 무슨…… 컥!"

뒤에서 곧바로 당혹성과 비명이 터져 나왔다.

무슨 일이 벌어지고 있는지는 굳이 돌아보지 않아도 알 수 있었다.

과거에도 지금처럼 '블랙 캣의 장화'를 장화를 신고 싸우는 미스트를 본 적이 있으니까.

마치 빙판 위를 미끄러지듯이 전후좌우로 이동하며 적진을 질주하는 미스트!

푸화—! 푸화—! 푸화—!

양옆의 적병들은 우왕좌왕하며 피를 뿜어 올릴 뿐이었다.

그건 태영 쪽도 마찬가지였다.

"놈이 온다!"

"만만한 놈이 아니야! 제대로 진형을 갖추고 일시에 공격해라!"

그사이 꾸역꾸역 숫자를 불리며 몰려든 놈들이 일제히 창과 검을 찔러 왔지만, 이제 그딴 건 위협조차 되지 못했다.

카라라랑—!

그 앞을 휩쓸듯이 움직이는 왼손, '언브레이커블 핸드'에 잡혀 바닥에 처박히는 칼날들!

태영은 한데 묶인 창을 밟으며 돌진해 놈들을 뛰어넘었다.

푸확—! 푸확—! 푸확—!

그 아래에서 연이어 핏줄기가 치솟아 올라왔다.

퉁—!

그리고 착지와 동시에 다시 돌격!

숨돌릴 틈 따위는 없었다.

'비스트 피어'의 효과가 사라진 직후, 아군은 성벽 앞에서 기마대와 싸울 때처럼 바로 팔랑크스 진형으로 전환해 진군했지만, 그때와는 상황이 다르다.

미스트의 말처럼 전력 차이는 확연!

더구나 지금은 적 지휘관인 타라칸도 전장에 나와 있는 상황이다.

"어리바리하게 헤매지 마라! 내 휘하의 병사에게 후퇴란 없다! 한 발이라도 뒤로 물러나는 놈은 내 손으로 대가리를 뜯어내 버릴 테다!"

투쾅-!

놈의 고함이 터질 때마다 접점에서 방패를 든 1군 대원이 펑펑 날아올랐다.

아무리 단단한 방어진도 수적 열세를 극복하기는 힘든 것이다.

'하지만 상황은 곧 달라질 것이다!'

삐이이이! 퍼펑-!

청영을 따라 득실대는 적병을 뚫고 나온 지금!

'……나왔다!'

그 앞에 보이는 건 시체 더미였다.

놈들의 손에 죽은 노월 왕국의 병사들과 버림받은 땅에서 잡혀 온 포로들의 시체.

태영이 와락 몸을 돌리며 소리쳤다.

"깨어나라!"

그리고 마법 가방에서 꺼내 든 검게 변한 깃발이 펄럭이는 장대를 바닥에 박아 넣었을 때였다.

드드드드! 콰콰콰콰-!

지진이 일어난 것처럼 지면이 흔들리며 곳곳에서 흙더미가 치솟기 시작했다.

비처럼 쏟아지는 흙.

그 아래의 대지가 시커멓게 물들어 가기 시작했다.

깃발이 박힌 곳을 중심으로, 마치 들불이 번져 나가는 것처럼 지표를 태우며 빠르게 넓어졌다.

그리고 그 위로 떠 오르는 둥근 만월의 형상!

우우우우—!

곳곳에서 울음이 터져 나온 건 그때였다.

수십, 혹은 수백 단위로 쌓여 있는 시체들이 흘려 내는 울음이었다.

그리고 마구잡이로 뒤엉킨 뒤틀린 팔과 다리를 뽑아내며, 거칠게 서로의 몸을 비비대고 바닥을 긁어 대며, 밖으로 기어 나와 하나둘 몸을 일으키기 시작했다.

"저, 저게 뭐야?"

"어, 언데드? 어째서 저놈들이 갑자기 언데드로……."

태영을 추격해 오던 한 무리의 적군이 주춤주춤 물러나며 떠듬거렸다.

아니, 그 장면을 목격한 모든 사람이 마찬가지였다.

적군은 물론 아군도.

—이, 이건…….

"얘기했잖아. 이 깃발이 이번 전투의 게임 체인저가 될 거라고."

유일하게 여유로운 미소를 짓고 있는 사람은 깃발을 박아 넣은 태영뿐이었다.

이를 위해서 일부러 찾아온 것이니까.

[사령의 깃발]

주요 구성 : 저주받은 일족의 뼈, 저주받은 일족의 살가죽.
등급 : 다크니스
특기 사항 : 깃대가 박힌 지역을 저주
이펙트 스킬 : 사령의 소환장(저주를 내린 지역에 있는 모든 시체를 언데드
　　　　　　　　로 소환)
※사령이 되어 영원히 다차원 공간을 헤매는 저주를 받은 일족의 뼈와 가
죽으로 만들어진 깃발과 장대. 만월의 에너지를 충전해 두면 사령의 된 일
족의 영혼을 일시적으로 사체에 주입해 언데드로 불러일으킬 수 있습니다.
단, 그 육체가 강한 원한을 품고 죽은 자라면 소환자의 의지로 움직이지 않
을 때도 있습니다.

디멘션 던전에서 데스나이트가 지키고 있던 바로 이 '사령
의 깃발'을 말이다.

우우우우-!

그리고 이게 그 깃발의 능력이다.

일대의 모든 사체를 언데드로 불러일으키는, 수십 명의 네
크로맨서와 맞먹는 능력!

유일한 단점은 정보창에 적힌 대로 원한을 품고 죽은 자들
로 만들어 낸 언데드는 통제하기 힘들다는 것이지만, 문제
될 건 없었다.

"네놈들이 저지른 죄의 대가를 받을 때가 왔다."

이곳의 시체들이 누구에게 원한을 품고 죽었는지는 생각할 필요도 없으니까.

그리고 역시나.

"자, 너희의 원한을 풀 마지막 기회다!"

태영의 고함에 언데드의 눈이 그 앞에 모인 적군으로 향했고, 퀭한 눈동자에 강렬한 증오심이 떠오르기 시작했다.

우워어어어ー!

그리고 일제히 괴성을 질러 대며 돌격!

"헉! 노, 놈들이 이쪽으로 온다!"

"뭐야? 이게 대체 다 뭐냐고! 어째서 저놈들이⋯⋯."

"빌어먹을! 정신 차려! 그래 봤자 고작 언데드다! 꽥꽥 소리치며 달려드는 것밖에 못 하는 시체에 불과하다고! 저딴 놈들, 몇 번이라도 다시 죽여 주면 그만이야!"

당황하는 적군 사이에서 고함이 빗발쳤다.

맞는 말이다.

그래 봤자 언데드, 심지어 무기조차 없으니 보고 있기에 꽤 불편하다는 점을 제외하면 그냥 맨몸으로 달려드는 사람과 다를 바가 없다.

"진형을 전환해 대응하라!"

콰콰콰콰ー!

실제로 적군과 충돌하자 언데드는 수수깡처럼 박살 나며

날아갔다.

그러나 놈들이 당면한 문제의 핵심은 그런 게 아니다.

그 숫자는 놈들을 압도할 정도로 많고, 썩어 버린 뇌에는 자신을 죽인 놈에 대한 원한과 복수 외에는 아무것도 없다는 점이다.

"칵! 언데드 따위……."

우워어어어ー!

"윽! 이, 이 자식이 다리를…… 놔라! 이 망할…… 헉!"

그 결과가 이것이다.

상체만 남은 언데드에 다리를 붙들린 채 해일처럼 밀려드는 언데드에 파묻히는 적병!

전쟁물이 단숨에 호러물로 변하는 순간이었다.

"이, 이럴 수가…… 아, 안 돼! 이놈들, 아무리 베어도 멈추지를 않아! 막을 수가 없다고! 여기서 버티다간 나도 저 녀석처럼 먹히고 말 거야! 싫어! 그런 건 싫다고!"

이에 적의 우측 진영은 대혼란!

빠르게 전열이 허물어지고, 그 파장은 중앙을 지나 좌측 진영까지 전달되었다.

"겁낼 것 없다! 저 언데드는 우리 편이다! 우리가 지켜주지 못했던 동료들이 죽음에서 일어나 우리를 위해 싸우는 것이다!"

동시에 태영의 목소리가 전장에 울려 퍼졌다.

"그래, 저 언데드는……."

"우리가 지켜 주지 못해서 죽은 우리의 동료들이다! 그럼에도 지금, 죽음에서 일어나 우리와 함께 싸워 주는 것이다! 우리는…… 이에 답할 의무가 있다!"

"지금이다! 전군, 돌격하라!"

"와아아아-!"

갑작스러운 상황에 주춤대던 아군이 다시 함성을 터뜨리며 진군!

허둥대는 적군에 총창을 난사하며 몰아붙였다.

그리고 다음 순간 '사령의 깃발'은 태영도 예상하지 못했던 또 다른 위력을 발휘했다.

푸확-! 푸확-! 푸확-!

양군의 충돌 지점에서부터 확 퍼지듯 터져 오르는 핏줄기!

"크하, 멋지구나! 태양과 함께 떠오른 보름달이라니! 저 보름달이야말로 위대한 태초의 늑대가 우리와 함께하고 있다는 증거! 야랑족이여, 날뛰어라! 적을 찢어 위대한 태초의 늑대 앞에 바치는 제물로 삼아라!"

아오오오-!

하울의 고함에 일제히 울음을 터뜨리는 야랑족.

'사령의 깃발' 위로 떠오른 만월은 늑대의 후예인 야랑족의 야수성까지 깨워 버린 것이다.

그리고 실제로 능력치가 대폭 상승!

최강의 수인족인 호인족을 능가하는 힘과 속도를 보여 주었다.

"계속 밀어붙여라!"

이에 다란과 곽현경, 1군에 합류한 알바인과 무잠족도 대원들과 함께 한층 기세를 높여 공격!

그리고 당연히.

삐이이이-!

'……모든 상황이 계획대로 되어 가고 있다!'

태영은 그 위를 빠르게 날아가는 청영의 눈을 통해 이 모든 걸 지켜보고 있었다.

단숨에 전열을 무너뜨리며 진군하는 아군에 우왕좌왕하는 적군도, 또 그 뒤로 보이는 갱도에서 줄지어 나오고 있는 사람들도.

그 틈에 미스트와 그가 고용한 암살자들이 탈출시키는 포로들이다.

'뭐 불평은 해도 일 하나만큼은 확실하게 하는 녀석이지.'

태영이 피식 웃으며 시선을 돌렸을 때였다.

콰쾅-!

그 앞에서 돌연 폭음이 터져 나왔다.

그리고 도미노처럼 와르르 넘어가는 아군 진영 앞에서 심하게 구겨진 방패를 든 수인족 하나가 퉁겨 올라왔다.

태영은 바로 아군의 방패를 밟으며 뛰어올라 캐치!

"헉! 누구…… 주인님!"

– 나 참, 이 녀석은 왜 자꾸 눈앞에서 얼쩡대는 거야?

"부지런하다는 증거지."

뒷덜미를 잡힌 채 태영과 함께 내려온 수인족은 다란이었다.

이에 다란은 감동의 눈빛을 날리며 꼬리를 흔들어 대다가 흠칫하더니 와락 고개를 돌리며 이를 드러냈다.

"물러나 있어라. 저놈은 내 상대다."

"……이제야 나타났구나."

"너와는 달리 이래저래 꽤 바쁜 몸이거든."

다란을 막아선 태영이 그 앞으로 다가오는 사내를 돌아보며 어깨를 으쓱였다.

두께가 한 뼘은 되어 보이는 쇠봉을 든 황갈색 머리의 사내, 타라칸이 하나뿐인 눈으로 좌우를 둘러보다가 다시 태영을 바라보았다.

"그래서? 이제 할 일은 끝났나?"

"아직은."

태영이 피식 웃으며 고개를 저었다.

그리고 그 순간.

"타키온–!"

태영의 몸이 섬광처럼 뿜어져 날아갔다.

콰쾅! 콰콰콰콰–!

순간 그 앞에서 폭발이 일어나며 그대로 한 줄기 빛이 되어 전장을 가로지르며 질주했다.

"네 숨통을 끊는 게 내 마지막 일이니까."

"할 수 있으면 해 봐라!"

콰직! 콰쾅─!

그 끝에서 다시 폭음이 터져 나왔다.

튕겨 나온 태영이 몸을 회전시키며 바닥에 내려섰다.

그 앞에는 쇠봉을 든 타라칸이 바닥에 한쪽 발을 박아 넣고 서 있었다. 그리고 그 쇠봉에서 냉기처럼 흘러내리는 검은 오러!

─방심하지 마라, 주인. 만만한 놈이 아니다.

그런 건 말하지 않아도 알고 있다.

만만한 놈이 아니라고 생각했으니까, 처음 격돌했을 때 승부를 내지 않고 먼저 전황을 유리하게 만들고, 포로부터 대피시킨 것이다.

그래야 온전히 놈에게 집중해서 싸울 수 있을 테니까.

즉, 그런 제약만 없으면 자신이 있다는 말이다.

"그 말, 후회하게 해 주지."

화악─!

태영의 몸이 빛에 휩싸인 건 그때였다.

그리고 복잡한 궤적을 그리며 움직이는 몸에서 연이어 갈라져 나오는 분신! 분신은 삽시간에 수십으로 늘어났고, 그 모든 분신이 일제히 놈을 향해 질주했다.

"흥, 어디서 잔재주를!"

콰쾅—!

타라칸은 콧방귀를 뀌며 쇠봉으로 바닥을 찍었다.

순간 지면을 들썩이며 퍼져 나온 충격파에 분신들이 일제히 섬광을 일으키며 폭발했다.

그러나 당연히 그 속에 태영은 없었다.

푸확—!

태영이 있는 곳은 바로 이곳!

'섀도 블링크'로 순간 이동해 온 타라칸의 등 뒤였다.

그러나 피가 터져 올라온 건 태영이 노린 놈의 목이 아니었다.

놈이 몸을 돌리며 뻗은, 완전히 관통되어 쫙 벌어지는 손이었다.

그러나 그 손을 힐끗 쳐다본 타라칸은 되레 이를 드러내며 웃었다.

"정말 여러모로 즐겁게 만들어 주는 놈이군."

- 이 자식, 변태냐?

거기까지는 모르겠지만.

"그런 게 즐겁다면 얼마든지 즐겁게 해 주지."

태영은 안으로 파고들어 가며 그리모어를 휘둘렀다.

파캉—!

그 앞에서 튀어 오르는 스파크!

그러나 한번 움직이기 시작한 태영의 검은 멈추지 않았다.

튕겨 나오는 그리모어를 회전시키며 다시 일 격! 미끄러지듯이 파고들어 가며 이 격! 놈이 쳐 내는 방향으로 몸을 회전시키며 위에서 아래로 내리꽂듯이 삼 격!

그리고 다시! 다시! 다시!

태영은 그야말로 폭풍우처럼 타라칸을 몰아붙였다.

아니, 실제로 그리모어의 칼날 주위로 폭풍이 휘몰아치고 있었다.

푸슈-!

때때로 타라칸의 몸에서 피가 튀는 이유가 그 때문이다.

칼날 주위에서 휘몰아치는 폭풍은 이전과 비교도 할 수 없이 높아진 능력치, 이미 완숙의 경지에 다다른 1식의 검술, 거기에 그리모어의 오러가 합쳐져 만들어 내는 오러의 폭풍!

그 자체가 이미 하나의 칼날이다.

그리고 본래 1식은 전개될수록 그 모든 힘이 하나로 집중되도록 구성된 검술.

처음 1식을 완성했을 때 마무리 동작에서 소드 블라스트가 발생했던 이유가 바로 그 때문이다.

이를 당시의 몇 배나 성장한 지금 사용하면…….

쾌쾅-!

폭음과 함께 튀어 오르는 무수한 오러의 파편!

타라칸은 검은 오러에 휩싸인 쇠봉으로 그리모어를 막아 세우고 있었지만, 함몰된 대지에 한쪽 무릎을 꿇고 있었다.

푸확―!

그리고 쩍 갈라지는 어깨에서 치솟아 올라오는 피!

그러나 타라칸은 인상조차 찡그리지 않았다.

"……다 했나?"

천천히 고개를 들어 올리며 이렇게 물어 올 뿐이었다.

이에 되레 태영이 눈매를 좁혔을 때.

"다 한 모양이군."

놈의 얼굴에 짐승 같은 웃음이 떠올렸다.

―이, 이건…… 주인!

순간 그리모어가 다급한 목소리로 소리쳤고, 태영도 느낄 수 있었다.

아니, 눈에 보였다.

타라칸의 몸에서 회오리치듯이 뿜어져 올라오는 검은 기운!

"그럼 이제 내 차례군."

콰쾅―!

놈의 발밑에서 폭발이 일어난 건 그때였다.

동시에 확 뿜어져 올라오는 흙더미 속에서 튀어나오는 타라칸!

태영은 한 걸음 물러나며 황급히 그리모어를 추켜 올렸고.

콰직! 콰콰콰콰―!

그대로 바닥을 긁으며 미끄러졌다.

적과 아군이 뒤엉켜 싸우는 전장을 지나 그 뒤에 벌어져 있는 갱도 속으로.

퍼펑―!

그리고 이어지는 굉음과 함께 등으로 전해지는 묵직한 통증!

"컥! 쿨럭―!"

태영의 입에서 울컥 피가 쏟아져 나왔다.

― 주, 주인, 괜찮은가?

괜찮지는 않지만, 그나마 다행이라고 할 수 있었다.

충돌 직전에 언브레이커블 핸드로 뒤를 받치지 않았다면 괜찮냐고 물어보는 그리모어의 칼날이 태영의 머리를 쪼개 버리는 불상사가 벌어졌을 테니까.

"하아―!"

그 너머에서 짐승 같은 숨결을 뿜어내는 놈에게 떠밀려서.

아니, 놈은 진짜 짐승이 되어 있었다.

이마에 거대한 두 개의 뿔과 붉은 눈, 머리만이 아닌 온몸이 황갈색 털로 뒤덮인 짐승!

― 대, 대체 뭐야, 이 자식? 왜 이렇게 돼 버린 거야?

그리고 태영은 그리모어와 달리 이와 똑같은 모습을 본 적이 있었다. 아니, 똑같고 자시고 바로 이게 태영이 알고 있던 타라칸의 모습이었다.

그러나 예상하지는 못했다.

태영이 아는 한 타라칸이 이런 힘을 얻게 되는 건 적어도 몇 년 뒤의 일이었다.

어떻게든 놈을 여기서 해치워야 한다고 생각한 이유도 그 때문이었다.

놈이 어떤 존재가 될지 알고 있으니까.

그러나 태영을 당황하게 만드는 건 놈보다 그 뒤에 있는 존재였다.

타라칸이 태영의 기억보다 빨리 이런 놈이 됐다는 건…….

'아니, 그런 생각은 나중이다!'

태영이 입술을 꽉 깨물며 머리를 흔들었다.

'뭐가 어떻게 됐든 지금 해야 할 일은 달라지지 않아! 지금 내가 집중해야 할 상대는 이놈이다! 그리고 놈처럼 나 역시, 지금 이 시기의 나와는 다르다! 그리고 이곳이라면…….'

태영이 빠르게 눈을 움직여 갱도를 둘러보았다.

그리고 다시 놈을 바라보는 순간!

화악-!

"크! 뭐지? 이 불쾌한 빛은?"

허리에서 빛이 뿜어지자 놈, 짐승처럼 변한 타라칸이 움찔하며 눈살을 찌푸렸다.

몸을 짓누르는 압력이 약해진 건 그때였다.

파캉-!

그 틈에 태영이 놈을 팔을 쳐 내며 빠르게 몸을 굴렸다.

쾅! 쾅! 쾅! 쾅!

그 뒤를 따라붙듯이 터져 올라오는 자갈!

좀 전까지 들고 있던 쇠봉으로 내리치는 게 아니었다.

시커먼 기운을 줄기줄기 뿜어 올리는 놈의 주먹이었고, 그 위력은 쇠봉 이상! 내리꽂힐 때마다 거대한 바위조차 일격에 박살 나며 흩어졌다.

카캉—!

심지어 오러를 뿜어내는 그리모어조차 튕겨 나올 정도!

막을 수 있는 공격이 아니라는 말이다.

이에 숨돌릴 틈도 없이 뛰고, 굴러 대며 피하는 데 집중했지만, 태영도 알고 있었다.

굳이 머리로 이해할 필요도 없었다.

"큭, 빌어먹을!"

—주인!

"크하하하! 왜 그러나? 좀 전까지 잘난 척하던 그 기세는 어디다 팔아먹은 거냐? 날 즐겁게 해 주겠다고 말하지 않았나? 그럼 좀 더! 좀 더! 애써 보란 말이다!"

펑! 콰콰콰콰—!

쉴 새 없이 산탄처럼 뿜어지는 돌 파편과 그 사이로 날아 드는 주먹!

—저 망할 자식이…….

그나마 그리모어는 분통이라도 터뜨리지만, 태영은 그럴 여유도 없었다.

모든 감각을 피하는 데만 집중해도 여기저기에서 소름 끼치는 통증이 전해져 오고 있으니까.

당연히 그만큼 동작은 둔해질 수밖에 없었다.

따라서 한계도 명확하다.

태영이 몸을 굴릴 때마다 어지럽게 흔들리는 랜턴의 빛이 점점 강해지는 이유가 그 때문이다.

'지금 상태의 타라칸은 틀림없이 어둠 속성, 아마도 나를 갱도로 끌고 들어온 것도 그 속성의 능력치를 최대로 끌어올리기 위해서였겠지.'

반면 태영은 빛 속성.

분명 그 힘의 근원은 빛이지만, 그게 어둠 속에서는 약해진다는 말은 아니다.

그리고 그게 당연하다.

빛의 존재가 맞서 싸워야 할 상대는 어둠 속에 있는 존재니까.

태영이 불리한 줄 알면서도 갱도에서 버티고 있는 이유가 바로 그 때문이다.

어둠 속이야말로 '엘더 슬레이어―라이트 세이버'의 사냥터!

-[파마의 랜턴]의 이펙트 스킬 [사냥의 시간]이 발동되었습니다.

태영은 이미 랜턴을 작동시킬 때 '사냥의 시간'까지 발동시켜 놓았다.

-45…… 50%!

'됐다!'
그리고 마침내 최대 광도에 도달!
순간 이리저리 몸을 굴리던 태영이 빠르게 놈의 사정권을 벗어났다.
그리고 와락 몸을 돌려 다시 벽을 밟으며 놈을 향해 돌진!
"크크크, 해보겠다는 건가? 좋지, 나도 슬슬 질려 가던 참이다! 어디 발악해 봐라!"
놈도 벽을 타고 오르며 태영을 향해 돌진해 왔다.
"아니, 이건 사냥이다!"
쾅-!
태영의 몸이 폭발적으로 가속한 건 그때였다.
"그리모어! 와일드 오러!"
- 기다리고 있었다!
쿠콰콰콰-!
동시에 그리모어에서 줄기줄기 뇌전을 뿜어 대며 확대되

는 오러!

"뭐……."

순간 벽을 밟으며 돌진해 오던 타라칸이 움찔하며 황급히 바닥으로 내려왔다.

그러나 태영은 다시 한번 벽을 차고 방향을 바꾸며 추격!

그 뒤에 벌어진 장면은 놈이 태영을 갱도로 끌고 들어올 때와 같았다.

펑! 콰콰콰콰-!

사방으로 흙과 자갈을 튀기며 좌악 갈라지는 바닥.

거친 오러를 뿜어 올리는 그리모어를 앞세운 태영은 타라칸을 밀어붙이며 갱도 반대쪽까지 가로질렀다.

콰콰콰쾅! 푸확-!

그 끝에서 폭음과 핏줄기가 치솟아 올라왔다. 그리고…….

"아쉽겠구나."

우수수 떨어지는 돌가루 속에서 웃음기 섞인 목소리가 흘러나왔다.

시커먼 기운에 휩싸인 놈의 손에 쥐어진 그리모어의 검 끝, 길게 갈라진 목에서 피를 뚝뚝 떨구는 타라칸의 얼굴에는 짐승 같은 웃음이 떠올라 있었다.

'……얕았다!'

그리고 태영이 그런 생각을 떠올렸을 때였다.

콰직-!

복부를 꿰뚫듯이 파고들어 오는 충격!

아니, 반사적으로 '언브레이커블 핸드'로 복부를 감싸지 않았다면 실제로 뚫렸을지도 모르지만, 막았다고 할 수 있는 상황은 아니었다.

"크헉! 쿨럭—!"

퉁겨 날아가는 태영의 입에서 쏟아지는 시커먼 피!

바닥에 떨어져 구르자 왼쪽 팔목과 명치 주변에서 와작대는 소리가 들려왔다.

그때마다 몸 곳곳에서 비명처럼 메아리치며 전해지는 아찔한 통증!

태영은 입술을 꽉 깨물며 벌떡 몸을 일으켰다.

타라칸이 어슬렁거리는 몸짓으로 다가오며 중얼거렸다.

"조금 짜릿했다. 칭찬해 주지. 하지만 보아하니 이제 그런 밑천도 바닥난 모양이군. 뭐 결국 네놈도 거기까지인 인간이라는 말이겠지."

─저 망할 자식이…… 아직이다! 너 같은 놈을 처리할 방법은 얼마든지 있어! 암! 주인, 말해 줘라! 항상 그랬듯이, 대차게 썩소 한 번 날리며 말해 주라고! 저 자식을 기겁하게 만들어 줘!

그리모어가 울컥한 목소리로 소리쳤다.

그러나 그리모어도 태영의 상태를 몰라서 그런 말을 하는 게 아니다.

알고 있기에 그렇게 말하는 것이다.

태영은 이미 체력도 마력도 바닥! 거기에 좀 전의 충격으로 왼쪽 팔목과 갈비뼈가 박살 났고, '파마의 랜턴'이 뿜어내는 빛도 점차 희미해지고 있었다.

그러나 몸이 움직이는 한!

"그렇게 떠들어 대는 놈은 꼭 후회하는 법이지."

태영이 입가에 얼룩진 피를 닦아 내며 씨익 웃어 주었다.

아니, 웃어 줄 생각이었다.

삐이이이─!

갱도 입구로 이런 울음이 날아 들어오기 전까지는.

"안 돼, 청영! 넌 물러나 있어라!"

"아하, 그렇군. 그러고 보니 네놈한테는 저런 녀석도 있었지. 저게 네 비장의 무기라 이건가? 이거 겁나는군."

태영의 다급한 목소리에 타라칸이 히죽 웃으며 고개를 돌렸다.

쾅─!

그리고 굉음과 함께 흙더미가 치솟아 올랐을 때, 놈은 이미 청영을 향해 날아가고 있었다.

청영이 빠르게 수직으로 솟구쳐 올라갔다.

그러나 그것도 잠시, 곧 확 터지듯 흩뿌려지는 깃털과 함께 바닥으로 떨어졌다.

그 아래를 스쳐 지나간 타라칸의 손톱이 청영의 날개를 긁어 버린 것이다. 그리고 다시 흙더미를 뿜어 올리며 방향을 바꿔 청영을 향해 돌진!

'아, 안 돼! 늦는다!'

와작대는 몸을 이끌고 뛰어가던 태영이 비명을 터뜨릴 때였다.

푸확-!

그 앞에서 핏줄기가 뿜어져 올라왔다.

"크악-!"

그리고 터져 나오는 비명!

놈의 손톱이 바닥에서 퍼덕대는 청영의 몸을 가르기 직전에 그 위를 덮은, 그리고 등이 쩍 갈라진 채로 튕겨 나와 바닥을 구르는 노인의 입에서 터져 나온 비명이었다.

태영이 도착한 건 그 직후였다.

—이 노인은 뭐지? 갑자기 어디서 나타나서…….

그때 퍼뜩 고개를 들어 올린 노인이 태영이 소맷자락을 움켜쥐었다.

"큭! 그대가…… 그대가 이분의 동반자로 선택된 자인가?"

"이분? 그럼 혹시 당신은…….."

"돌겠군."

노인의 뒤에서 또 다른 목소리가 들려왔다.

고개를 돌려 보니 복면의 사내, 미스트가 짜증스러운 눈으로 노인을 바라보고 있었다.

"기껏 탈출시켜 놨더니 제 발로 죽을 자리를 찾아 들어

오다니…… 어이, 미리 말해 두겠지만, 이건 내 잘못이 아니다. 나는 의뢰대로 제대로 탈출시켜 놨다고. 그런데 저 녀석이 여기로 들어오는 매를 보자마자 말릴 새도 없이 뛰어든 거야. 뭐 동물을 아끼는 마음은 이해하지만…….”

“죽여야 할 벌레가 몇 마리 늘었군.”

미스트의 목소리에 섞여 타라칸의 목소리가 들려왔다.

태영이 몸을 돌리자 헐떡대던 노인이 와락 팔을 움켜쥐며 소리쳤다.

“기다리시오! 그대는…… 그대는 이곳에 있어야 하오!”

“벌레라…….”

그때 타라칸을 돌아보던 미스트가 태영의 옆으로 걸음을 옮기며 중얼거렸다.

“이번 실수는 이걸로 벌충하도록 하지. 견적을 보니 나도 장담할 수 없는 상대인 것 같지만, 시간 정도는 벌어 주지. 몇 분이면 되겠나?”

“3분!”

“해 보지. 혹시 그 전에 죽여 버리면 추가 요금을 청구할 테니 알아 두고.”

그 말과 함께 미스트가 미끄러지듯이 놈을 향해 뻗어 나갔다.

위잉! 콰콰콰콰―!

그리고 이와 연결되듯이 갱도를 뒤흔들며 터져 나오는 폭음!

그러나 태영은 시선조차 돌리지 않았다.

좀 전에 들은 노인과 미스트의 말로 짐작할 수 있었기 때문이다.

"크흑! 쿨럭-!"

그 앞에서 다 죽어 가는 얼굴로 피를 토하는 노인이 누구인지 말이다.

이에 태영이 황급히 마법 가방에 손을 집어넣었다.

"조금만 버티십시오! 지금…….."

"아니, 나는 틀렸소."

"안 됩니다! 나는 당신에게 들어야 할 말이 있습니다!"

"그게 뭔지 알고 있소."

노인이 태영의 팔을 움켜쥔 손에 힘을 주며 말했다.

"그리고 당신도 알게 될 거요."

순간 그의 눈동자가 푸른색으로 물들었다.

마치 태영을 빨아들이듯이, 아니 실제로 빨려 들어가고 있었다.

태영의 의식이, 그 눈동자 저편에 펼쳐져 있는 공간으로.

폭포수를 따라 떨어지듯이 빨려들어 가던 태영은 어느 순간 아득한 지평선을 바라보고 있었다.

아무것도 없이 그저 끝없이 펼쳐진 대지.

그리고 이해했다.

그곳은 이 세계도 아니고, 그 풍경 역시 자신의 눈으로 보고 있는 게 아니라는 사실을 말이다.

그 눈의 주인은 아직 태영이 범접하기조차 힘든 지고의 존재였다.

그러나 그는 패배감이 젖어 있었다.

그 몸은 강대하고, 그 정신은 숭고하지만, 그의 힘으로 바꿀 수 있는 것은 없었기 때문이다.

그에게 허락된 건 아무것도 없는 공간을 그저 바라보는 일뿐이었다.

수백, 수천 년이 지나도록.

이에 그의 강대했던 몸도 점점 석화되고, 의식도 그 속으로 함몰되어 갈 때였다.

점차 색을 잃어 가던 그의 눈앞에 한 줄기 빛이 떠올랐다.

동시에 그의 머릿속에서도 무수한 상념이 떠올랐다.

한순간에 너무 많은 상념이 떠올라 그게 모두 어떤 것인지는 이해할 수 없었다.

그러나 마지막에 떠오른 상념이 무엇인지는 명확하게 알 수 있었다.

쿠오오오오-!

그는 수천 년 만에 거대한 날개를 펼치며 울음을 터뜨렸다.

순간 그 앞으로 무수한 마법진이 떠올랐다.

일대를 휩쓰는 폭풍을 일으키며 떠오른 그는 마법진을 향해 날아갔다.

팡-! 팡-! 팡-!

그가 통과할 때마다 마법진이 유리처럼 부서지며 흩어졌다.

그 파편과 함께 그가 유구한 세월 동안 쌓아 올린 힘과 기억도 사라져 갔다.

그러나 그는 멈추지 않았다.

눈앞의 빛을 보는 순간 떠올려 버렸기 때문이다.

오랫동안 잊고 있던, 그리고 다시는 볼 수 없으리라고 생각했던 희망이라는 감정을.

그는 온몸을 할퀴어 대는 고통을 참으며 연이어 마법진을 가로질렀고, 마침내 그 빛에 도달할 수 있었다.

그때는 이미 모든 기억이 사라진 상태였지만, 알 수 있었다.

"와라!"

그 빛 속에서 울려 나오는 목소리가 자신의 새로운 주인이라는 사실을 말이다.

그는 한 치의 망설임도 없이 빛으로 뛰어들었다.

그리고 그 빛에 휩싸이는 순간.

화악-!

태영의 의식이 돌아왔다.

그와 함께 돌아온 시야에 생명이 꺼져 가는 노인의 얼굴이 떠올랐고, 감각이 돌아온 팔을 잡은 그의 손에 힘이 들어가는 느낌이 전해져 왔다.

　　"이 위대하고 가련한 왕을 부탁하오. 그리고 그와 더불어 비참한 삶을 살아왔던 무잠족도…… 그대는…… 그대는……."

　　"네."

　　태영이 천천히 그의 팔을 떼어 놓으며 몸을 일으켰다.

　　그리고 몸을 돌리는 순간!

　　쾅―!

　　그 옆으로 시커먼 그림자가 내리꽂혔다.

　　"큭, 빌어먹을! 말이 다르잖아! 3분 43초다, 이 망할 놈아!"

　　피로 물든 복면을 들썩이며 울분 섞인 목소리로 소리치는 미스트였다.

　　"하, 끈질긴 놈이군. 아직도 살아 있는 건가?"

　　돌가루가 우수수 떨어지는 갱도 속에서 타라칸이 걸어 나왔다.

　　황갈색 털에 뒤덮인 놈의 몸에도 간간이 상처가 보였다.

　　그러나 지쳐 보이는 기색은 없었고, 시뻘겋게 타오르는 눈빛은 되레 좀 전보다 더 강해진 느낌마저 들었다.

　　"뭐 됐지. 어차피 죽을 놈들이니, 이참에 같이 찢어 주지."

　　미스트가 벌떡 몸을 일으켰다.

　　그리고 단검을 만지작대며 슬쩍 노인과 태영을 돌아보

았다.

"죽었군. 너도 정상은 아닌 것 같고. 너 하나 정도라면 어떻게든 데리고 도망갈 수 있을 것 같은데, 어때?"

"그럼 너무 꼴사납지 않겠냐?"

"나는 암살자다. 몬스터 사냥은 내 일도 아닐뿐더러, 승산 없는 싸움은 하지 않아."

"난 아니다."

태영이 한 걸음 내디디며 소리쳤다.

"와라!"

삐이이이―!

날카로운 울음과 함께 노인의 품에서 청영이 솟구쳐 올라온 건 그때였다.

─퍼렁이가……

빛에 휩싸여 있었다.

청영이 솟아 나올 때 뒤집힌 노인의 몸 아래, 바닥에 피로 그려 놓은 마법진 같은 문양에서 나선형으로 솟구쳐 오르는 빛이었다.

청영은 마치 그 빛을 난반사하듯이 사방으로 빛을 뿜어내고 있었다.

"또 무슨 알 수 없는 수작을 벌이는지는 모르겠지만, 이제 됐다. 네놈들만으로는 내 갈증을 채울 수 없다는 걸 잘 알았으니까. 저 밖에서 설쳐 대는 놈들의 피라면 조금은 채워질지도 모르지. 그러니 네놈들은 그만 내 눈앞에서 꺼져라!"

크와아아아—!

그 앞에서 울리는 타라칸의 목소리가 짐승의 포효로 바뀌는 순간, 어두운 갱도를 빠른 속도로 가로지르며 다가왔다.

쾅—!

그리고 터져 올라오는 붉은 섬광!

"큭, 빌어먹을!"

미스트의 복면 속에서 욕설과 함께 피가 튀어 올라왔다.

그는 두 자루의 단검으로 타라칸의 뿔을 막은 자세로 지면을 긁어 대며 끌려가고 있었다.

"하! 이제 충분히 알았을 텐데? 네놈은 아무리 발버둥 쳐 봤자 내 상대가 아니라는 걸 말이다. 그런데도 동료를 버리고 도망치지는 못하겠다, 이건가?"

"닥쳐, 이 자식아! 나라고 이러고 싶어서 이러는 줄 알아? 난 아직 이번 일의 보수도 받지 못했다고! 게다가……."

칭! 촤촤촤촤—!

"저놈이 죽어 버리면 곤란한 건 그것만이 아니라고!"

날카로운 쇳소리와 함께 미스트가 미끄러지듯이 옆으로 빠져나왔다.

그리고 바로 몸을 돌리며 검기 난사!

퍼퍼퍼펑—!

연이어 날아간 검기가 일대를 붉은 섬광으로 뒤덮으며 폭발했다.

"소용없다고 하지 않았나!"

그 섬광이 확 갈라지며 거대한 짐승이 튀어나왔다.

순간 붉은 섬광과 검은 기운이 뒤엉키며 무수한 폭광이 폭죽처럼 터져 올랐다.

그리고 잠시 사라졌다가 다시 수 미터 떨어진 옆에서, 또 수 미터 떨어진 뒤에서, 곳곳으로 위치를 바꿔 가며 폭광이 터져 올라왔다.

"젠장, 뭔가 할 거면 얼른 하란 말이다! 이 망할 놈아!"

이어 다시 미스트의 고함이 터져 나왔을 때였다.

쩌쩡-!

갱도를 울리는 파열음!

그와 함께 무수한 빛의 파편이 사방으로 빛을 뿌리며 퍼져 나갔다.

태영의 앞에 떠 있던 빛이었다.

그러나 빛이 사라진 건 아니었다. 유리처럼 깨져 나간 빛 속에는 또 다른 빛이 떠올라 있었다.

불길을 뿜어내듯이 하얗게 백열되어 있는 청영이었다.

삐이이이-!

동시에 대기를 진동시키며 퍼져 나가는 날카로운 울음!

순간 타라칸이 움찔하며 고개를 돌렸다.

"크! 이건……!"

놈이 와락 몸을 돌리며 청영을 향해 폭사되었다.

청영이 섬광처럼 태영을 향해 뻗어 나간 건 그때였다.

퍼펑-!

그 위로 터져 올라오는 빛기둥!

갱도를 온통 하얀색으로 물들인 빛에 타라칸은 눈살을 찌푸린 채 허공을 갈랐다.

그리고 흙더미를 퍼 올리며 반대쪽 벽 근처까지 미끄러지다가 고개를 돌렸을 때였다.

"후-!"

태영이 옅은 미소를 지으며 한숨을 불었다.

-소환수 [청영]의 봉인이 해제되었습니다.

-봉인이 해제되어 [청영]의 신체 능력이 대폭 향상되었습니다.

-근력 : 110⇒170 속도 : 377⇒437 지구력 : 110⇒180 마력 : 184⇒144

종합 평가 레벨 : 10⇒35

-봉인이 해제되어 [청영]의 보유 스킬 레벨이 상승했습니다.

[천조의 울음 Lv. 5⇒Lv. 8] [천조의 발톱 Lv. 2⇒Lv. 5] [감지 Lv. 5⇒Lv. 8] [감각 공유 Lv. 3⇒Lv. 5] [복합시 Lv. 1⇒Lv. 2]

─봉인이 해제되어 [청영]이 새로운 상위 스킬을 습득했습니다.
[신속 Lv. 1] [스펠 브레이크 Lv. 1] [아머 브레이크 Lv. 1]

─봉인이 해제되어 [청영]이 환수 스킬 [잠재된 영혼의 힘]을 각성했습니다.

그 앞에 떠올라 있는 정보창!

드디어 청영을 묶고 있던 봉인이 해제된 것이다.

그리고 태영은 이해하게 되었다.

청영이 태영과 함께하기 위해 어떤 것을 포기해야 했는지, 그걸 되찾기 위해 앞으로 어떻게 해야 할지, 그리고 이번 봉인 해제로 얻은 힘을 어떻게 사용해야 하는지도.

─어…… 그런데 정작 그 퍼렁이 녀석은 어디에 있는 거야?

청영이 보이지 않는 이유가 그 때문이다.

"굉장히 불쾌한 냄새가 나는군. 틀림없이 네놈이 또 뭔가 수상한 짓을 한 것이겠지. 하지만 그런다고 달라질 건 없다!"

그때 잔뜩 찌푸린 얼굴로 바라보던 타라칸이 송곳니를 드러내며 중얼거렸다.

태영은 그를 돌아보며 피식 웃어 주었다.

"그건 네 생각이겠지."

"어디 두고 보지. 대가리만 남고도 그런 말을 할 수 있는지 말이다!"

쾅-!

"미스트, 내 뒤로 물러나라!"

태영이 지면을 찍으며 돌진해 오는 타라칸을 향해 양손을 모으며 소리쳤다.

그와 동시에 백열 되듯이 빛을 뿜어내는 갑옷!

정확히는 그 갑옷의 표면을 타고 흐르는 작은 새 떼가 뿜어내는 빛이었다.

청영을 닮은, 아니 그 새 떼가 바로 수백, 수천 마리로 분열된 청영이었다.

그리고 갑옷을 맴돌던 새 떼가 일제히 빛을 발하며 태영의 팔을 따라 앞으로 뻗어 나가며 순간, 그 주위로 거대한 형상이 떠올랐다.

이게 바로 청영이 봉인 해제로 각성한 환수 스킬 '잠재된 영혼의 힘'이다.

그 스킬의 효과는 태영이 장착한 방어구에 깃들어 있는 진짜 주인, 즉 몬스터의 영혼을 불러내는 것.

그리고 지금 태영이 입고 있는 갑옷의 본래 주인은…….

쿠오오오-!

갱도를 뒤흔드는 포효를 터뜨리는 거대한 뱀.

바로 수백 년간 마경의 숲 최강의 포식자로 군림하던 고대종 몬스터 헬 스네이크다.

"이, 이게 뭐…….."

타라칸이 황급히 걸음을 멈추며 당혹성을 터뜨렸다.

그리고 몸을 피할 장소를 찾는 듯 빠르게 눈을 굴렸지만, 그런 곳 따위가 있을 리가 없었다.

헬 스네이크는 두께만 10여 미터에 달하는 몬스터!

쿠콰콰콰―!

헬 스네이크는 갱도의 벽을 긁어 대며 뻗어 나갔다.

"이런 빌어먹을! 큭―!"

그리고 황급히 양팔을 들어 올리는 타라칸을 집어삼키듯이 휩쓸며 질주!

쿠쿠쿠쿠! 펑―!

폭음을 올리며 갱도 밖으로 솟아 나왔다.

그리고 그대로 커다란 포물선을 그리며 떨어져 지면에 충돌!

"크악―!"

그 아래에서 비명이 터져 올라왔다.

순간 놈을 물어 바닥에 내리꽂아 버린 헬 스네이크가 잘게 부서지며 흩어졌고, 다시 새 떼로 변해 몰려가는 갱도에서 한 줄기 섬광이 뿜어져 나왔다.

"정말 단단하기는 한 모양이군. 헬 스네이크의 돌격을 정면으로 받아 내고도 버틴 건가?"

"이, 이놈……."

파캉! 치치치칭― 푸확!

"하지만 그런 너도 정상은 아닌 모양이군."

치솟는 핏줄기 앞에서 옅은 미소를 지으며 중얼거리는 사람은 태영이었다.

"뭐, 뭐지? 분명 방금 엄청나게 큰 뱀이……."

"게다가 그 뱀이 물고 나온 저 커다란 몬스터는 뭐야? 어째서 갱도 안에서 저런 괴물이 나온 거지?"

"장군님이 저자와 함께 갱도로 들어가는 것까지는 봤는데 대체 왜 저자 혼자, 그것도 저런 듣도 보도 못한 몬스터와…… 대체 장군님은 어떻게 된 거야?"

헬 스네이크가 만들어 놓은 커다란 크레이터 주위에서 웅성대는 소리가 들려왔다.

갱도 안까지 들려오던 쇳소리는 사라졌다.

여전히 소란스러운 곳은 전장의 외곽, 아직 남아 있는 언데드와 뒤엉켜 있는 적뿐이었고, 그 외에는 그저 놀란 눈으로 둘을 바라보고 있을 뿐이었다.

갱도에서 튀어나온 헬 스네이크와 그 뒤를 이어 나온 태영과 타라칸의 모습은 그 정도로 압도적이었다는 말이다.

그리고 모두가 직감적으로 이해하고 있었다.

"주, 주인님!"

"물러서라, 꼬마 강아지! 저 몬스터가 어떤 놈인지는 몰라도 우리가 낄 자리가 아니다! 저기는…… 여기와는 다른 세계다."

다란의 목덜미를 움켜쥔 라르고의 말처럼 말이다.

슬쩍 주위를 돌아본 태영이 다시 타라칸을 돌아보며 입 끝을 추켜 올렸다.

"네 부하도 꽤 당혹스러운 눈으로 바라보고 있군. 이해한다. 부하들에게 보여 주기도 꽤 부끄러운 모습이었을 테니 말이야."

"크…… 닥쳐라! 이 몸이야말로 인간이 도달할 수 있는 궁극의 진화체! 불멸의 힘을 손에 넣은 승리자의 모습이다!"

"그래, 아마도 놈들은 그렇게 말했겠지."

"뭐? 그 말은……."

"네놈에게 해 줄 말은 하나뿐이다. 그게 착각이라는 것. 갑작스럽겠지만, 믿어도 돼."

태영이 움찔하는 타라칸의 말을 뭉개며 그리모어를 들어 올렸다.

"난 경험이 많으니까."

쾅―!

동시에 흙더미를 뿜어 올리며 돌격!

타라칸도 이를 드러내며 바로 그 앞으로 돌진해 왔다.

콰쾅―!

그 접점에서 터져 올라오는 섬광!

한 번이 아니었다.

섬광이 폭발한 곳에서는 푸른 섬광이 회오리를 일으키며

퍼져 나갔고, 그 사이로 검은 기운이 뒤엉키며 무수한 폭광이 터져 나왔다.

그리고 그 위로 연이어 솟구치는 핏줄기!

'그렇겠지. 아무리 마인화(魔人化)한 놈이라도, 나와 미스트, 거기에 헬 스네이크의 돌격까지 받아 내고도 멀쩡할 리는 없다.'

타라칸의 몸에 하나씩 늘어 가는 상처가 그 증거였다.

그러나 정상이 아니기는 태영도 마찬가지였다.

일단 미스트가 시간을 벌어 줘 '중급 꿀 포션'과 '고속 회복'으로 응급조치는 했지만, 당연히 그만한 상처를 몇 분 만에 회복하기는 무리.

특히 으스러졌던 왼쪽 팔목과 갈비뼈는 아직도 움직일 때마다 아찔한 통증을 전해 주었다.

'오래 끌어서 좋을 건 없다!'

그런 결론에 도달한 건 태영만이 아닌 모양이다.

─주인, 저 녀석, 뭔가 준비하고 있다!

놈의 몸에서 뿜어져 올라오는 검은 기운은 그리모어도 알아챌 정도로 빠르게 증폭되고 있었다.

그러나 태영은 놈이 뭘 준비하는지 따위는 관심 없었다.

그게 뭐든, 어차피 볼 기회는 없을 테니까.

삐이─!

그때 청영의 울음과 함께 다시 백열되는 갑옷!

"좋아, 가라! 청영!"

순간 태영이 양손을 앞으로 뻗으며 소리쳤다.

콰콰콰콰-!

그 앞으로 거대한 뱀, 헬 스네이크의 형상이 다시 포효를
터뜨리며 뻗어 나갔다.

그리고 순식간에 그 거대한 몸으로 타라칸의 몸을 휘감기
시작했다.

"큭! 빌어먹을!"

다급해진 타라칸이 황급히 바닥을 찍으며 그 위로 솟아올
랐다.

그러나 놈은 아직 모르고 있었다.

헬 스네이크의 모습을 하고 있어도 그 실체는 청영!

태영과 일심동체라는 사실을 말이다.

쿠오오오-!

타라칸을 좇는 태영의 시선을 따라 헬 스네이크의 머리가
치솟아 올라갔다.

그리고 쩍 벌어지던 아가리가 닫히는 순간!

퍼펑-!

"크아아아아-!"

폭광 속에서 타라칸이 온몸에서 피를 뿜으며 비명을 터뜨
렸다.

팡! 팡! 팡! 팡!

그 옆을 따라붙듯이 폭발하는 대기!

바로 타라칸을 따라 '에어워크'로 허공을 밟으며 날아 올라오는 태영이었다.

"역시 아직 숨이 붙어 있군."

"네, 네놈……."

"말했잖아. 난 경험이 많다고. 당연히 너 같은 놈의 명줄이 잘 끊어지지 않는다는 것도 알고 있지."

놈을 내려다보는 태영의 등 뒤로 마치 부채가 펼쳐지듯 그리모어와 같은 검의 형상이 떠오르고 있었다.

"물론 그렇다고 아예 끊어지지 않는 건 아니라는 것도."

―크하하하! 받아라!

그리고 그리모어의 웃음소리와 함께 일제히 폭사!

그게 바로 데스나이트를 쓰러뜨린 직후에 그리모어에 생긴 스킬 데드 블링거, 10여 개에 달하는 오러의 검기로 적을 꿰뚫는 기술이다.

콰콰콰콰―!

이에 연이어 놈의 몸에 박히며 폭발하는 검기!

"크아아아―!"

비명을 터뜨리는 타라칸의 몸은 순식간에 걸레처럼 찢어지며 바닥에 내리꽂혔다.

콰쾅―!

그리고 그 뒤를 따라 그리모어를 수직으로 세운 채 떨어지는 태영!

콰직! 푸확-!

그 위로 피가 터져 올라왔다.

"크…… 이, 이건 말도 안 돼…… 내, 내가 어째서 너 같은
놈에게……."

"실망스럽군."

태영이 피를 토하며 떠듬대는 타라칸을 내려다보며 한숨
을 불었다.

"꽤 개성적으로 생긴 놈이라 좀 더 창의적인 대사를 듣게
될지도 모른다고 기대하고 있었는데 말이야. 인생 최후의 말
에 고작 그런 거라니, 너도 좀 슬프다고 생각되지 않나?"

"네, 네놈……."

"그렇다고 억지로 쥐어짤 필요까지는 없어. 이제 기대
하지 않으니까."

태영이 고개를 저으며 그리모어를 비틀었다.

지직- 와드득!

그 아래에서 가죽이 갈라지고, 뼈가 끊어지는 소리가 울려
나왔다.

길었던 전투에 마침표가 찍히는 소리였다.

이름 없는 영지의 군주(1)

푸확-!

그리모어의 검날 사이에서 치솟아 올라오는 핏줄기!

순간 덜덜 떨리며 올라오던 타라칸의 팔이 움찔하며 멈추더니 그대로 힘을 잃고 맥없이 바닥에 떨어졌다.

– 주인, 방심하지 마라! 아직이다! 아직 뭔가가 있어!

그리모어의 목소리가 들려온 것은 그 직후였다.

동시에 돌연 축 늘어져 있던 타라칸의 몸이 펄떡대더니 갈라진 목 안쪽에서 시커먼 연기가 치솟아 올라왔다.

그러나 태영은 조금도 동요하지 않았다.

놈에게 말했듯이 태영은 경험이 있었고, 그게 뭔지도 알고 있었다.

과거와 다른 점은 하나, 이제 그걸 어떻게 처리해야 하는지도 알게 됐다는 것이다.

"그리모어, 네 밥이다!"

태영이 바로 놈의 목에서 뽑아 든 그리모어로 연기를 가르며 소리쳤다.

─밥이라…… 호오, 그렇군. 어째 이 녀석이 짐승처럼 변했을 때부터 묘하게 식욕을 자극하는 냄새가 난다 했더니 이거 때문이었던 건가? 뭐 매가리가 없어서 좀 심심한 감도 있지만, 그런 걸 따질 처지는 아니지. 나도 여러모로 애썼으니 뭔가 얻는 게 있어야 할 테고 말이야. 좋아, 먹어 주마!

갈라진 연기가 그리모어로 빨려 들어가기 시작한 건 그때였다.

그리고…….

─그리모어가 [타락한 피의 종족의 잔영]을 흡수했습니다.

─[타락한 피의 종족의 잔영]을 흡수한 영향으로 마 속성의 힘이 증가했습니다.

─그리모어의 영격이 5만큼 상승했습니다.

이런 메시지가 떠오르고.

─종합 평가 레벨이 상승했습니다!

－종합 평가 레벨이 상승했습니다······.

　그 아래로 레벨업을 알리는 반가운 메시지가 주르륵 떠올랐다.

　그러나 당장은 그조차 눈에 들어오지 않았다.

　마인화한 타라칸을 목격하고 머리가 복잡해진 탓도 있었지만, 그런 것도 일단 전쟁부터 끝내고 나서 생각해야 할 문제이기 때문이다.

　"후-!"

　태영이 얼굴에 묻은 피를 닦아 내며 몸을 돌릴 때였다.

　철컹-! 철컹-!

　주위에서 쇳소리가 들려왔다.

　적병이 들고 있던 검과 창, 방패 따위가 떨어지는 소리였다.

　그 얼굴은 모두 충격과 공포, 경외감에 물들어 있었다.

　그리고 태영이 돌아보는 것과 동시에 하나둘 고개를 숙이며 무릎을 꿇기 시작했다.

　그리고 물결처럼 퍼져 나갔다.

　태영과 타라칸이 만들어 낸 크레이터 주위에서부터 아직도 언데드와 싸우고 있는 전장 외곽의 적병들 근처까지.

　－끝났군.

　그리모어의 말에 태영은 묵묵히 다시 '사령의 깃발'을 꺼내 바닥을 찍었다.

콰—!

순간 검게 물들어 있던 대지가 다시 본래의 색으로 돌아왔다.

그러자 언데드 떼가 우수수 쓰러졌고, 마지막까지 전투를 벌이던 적병들도 그제야 주위를 둘러보다가 속속 무기를 버리며 주저앉았다.

이에 되레 아군 병사들이 어떻게 반응해야 할지 모르겠다는 얼굴로 두리번대고 있을 때였다.

바로 앞에서 라르고가 꼬리를 파닥대는 다란의 뒤통수를 찍어누르며 무릎을 꿇었다.

"모두 예를 갖춰라! 저분이 우리의 주인, 이 땅의 영주님이다!"

삐이이이—!

그 위로 청영이 긴 울음을 터뜨리며 날아올랐다.

※

"재미있군."

구덩이가 내려다보이는 산 위.

붉은 문양이 아로새겨진 로브를 걸친 사내가 중얼거렸다.

"하쿠인을 잡아 오던 부대가 누군가의 습격을 받았다는 말을 들었을 때부터 묘한 예감이 들기는 했지만, 설마 이런 장면을 보게 될 줄은 몰랐군."

그의 눈이 향하고 있는 곳은 갱도 앞에 만들어진 거대한 크레이터였다.

그 중심에서는 녹듯이 부글대며 흘러내리는 점액질 속에 한 남자가 미라처럼 깡마른 몰골로 쓰러져 있었다.

마인화가 풀린, 아니 정확히 말하면 그 상태로 죽어 버린 대가를 치르는 타라칸의 시신이다.

그러나 로브의 사내는 거기에 일말의 관심도 보지 않았다.

그가 흥미로운 눈으로 바라보는 건 그 옆에 서 있는 남자, 그리고 방금 그의 갑옷에서 떨어져 나온 파란 매였다.

"그만한 가능성이 있는 자들은 대강 파악했다고 생각하고 있었는데…… 신수(神獸)처럼 보이는 저 매도 그렇고……."

그 눈이 점차 붉은빛으로 물들기 시작했다.

동시에 몸에서도 검은 기운이 아지랑이처럼 피어오르며 점점 음험한 분위기로 변했지만, 입 끝이 슬며시 추켜 올라가자 그 모든 게 한순간에 사라졌다.

"뭐 서두를 이유는 없겠지. 저런 자가 나타났다는 게 딱히 나쁜 일은 아니니까. 이 광산을 손에 넣지 못하게 된 건 아쉽지만, 오늘은 데이터를 얻은 것으로 만족하고 물러나는 게 좋겠지. 그로 인해 우리의 계획도……."

삐이이이ー!

상공을 맴돌던 매가 날카로운 울음을 토하며 갑자기 방향을 바꾼 건 그때였다.

　그러나 그 자리에는 이미 아무것도 없었다.

　-흠…….

　삐이?

　-뭐야? 이 녀석, 달라진 게 없잖아!

　그게 한참 동안 청영을 살펴본 그리모어의 결론인 모양이다.

　그리고 그 말대로 그리모어, 뭐 정확히는 태영의 눈이지만 어쨌든, 합체가 풀린 청영은 이전과 딱히 달라진 모습은 아니었다.

　굳이 찾자면 머리에서부터 꼬리까지 일직선으로 하얀 줄무늬가 생겼을 뿐이었다.

　삐! 삐! 삐!

　그러나 청영이 항의(?)하듯이 그건 어디까지나 외견상일 뿐이다.

　내면의 변화는 놀라운 수준이었다.

　일단 봉인 해제와 함께 그동안 태영을 답답하게 만들었던 레벨 제한이 해제!

그동안 쌓아 왔던 경험치로 단숨에 레벨이 25나 상승했고, 덩달아 보유 스킬도 레벨업!

덤으로 새로운 스킬이 3개나 따라붙었다.

그러나 역시 가장 주목할 만한 부분은 환수 스킬의 각성이었다.

사실 '환수 스킬'은 이번에 처음 경험한 것이 아니었다.

과거에 함께했던 환수들은 아예 처음부터 가지고 있었다.

그러니 청영의 경우에는 '이제야'라는 말을 덧붙여야 하겠지만, 불평할 생각 따위는 조금도 들지 않았다.

이번 전투로 청영은 환수 스킬에도 급이 있다는 걸 보여주었으니까.

'제약이 좀 많은 게 단점이라면 단점이겠지만…….'

그런 건 뭐든 마찬가지다.

상당량의 마력을 미리 충전해 놔야 사용할 수 있는 와일드 오러나 데드 블링거, 또 보름달을 통해 마력을 충전해야 다시 사용할 수 있게 되는 사령의 깃발도 그렇다.

강한 힘에는 그만한 제약이 따르는 법.

청영의 환수 스킬에도 그런 법칙이 적용된다는 건, 그만큼 강력한 스킬이라는 방증이기도 하다.

게다가 청영의 성장은 이제부터가 시작이다.

봉인이 해제되기 전에 태영이 본 영상은 무잠족 장로가 생명력을 쥐어짜 연결해 준 청영의 '잃어버린 기억'의 일부.

태영은 그 영상으로 청영의 진짜 힘을 체감할 수 있었다.

환수의 왕이라고 불리는 청영의 진짜 힘!

그게 예전에 알바인이 설명한 것처럼 청영이 이 세계로 나오기 위해 포기해야 했던 힘이고, 이제 태영도 알게 되었다.

'그 힘은 완전히 사라진 게 아니다!'

청영의 몸에서 힘을 앗아 간 마법진은 바로 청영이 스스로 만들어 낸 것이었다.

그 힘을 안전하게 봉인하기 위해서.

그리고 그 힘의 파편들이 떨어진 곳은 환계가 아닌 이 세계!

즉, 그 힘을 모두 되찾으면 청영은 환계에서의 그와 같은 모습으로 돌아갈 수 있다는 말이다.

아쉬운 건 아직 태영도 그 위치까지는 모르고.

삐이?

청영도 모르는 눈치지만, 낙담할 이유는 없었다.

잠깐이나마 '잃어버린 기억'에 접속한 덕분에 적어도 어디서부터, 어떤 방식으로 찾아봐야 할지 정도는 감을 잡을 수 있었다.

되레 감을 잡기가 힘든 건 그리모어 쪽이었다.

"그보다 넌 어때? 전에 그 시커먼 연기 같은 걸 흡수했을 때는 바로 스킬이 생겼잖아. 이번에도 또 뭔가 생길 것 같은 느낌은 없어?"

－글쎄? 애초에 뭔가 생길 것 같은 느낌이라는 게 뭔지도 모르겠다만.

"정리가 끝났습니다."

그때 뒤에서 곽현경의 목소리가 들려왔다.

고개를 돌려 보니 그 뒤로 알바인과 각 수인족의 족장들도 다가오고 있었다.

그중에는 태영만 보면 부지런히 꼬리를 흔들어 대는 다란도 섞여 있었지만, 태영은 먼저 알바인을 돌아보며 물었다.

"장로님의 시신은 잘 수습했나?"

"네."

"면목이 없군. 내가 부족한 탓이다."

"그렇지 않습니다!"

어두운 얼굴로 대답하던 알바인이 태영의 말에 얼른 고개를 저었다.

"우리에게 환수는 한 몸입니다! 이미 말씀드렸듯이 청영 님은 그런 환수의 왕이고, 그분의 동반자인 레온 님은 우리의 왕입니다! 그런 두 분의 왕을 위해 희생한 장로님은 일족의 명예! 장로님에 대해 말씀하시고자 한다면 부디 자책이 아닌, 치하를 해 주십시오!"

입이 찢어져도 하기 힘든 말이다.

일단 본인부터가 남을 위해 희생할 생각은 없으니까.

물론 이제 그것도 익숙해져야 하는 일이고, 또 차차 바꿔

나가야 할 부분이기는 하지만.

"천천히 하도록 하지."

태영이 붉게 상기된 알바인의 어깨를 쳐 주며 곽현경을 돌아보았다.

"피해 상황은 파악됐나?"

"네, 1, 2군을 합해 전사자는 112명, 부상자는 170명입니다. 무잠족과 수인족에서는 전사자 38명, 부상자 50명 정도 됩니다."

그때 라르고가 갑자기 무릎을 꿇으며 소리쳤다.

"죄송합니다!"

– 아, 깜짝이야. 이 녀석은 갑자기 또 왜 이래?

"우리 목숨이 붙어 있는 한 하쿠인은 1명도 죽지 않도록 하겠다는 맹세를 지키지 못했습니다! 입에 열 개라도 변명할 말이 없지만, 기회를 주신다면 간청드리겠습니다! 그 말은 제 입으로 뱉은 것, 부디 그 처벌 역시 저 혼자 감당할 수 있도록 선처해 주십시오!"

– 정말 가지가지 하는군. 대체 뭘 어쩌자는 거야? 갑자기 안 쓰던 존댓말을 쓰고, 갑자기 무릎뼈가 나간 놈처럼 아무 데나 꿇어앉는 건 그렇다 쳐도, 어쨌든 이겼잖아. 그럼 된 거 아니야?

태영도 같은 생각이다.

물론 이겼다고 만사 OK로 넘어가고 축제를 벌일 생각은 없지만, 이런 뻔한 말로 시간을 낭비할 생각은 없었다.

"라르고, 착각하지 마라."

"네?"

"네가 본 대로 하쿠인은 약하다. 하지만 바보는 아니다. 전쟁이 어떤 것인지도 알고, 그럼에도 참전한 것이다. 그런 사람들을 보호하지 못했으니 벌을 받겠다는 건 그런 그들의 의지를 짓밟는 건 물론 같은 하쿠인인 나까지 무시하는 발언이다. 그걸 자각하고 하는 말인가?"

"아, 아닙니다! 추호도 그럴 생각은……."

"그럼 내 시간을 낭비하지 말고 당장 일어나라. 너 역시 일족의 장, 책임을 느낀다면 무릎을 꿇을 게 아니라 앞으로 할 일을 생각해라."

"할 일이라면……."

"뭘 물어? 당연히 이름이지!"

그때 일라가 둘 사이를 팔짝 뛰어 들어왔다.

"이제 이곳은 레온이 말한 대로 진짜 영지가 됐다고! 그런데 지금까지처럼 그냥 버림받은 땅이라고 부를 수는 없잖아! 그러니 먼저 제대로 된 이름부터 지어야지! 안 그래?"

"말조심하지 못하겠나!"

라르고가 와락 인상을 찌푸리며 소리쳤다.

"이제 레온 님은 우리의 주인이다! 영지의 이름 운운하기 전에 먼저 주인에 대한 예부터 갖춰라!"

"흥, 웃기시네. 네가 넙죽넙죽 엎드린다고 나까지 그래야 한다는 법이라도 있어?"

"너도 레온 님을 주인으로 섬기기로 한 것 아니었나?"

"물론 섬기기로 했지. 하지만 주인을 섬기는 방식은 각자 다른 법이라고. 특히 나 같은 매력적인 여자는, 너처럼 근육밖에 없는 녀석은 어림도 없는 여러 가지 방법이 있단 말이지."

"무슨 헛소리를……."

"강한 남자에게 끌리는 건 고양이의 본능이라고."

일라가 태영을 돌아보며 히죽 웃었다.

뭐랄까, 정말 그 뒤에 '야옹'이라는 말이 붙으면 딱 어울릴 것 같은, 고양이스러운 웃음이었다.

황당한 얼굴로 그 모습을 바라보는 라르고의 얼굴은 그야말로 호랑이가 되었고.

"닥쳐라! 감히 누구 앞에서 함부로 떠들어 대는 거냐!"

"너나 닥치시지. 이건 남자와 여자 사이의 문제라고. 그런데 끼어들어 펄펄 뛰는 건 인기 없는 남자라는 증거야."

"뭐야? 나도 부족에서는…… 아니, 그런 문제가 아니라! 때와 장소를 구분하란 말이다!"

– 이래저래 갑자기 인기 폭발이군.

그런 것 같지만, 그리 달갑다는 생각은 들지 않았다.

"음, 갑작스러운 감이 있기는 하지만, 낌새가 전혀 없었던 것도 아니고 딱히 반대할 일도 아닌 것 같군. 하필 묘인족 족장이라는 게 마음에 걸리기는 하지만 새 주인께서 일라와 연결되면 여러 면에서 수인족에도 나쁜 일은 아닐 테니 말이야."

"그런 건 잘 모르겠지만, 강한 수컷이 많은 암컷을 거느리는 건 당연한 일이다. 반대할 생각은 없다."

더구나 옆에서 디글과 하울이 주고받는 이런 말까지 들으면 슬슬 불안해질 정도였다.

"마, 말도 안 됩니다! 주인님은…… 주인님은 그런 분이 아니라고요!"

거기에 왜 다란까지 나서서 펄쩍 뛰는지는 모르겠지만.

"그만해라."

분명한 건 이거다.

그 한마디에 알바인과 곽현경, 다란은 물론 바로 논쟁을 멈추고 고개를 숙이는 라르고와 일라, 디글, 하울.

이제 태영은 명실상부한 이들의 주인이자 이 땅의 영주가 되었다는 증거다.

"잊지 마라. 우리가 전쟁을 치른 것은 어디까지나 이 땅에 우리만의 영지를 세우기 위해서다. 이번 승전은 종착지가 아닌 과정, 이제야 비로소 한 발을 내디딘 것에 불과하다는 말이다. 과하게 반응하는 것일 수도 있지만, 너희들은 일족의 장. 아무리 사소한 말다툼이라도 분란의 불씨가 될 수 있음을 자각해라. 무슨 말인지 알겠나, 라르고?"

"송구합니다."

"일라 너도, 라르고의 말대로 때와 장소를 가려라."

"때와 장소 말이죠?"

일라가 고양이스러운 얼굴로 눈을 반짝이며 되물었다.

그러나 태영이 슬쩍 미간을 찌푸리자 얼른 다시 고개를 숙이며 대답했다.

"야옹."

그래도 여전히 장난스러운 기색이 남아 있었지만, 그런 건 묘인족의 천성이라 일일이 걸고 넘어가자면 한도 끝도 없다.

말했듯이 태영은 이제 이 땅의 영주.

수인족도 그 일부인 만큼 받아들일 건 받아들여야 하기도 하지만, 할 일도 많았다.

"곽현경, 항복한 적의 숫자는?"

"650명 정도 됩니다. 일단 병장기는 모두 압수했고, 지금은 놈들이 포로를 잡아 두고 있던 갱도 안의 감옥에 가둬 두었습니다."

그중 가장 시급한 사안이 바로 이것이다.

항복한 적병의 처리 문제.

라르고는 바로 적의를 드러내며 소리쳤다.

"생각할 것도 없습니다! 항복했다고는 하나, 놈들이 지금까지 저지른 짓을 생각하면 일고할 가치도 없습니다! 주인님도 직접 보시지 않았습니까? 곳곳에 산처럼 쌓여 있던 시체를 말입니다! 마땅히 그에 대한 죗값을 치르게 해야 합니다!"

"저는 웬만하면 라르고와 다른 말을 하고 싶지만, 이번만큼은 그럴 수 없겠네요."

"저도 같은 생각입니다."

"승자는 살고, 패자는 죽는다. 처지가 바뀌었으면 우리 역시 마찬가지였을 테니, 문제 될 건 없다고 생각합니다."

그건 라르고와 투덕대던 일라, 거기에 편승해 수상한 음모를 꾸미던 디글, 이를 동물의 세계 관점에서 동조하던 하울도 마찬가지였다.

"제 생각은 다릅니다."

유일하게 다른 목소리를 낸 사람은 태영의 통역으로 전해 들은 곽현경이었다.

"저도 놈들이 한 짓을 봤고, 이번 전쟁에서 많은 동료가 죽었으니 놈들을 용서할 수 없다는 마음은 같습니다. 하지만 그렇다고 이미 항복한 사람을 죽이면 결국 놈들과 똑같은 인간이 되는 거 아닙니까? 저도 입바른 말을 할 생각도 없고, 그런 말주변도 없지만, 그건 아니라고 생각합니다."

ㅡ진지한 얼굴로 뭔 소리를 하나 했더니…… 그야말로 호구의 발상이군.

태영도 같은 생각이다.

그러나 곽현경의 감정도 이해할 수 있었다.

현대에서는 그게 정상이니까. 물론 지금은 완전히 다른 세상이 돼 버렸지만, 그렇다고 평생을 살아온 세상에서 자리 잡은 가치관을 바꾸기란 쉬운 일이 아니다.

태영도 몇 번이나 회귀를 한 뒤에야 바꿀 수 있었으니까.

그러니 곽현경의 반응도 예상할 수 있었지만, 의외였던 건 이에 따른 족장들의 반응이었다.

"하쿠인의 대표가 그렇게 말한다면……."

당연히 반발하리라 생각했던 족장들이 한발 물러나는 태도를 보였다.

처음 공장 사람들과 대면했을 때 보이던 태도를 생각하면 상상하기 힘든 변화였다. 그리고 그런 변화에는 당연히 그만한 이유가 있겠지만 어쨌든.

사실 중요한 건 곽현경이나 알바인, 족장들이 어떻게 생각하느냐가 아니다.

이곳은 태영의 영지고, 태영은 이곳에서 민주주의의 통치이념 따위를 실현할 생각은 눈곱만큼도 없었다.

"내가 만나 보고 결정하지."

태영은 이 한마디로 간단하게 상황을 정리했다.

"연락을 보내 놨으니 곧 후방에 대기 중인 이덕수와 그렉이 회복약을 실은 화물차와 함께 도착할 거다. 너희들은 그들이 도착하는 대로 부상자를 치료해라. 그리고 나머지 병사와 포로를 합해 전체 인원을 파악하고 분류해 놔라."

"알겠습니다."

태영은 지시 사항을 전달하며 몸을 돌렸다.

그리고 그길로 바로 본래 구덩이의 죄수였지만, 반란으로 주인이 되었다가, 이번에는 포로 신분이 된 적병이 갇혀 있는 감옥으로 향했다.

"가장 지위가 높은 자가 누군가?"

태영의 말에 암울한 얼굴로 모여 있는 사내들이 서로의 눈치를 살피기를 잠시, 30대 초반의 남자가 몸을 일으키며 걸어 나왔다.

"저인 것 같군요."

"지금 너희의 처지가 어떤지는 알고 있을 테니 자질구레한 말은 빼고 본론만 말하겠다. 내가 어떻게 해 주기를 바라나?"

"저희가 선택할 수 있는 문제입니까?"

"둘 중 하나는. 첫 번째는 처형이다. 이유는 굳이 말하지 않아도 알겠지?"

"네, 받아들일 각오도 되어 있습니다."

"그런 각오로 끝까지 싸워 볼 생각은 들지 않았나?"

"의미가 없으니까요."

사내가 자조적인 웃음을 지으며 고개를 저었다.

"변명할 생각은 없지만, 저희 모두가 좋아서 타라칸 장군님을 따른 건 아닙니다. 특히 이곳을 점령한 다음부터 벌어진 일에 대해서는 의구심을 품는 병사도 많았습니다. 그럼에도 따라왔던 건 장군님의 명성과 힘을 추종하는 마음이 있었기 때문입니다. 하지만……."

사내의 입에서 한숨이 흘러나왔다.

"짐승으로 변한 장군님의 모습을 보고 알게 됐습니다. 저희가 믿고 따랐던 장군님은 이미 오래전에 죽어 버렸다는 걸 말입니다. 그 순간 저희는 긍지와 명분을 잃었습니다. 하물며 승산도 없고, 도망갈 곳도 없었죠. 그런데 대체 누구를 위해서, 누구와 싸운단 말입니까?"

단순히 패전에 대한 원통함이 담긴 한숨이 아니었다.

노월 왕국은 전사 계급이라면 모두 서너 살 때부터 군사훈련을 받는 나라다.

당연히 전사의 지위는 높고, 자긍심도 상당하다.

대륙의 국가 중 유일하게 전략 마법사라는 직책이 없는 이유도 그 때문이다.

노월 왕국의 전사들이 숭상하는 건 오직 무(武), 마법 따위는 전사의 자질이 없는 자들이 매달리는 거짓된 힘 정도로 치부하는 것이다.

그런 노월 왕국의 전사들에게 마인화한 타라칸은 타락한 전사의 말로 그 자체!

'뭐 그게 사실이기도 하지만……'

이들을 찾아온 이유 중 하나가 그것이다.

"타라칸이 그렇게 된 이유에 대해 아는 게 있나?"

"모릅니다."

고개를 젓던 사내가 살짝 미간을 좁히며 다시 입을 열

었다.

"하지만 의심스러운 사람이 있긴 합니다. 두어 달 전쯤, 타라칸 장군님을 찾아온 사람이 있었습니다. 장군님의 분위기가 변한 것도 그때부터였습니다."

"누구지?"

"이름을 들은 적은 없습니다. 또 항상 후드를 눌러쓰고 있어서 제대로 얼굴을 본 적도 없고요. 확실한 건 그가 노월 왕국의 상층부와 관련이 있다는 것뿐입니다. 그 정도의 뒷배가 없는 자가 이곳에 들어와 타라칸 장군님을 만나기는 힘들 테니까요. 그리고 간간이 장군님과 그의 대화에서 그분이라는 사람이 언급되기도 했습니다."

"그게 다인가?"

"곧 죽을 사람이 더 숨길 게 뭐가 있겠습니까?"

사내가 씁쓸한 웃음을 지었다.

복잡한 눈으로 그를 바라보던 태영이 다시 물었다.

"난 분명 둘 중 하나를 선택하게 해 주겠다고 했다. 그런데 두 번째는 묻지 않는 건가?"

"뭔지 압니다. 그리고 거절하겠습니다. 저희는 이미 충분히 절망을 맛봤습니다. 그리고 잠시나마 품었던 희망이 사라졌을 때, 다시 그 끝없는 절망으로 들어갈 힘도 잃었습니다. 원망 따위는 하지 않겠습니다. 당신은 우리도 인정할 수 있는 전사, 그런 분에게 죽을 수 있게 된 걸 다행이라고 생각하겠습니다."

사내가 허리를 깊게 숙이며 대답했다.

─흠, 기대했던 것과는 좀 다르지만, 적어도 살려 달라고 바짓가랑이를 붙잡고 눈물 콧물 질질 짜 대는 것보다는 낫군.

그 말에는 태영도 동감이었다.

─그럼 더 길게 말할 필요도 없겠군. 저렇게 시원시원하게 나오면 시원시원하게 목을 베어 주면 되는 거 아닌가?

그리고 그게 태영의 방식이기도 하다.

그러나 지금은 상황이 달라졌고, 상황이 달라지면 방식도 달라져야 하는 법.

그런 식으로 결론을 낼 생각이었다면 찾아오지도 않았다.

"5년이다."

"네?"

"너희가 노월 왕국에서 무슨 죄를 지었는지는 나와 상관없는 일이다. 하지만 이곳에서 저지른 일은 다르지. 그에 대한 내 판결은 5년이다. 너희가 조금이라도 그 죄에 대한 책임을 느낀다면 앞으로 5년간 이곳을 위해 죽을힘을 다해 일해라."

"그럼 5년 뒤에는……."

"자유다. 노월 왕국으로 돌아가든, 떠돌이 헌터가 되든, 너희가 원하고 또 그럴 만한 준비가 됐다고 판단된다면 이곳에 정착해도 좋다."

"그, 그런……."

퍼뜩 고개를 들어 올린 사내의 눈이 믿을 수 없을 만큼 커졌다.

곽현경이 기존의 세상에서 자리 잡은 가치관을 바꾸지 못하는 것과 같은 이유였다.

그들이 살아왔던 노월 왕국에는 이런 관대한 처분 같은 건 없으니까.

−어째 주인치고는 너무 헐렁한 결정이라는 생각이 드는데…….

그리고 그리모어의 말처럼 그건 태영의 개인적인 측면에서도 마찬가지였지만, 말했듯이 상황이 바뀌면 방식도 바꿔야 하는 법이다.

이곳을 영지로서 제대로 자리 잡게 하려면 그에 필요한 시설부터 갖추지 않으면 안 된다.

그뿐만 아니라 당연히 광산 역시 이대로 놀릴 수는 없다.

따라서 당장 급한 건 노동력 확보.

−[곡괭이질 Lv7], [삽질 Lv. 7], [체력 쥐어짜기 Lv. 7], [채찍질 내성 Lv. 5]…….

다년간의 노동으로 이렇게나 단련된 녀석들을 써먹지 않을 이유는 없었다.

'5년 동안 아주 쪽쪽 빨아먹어 주마!'

당연히 태영에게는 여러모로 이쪽이 이득이다.

"그런 은혜를 베풀어 주신다면 죽을힘을 다해 죗값을 치르겠습니다!"

그리고 죄수들도 그럴 의욕이 넘치는 얼굴이었다.

물론 그 의욕이 언제까지 지속할지는 모르고, 걱정되는 부분도 전혀 없다고는 할 수 없지만.

"만약 딴마음을 먹는다면……."

"그럴 일은 없을 겁니다! 제가 모든 걸 책임지겠습니다! 맹세하라면 하고, 충성 서약을 하라고 하셔도 기꺼이 하겠습니다!"

"네 이름은?"

"데커입니다! 데커 로드릭!"

"좋다, 데커. 앞으로 5년간 이들의 책임자는 너다. 명심해라. 지금부터 너희가 할 일은 강제노동 따위가 아니다. 자신의 죄를 씻고 당당한 자유를 손에 넣기 위한 과정이다. 동료들이 한 명의 이탈자도 없이 모두 당당한 자유를 되찾을 수 있도록 네가 책임지고 관리하도록 해라."

"명 받들겠습니다!"

태영은 이계에서 쌓은 풍부한 경험이 있었다.

어떤 나라, 어떤 종족이든 그 고유의 특성이 있는 법이고, 그런 부분을 제대로 이해하고 적당히 자극할 수 있으면 그런 걱정도 90% 이상 덜어 낼 수 있다는 말이다.

─당근과 채찍이군.

뭐 쉽게 얘기하면 그런 거다.

'어쨌든 이제 3D업종에서 빡세게 굴려 먹을 노동력은 확보했고, 다음은……'

태영이 그런 생각을 하며 갱도를 돌아 나갈 때였다.

"꽤 바쁘시군. 나와도 아직 해야 할 얘기가 남아 있는 거로 아는데?"

옆에서 낮은 목소리가 들려왔다.

그와 함께 어둠 속에서 뚝 떨어져 나오듯이 걸어 나오는 복면의 남자, 미스트였다.

"설마 잊은 건 아니겠지?"

"그럴 리가."

사실 그럴 수도 없었다.

지금도 눈만 돌리면 어두침침한 곳에서 복면을 쓴 남자들이 서성대는 모습이 보이니까.

당연히 그에 대한 준비도 해 두었다.

"받아."

태영이 가방에서 두툼한 돈주머니를 꺼내 던져 주었다.

낚아채듯이 받아 든 미스트가 위아래로 흔들어 보며 중얼거렸다.

"기대하던 것보다 가벼운 느낌이 드는 건 내 착각인가? 이 무게면 약 2,500골드. 내가 고용한 녀석들의 급료로 딱 맞아 떨어지는 금액이군."

귀신 같은 놈이다.

그 귀신 같은 놈이 태영을 돌아보며 말을 이었다.

"나로서는 역시 뭔가 잊어먹고 있는 것으로밖에 보이지 않는군. 그것도 목숨과 관련된 굉장히 중요한 걸 말이야."

"당장 가지고 있는 돈은 그게 전부야."

"그럼 지급할 돈도 없으면서 내게 다른 암살자까지 고용해 여기까지 찾아와서 잠입, 매복, 암살, 구출이라는 귀찮고 복잡한 의뢰를 했다는 말이 되는 건가?"

미스트의 눈가에 웃음이 번졌다.

"내가 어지간히도 만만하게 보였던 모양이군."

꼭 그런 건 아니다.

물론 돈이 부족하다는 건 알고 있었지만, 그 정도는 구덩이를 점령하면 어떻게든 해결할 수 있으리라고 계산한 부분도 있었다.

그리고 일단 그 결과부터 말하자면 기대 이하였다.

조사 결과 구덩이에는 철광석이나 모피 따위의 현물은 꽤 있었지만, 금화는 싹싹 긁어모아도 채 1,000골드도 되지 않았다.

그러나 그게 딱히 문제가 된다는 생각은 들지 않았다.

암살자들의 고용 비용이야 당연히 태영이 현금으로 지급해야 하는 몫이었지만, 미스트의 의뢰비는 애초에 현금으로 지급할 생각이 없었다.

'이 녀석이라면 굳이 한번 내 주머니에 들어왔던 돈을 꺼내 주지 않더라도 의뢰비를 대신할 방법은 많지. 지금은 저런 반응을 보여도 막상 듣고 나면 이 녀석도 거절하지 못할 테고. 내가 아는 정보는 블랙 캣의 장화 말고도 많으니까. 하지만……'

그사이 상황이 좀 바뀌었다.

거기에는 마인화한 타라칸이 결정적인 역할을 했지만 어쨌든.

슬슬 살기를 피워 올리는 미스트를 앞에 두고 혼자만의 생각에 몰두하는 건 꽤 위험한 짓인지라 태영은 일단 생각을 접고 빙긋 웃으며 말해 주었다.

"일단 달아 둬. 나머지는 외상이다."

"외상이라……"

태영을 바라보던 미스트가 살짝 고개를 끄덕였다.

"그래, 가끔 그런 말을 하는 녀석들이 없었던 건 아니지. 특히 대체로 제 실력에 자신이 있다고 생각하는 녀석들이 그런 편이지. 너도 안 보는 사이에 꽤 실력이 늘어서 그런지는 모르겠지만, 충고하지. 그런 걸 너무 믿으면 후회하는 일이 생기기 마련이다. 특히 암살자를 상대할 때는 말이야. 믿어도 돼. 난 그런 경험이 꽤 많으니까."

역시 마음에 들지 않는 모양이다.

그래도 태영이 마인화한 타라칸을 때려잡기 전에 했던 말까지 인용하며 단검을 만지작대는 건 좀 아니라고 생각하지만, 태영은 이해했다.

태영도 일을 다 끝내 놓은 뒤에 그딴 소리를 들으면 기분이 좋지는 않을 테니까.

당연히 태영도 그렇게 넘어갈 수 있으리라는 기대는 하지 않았다.

"그게 싫다면 다른 제안을 하지."

"말했을 텐데? 이번에는 어떻게든 돈으로 받아 내겠다고 말이다."

"세 번으로 쳐주지."

"……뭐?"

"네가 나에게 받기로 한 다섯 번의 의뢰 말이다. 암살자를 고용해 여기까지 와 준 것으로 한 번, 잡혀 있던 사람들을 구출한 것으로 한 번, 그리고 갱도에서 타라칸을 막아 준 것으로 한 번, 그렇게 세 번의 의뢰를 완료한 거로 해 주겠다고. 어때? 파격적인 조건이지?"

"공짜로 말이냐?"

"사실 의뢰 자체는 한 번이었잖아. 그걸 세 번으로 쳐주는 건데 너도 양보하는 게 있어야 하지 않겠어? 노웨인 영지에서의 의뢰까지 합하면 네 번, 이제 목표까지는 고작 한 번밖에 남지 않은 거라고. 그리고 그것도 곧 의뢰하지."

"보수도 받지 못하는 의뢰를 많이 하는 게 내게 무슨 이득이 있다는 거지?"

"의뢰를 빨리 처리한다는 건, 그만큼 투명한 열매에 대한 정보를 빨리 얻을 수 있다는 말이잖아. 너도 가능하면 빨리 얻고 싶은 거 아니야?"

"투명한 열매를 얻으려면 어차피 1년은 기다려야 한다고 하지 않았나?"

태영의 말에 미스트가 미간을 좁히며 되물었다.

확실히 그런 말을 하긴 했다.

그러나 태영은 편의에 따라 제가 한 말쯤은 언제든 뒤엎을 수 있는 대범한 남자였다.

미스트에 한 말은 어디까지나 정식 루트로 찾을 때의 얘기, 비공식 루트라면 최소 몇 달은 앞당겨 찾을 방법이 있었다.

물론 정식 루트보다 몇 배나 위험부담이 높다는 문제가 있었지만 어쨌든.

태영이 이런 카드까지 꺼내 드는 건 그저 당장 돈이 없어서만은 아니다. 아니, 그 문제도 없다고는 할 수 없지만, 좀 전에 말했듯이 계약할 때와는 상황이 달라졌기 때문이다.

그게 바로 타라칸.

정확히는 놈의 뒤에 있는 조직이다.

수많은 시행착오 끝에 마침내 왈드 공작과 카자드를 넘어섰을 때, 마침내 안식을 찾았다고 생각하던 태영의 앞에 나타나 모든 것을 앗아 간 게 바로 놈들이었다.

그럼에도 태영이 놈들에 대해 아는 건 고작 두 가지.

하나는 놈들이 '타락한 피의 종족'이라는 존재를 이용하는 자들이라는 것이다.

도노반의 마을에서 찾은 악마를 봉인해 놓은 '데드 사인'이라는 마법진도, 이번에 마인화한 타라칸의 배후에도 놈들이 있다는 확신이 생기게 된 배경이다.

'……세컨드 보이스.'

그리고 다른 하나가 바로 이것, 그 조직의 이름이다.

사실 본래 태영은 여기에 한 가지 더 알고 있는 게 있다고 생각하고 있었다.

그럼에도 두 가지라고 말한 이유는 위의 두 가지 일을 겪으며 알게 됐기 때문이다.

'지금까지의 내 기억으로는 놈들이 본격적인 활동을 시작한 건 앞으로 몇 년 뒤였다. 타라칸도 마찬가지다. 타라칸은 과거에도 마인화되었지만, 놈들과 접촉한 건 혼자 구덩이를 탈출하고 나서라고 들었어.'

물론 그것만으로 놈들의 활동 시기가 빨라졌다고 단정할 수는 없었다.

그러나 무시할 수 있는 변화는 아니었다.

긍정적인 마인드도 좋지만, 뭔가에 대비할 때는 부정적인 마인드가 차라리 나으니까.

하물며 놈들이 이 세계에 미칠 영향을 생각하면 두말할 필요도 없는 일이다.

투명한 열매 건을 빨리 마무리하려는 이유도 그래서다.

정작 미스트는 아직 깨닫지 못하고 있지만, 그 역시 놈들과 무관하지 않기 때문이다.

애초에 미스트를 계약이라는 행태로 태영의 옆에 묶어 둔 진짜 이유도 그래서지만 어쨌든.

'어차피 지금 내가 놈들에 대해 알아낼 수 있는 건 제한적이다. 그렇다고 놈들이 나타날 때까지 느긋하게 있어서도 안 되겠지만, 무턱대고 서두를 일도 아니다. 괜히 뭔가 아는 것처럼 굴어서 놈들을 자극해 봐야 좋을 게 없어.'

천천히, 신중하게 접근해야 한다는 말이다.

그럼 지금 태영이 할 수 있고, 또 해야만 할 일이 뭔지는 바로 답이 나온다.

먼저 이곳을 확실한 기반으로 다져 놓는 것!

그게 최우선 과제다.

"그래서 마지막 의뢰는 언제 하겠다는 건데?"

"오래 걸리지는 않아."

그리고 이미 태영의 머릿속에는 로드맵이 세워져 있었다.

다음 날.

"모두 잘들 쉬었나?"

태영이 상쾌한 얼굴로 몸을 돌리며 물었다.

그 앞에는 곽현경을 비롯해 다란, 라르고, 하울, 디글, 일라와 각 부대원이 모여 있었다.

그러나 태영만큼 상쾌한 얼굴은 아니었다.

본래 피로란 다음 날에 더 대차게 밀려오는 법.

장장 7시간에 달하는 전투를 치른 다음 날이고, 심지어 때는 새벽 5시니 하나같이 좀비처럼 퀭한 몰골이 돼 버린 건 너무나 당연한 결과였다.

그러나 불평하는 사람은 없었다.

부지런해서다.

"어제도 말했듯이 전투는 하나의 과정에 불과하다. 우리의 최종 목표는 이곳을 모두가 안심하고 살 수 있는 영지로 만드는 것이다. 그리고 현 상태는 내부적으로는 물론, 외부적으로도 많은 불안 요소가 존재하고 있다. 따라서 지금 우리에게 중요한 건 시간, 이곳이 영지로서 제대로 자리 잡을 수 있는지는 그 한정된 시간을 어떻게 활용하는지에 달려 있다고 해도 과언이 아니다."

이렇게 말하는 그들의 영주가.

그리고 태영은 그 부지런함으로 이들보다 2시간 먼저 일어나 모든 상황을 점검해 두었다.

그 첫 번째가 바로 어제 곽현경이 정리해 둔 서류였다.

인원 현황표.

※한국인 - 전체 인원 1,590명

기존 인원 : [1군-190명] [2군-98명] [3군-125명]

추가로 편입된 인원 : [1,177명]

※무잠족 - 전체 인원 178명

기존 인원 : [25명]

추가로 편입된 인원 : [153명]

※수인족 - 전체 인원 892명

전투원 : [호인족-31명] [야랑족-38명] [견인족-21명] [묘인
족-25명]

비전투원 : [호인족-57명] [야랑족-140명] [견인족-230명]
[묘인족-220명]

추가로 편입된 인원 : [180명]

※포로 - 전체 인원 650명

현재 총인원 : 2,610명 [+650]

바로 전체 인원 현황표였다.

기존의 1,100명에 구덩이에 잡혀 있던 1,510명이 더해져
2,610명.

-짐이군.

그 표를 봤을 때 그리모어가 한 말이었다.

그리고 얼마 전까지의 태영이라면 망설임 없이 고개를 끄

덕였을 것이다.

그러나 당연히 지금은 아니다.

이미 충분히 많이 고민했고, 그만한 각오를 하고 시작한 일이니까.

이곳을 자신의 영지, 기반으로 삼겠다고 말이다.

그리고 본시 기반의 핵심은 사람.

그리모어의 말대로 책임져야 하는 사람이 늘어나면 그만큼 부담이 늘어나는 것도 사실이지만, 또 그만큼 얻을 수 있는 것도 많아지는 게 세상의 순리다.

–**그렇다고 이 사람들 모두가 도움이 된다고는 할 수 없잖아. 일단 나이가 많아서 전투는커녕 제대로 일을 할 수 없는 사람도 있고.**

그리고 이런 것도 세상의 순리를 몰라서 하는 말이다.

나이가 많다는 건 그만큼 경험도 많다는 의미.

태영은 경험이 얼마나 중요한지 누구보다 잘 알고 있다.

지금의 태영이 있을 수 있는 것도 수많은 회귀로 쌓은 경험 덕분이니까.

그러나 그런 태영이라도 모든 경험이 있다고는 할 수 없었다.

이계도 그렇지만, 되레 현대 쪽은 더.

놀고먹을 수 없는 현대의 사회구조에서 나이가 많은 사람이라는 말은, 바꿔 말하면 대부분 전문 직종에서 평생을 일해 온 전문가라는 의미.

단순히 짐이 되지 않는 정도가 아니라, 허허벌판에서부터 시작해야 하는 태영에게는 꼭 필요한 인적 자원이라고 할 수 있었다.

ㅡ그럼 코찔찔이 애들은?

"미래지."

1~2년 영주 생활을 하다가 때려치울 생각이 없으니까.

이에 태영이 몸을 돌리며 말을 이었다.

"모두 알다시피 어제의 승전으로 많은 사람이 새로 합류하게 되었다. 그리고 이들 역시 마땅히 우리가 지켜야 할 동료들이다. 그럼 지금 우리에게 가장 시급한 문제가 뭐라고 생각하나?"

"고, 고기입니다!"

태영의 목소리에 꾸벅대던 다란이 화들짝 놀라 소리쳤다.

그러자 입을 열려던 라르고가 못마땅한 눈으로 다란을 바라보다가 고개를 돌리며 대답했다.

"전력 증강이라고 말할 생각이었지만…… 식량 문제도 간과할 수는 없겠군요."

"둘 다 정답이다."

새벽부터 병력을 소집한 이유가 그 때문이다.

물론 공단에도, 구덩이에도 비축된 식량은 있지만, 넉넉한 양이라고는 할 수 없었다.

그만큼 인원이 불어났고 또 꾸준히 늘어 갈 테니까.

아직 버림받은 땅에는 한국인이 많이 있을 것이고, 태영은 그들 모두를 흡수할 생각이었다.

그리고 이렇다 할 농경지도 없는 현 상황에서 그만한 식량을 확보할 방법은 하나!

"따라와라."

태영은 병력을 이끌고 구덩이를 나왔다.

약 1시간의 행군으로 도착한 곳은 돌산과 군데군데 작은 숲이 모여 있는 지역이었다.

라르고가 조금 당황한 얼굴로 태영을 돌아보았다.

"주인님, 여기는⋯⋯."

당연히 태영도 여기가 어떤 곳인지는 알고 있었다.

삐이이이─!

때맞춰 날아오는 청영이 어젯밤부터 부지런히 곳곳을 날아다니며 찾아낸 곳 중 하나니까.

쿠쿵! 콰콰콰콰! 쿠오오오─!

바로 그 뒤에서 괴성을 질러 대며 몰려오는 대형 몬스터!

"저, 저놈은 전에 공장을 습격해 왔던 몬스터다! 그 들개 같은 놈들도 도망치게 했던 그때 그놈이야!"

"그것도 한 마리가 아니야! 다섯 마리나⋯⋯."

비명 같은 고함을 터뜨리는 1, 2군의 대원들이 말대로 바로 그놈, 불카누스였다.

그러나 태영의 견해는 그들과는 좀 달랐다.

"그래, 먹을 수 있는 고기지."

"고, 고기? 그럼……."

"말했잖아. 지금 가장 먼저 할 일은 식량 확보라고. 봐라, 저 거대한 고깃덩어리를. 너희도 아직 아침 안 먹었지? 어때? 보기만 해도 침이 고이지 않나?"

그런 얼굴은 아니었다.

그러나 언제나 그렇듯이 그들에게 선택권 같은 건 없었다.

"오, 온다! 모두 대형을 갖춰라!"

역시나 가장 빠르게 반응한 사람은 곽현경이었다.

뭐 그 역시 얼굴을 보면 자포자기에 가까운 심정인 것처럼 보였지만.

─괜찮겠나? 뭐 어제 전투를 보니 저 녀석들도 처음 봤을 때보다는 많이 나아진 것 같지만, 저 녀석들은 제대로 쉬지도 못했잖아. 주인이 대책 없이 사람을 굴리는 거야 새삼스러운 일도 아니지만, 고기를 얻는 게 목적이면 좀 더 만만한 놈도 많잖아.

"아니, 이 정도가 적당해."

단순히 식량을 구하는 것만이 목적이 아니기 때문이다.

이번 사냥은 라르고가 말한 전력 증강을 위한 훈련도 겸하고 있었다.

그러니 제대로 쉬지 못했다는 것도 문제가 되지 않았다.

태영은 쇠든 사람들이든 달궈졌을 때 때려야 더 강해진다고 믿는 사람이니까.

콰쾅! 펑―!

물론 그게 정말 이렇게 들이받히며 날아가는 걸 말하는 건 아니었지만.

"이제 곧 저들도 알게 될 거야."

태영의 말대로 오래 걸리지는 않았다.

"큭! 빌어먹을, 뭐 저런 무식한 놈이…… 어? 뭐, 뭐지? 나 방금 몇 미터나 날아오지 않았나? 그런데 왜 멀쩡한 거지?"

"버틸 수 있어! 죽을 정도로 아프지만, 정말 죽어 버릴 정도는 아니라고!"

바로 체감이 될 테니까.

지금까지 대원들은 레벨업이 주목적이라 중소형 몬스터 위주로 훈련을 받아 왔다.

그러나 훈련의 강도가 약했던 것은 아니다.

그야말로 매일 사선을 넘나들었고, 어제는 대규모 전쟁까지 치렀다.

레벨과 별도로 그 경험 역시 무시할 수 없는 힘!

자각하지 못하고 있었을 뿐, 1, 2군 대원들은 이제 그라울 떼 정도에 떨어야 하는 과거의 한국인이 아니었다.

그건 불카누스라도 마찬가지였다.

"큭! 빌어먹을!"

비록 한 명 한 명은 아직 턱없이 부족하다.

"무턱대고 덤벼들지 마라! 지금까지 대체 뭘 배운 거냐?

우리는 군대다! 방패 앞으로! 밀집대형으로 좌우에서 놈을 압박해 움직임을 봉쇄해라! 후열은 총창 장전!"

그러나 곽현경의 말대로 그들은 군대!

그의 구령에 대형을 갖추기 시작한 대원들이 불카누스를 에워싸기 시작했다.

"발사!"

퍼퍼퍼펑-! 퍼퍼퍼펑-!

쿠오오오-!

그리고 쏟아지는 불길과 함께 울려 퍼지는 포효!

불카누스는 중소형 몬스터와는 비교도 안 되는 방어력의 가죽에 덮여 있지만, 200에 달하는 총창에서 뿜어지는 산탄은 그 이상!

불카누스의 몸 곳곳에서 핏줄기가 뿜어져 올라왔다.

"통한다! 우리의 공격이 통하고 있어!"

"좋아! 이대로 방어를 굳히며 계속 몰아붙여라!"

반면 대원들은 사기 상승!

활기를 되찾은 1, 2군은 한층 가열된 기세로 불카누스를 몰아붙였다.

예상대로였고, 만족스러운 결과이기는 했지만.

"후, 괜찮은 모양이군."

사실 그게 가능할 수 있던 건 바로 이, 대원들을 돌아보며 안도의 한숨을 불어 내는 라르고와 수인족이 뒤를 받쳐 주는 덕분이었다.

불카누스가 나타났을 때 라르고가 당황한 이유는 놈들이 부담스러워서가 아니다.

태영의 의지는 명확했고, 그걸 1, 2군 대원들이 감당할 수 있을지 확신할 수 없어서였다.

"역시 주인님이군. 직접 훈련시킨 우리보다 더 잘 파악하고 계시다니. 그럼 됐다! 이제 하쿠인도 어엿한 전사! 더는 우리의 보호를 받아야 할 존재가 아닌, 등을 맡길 수 있는 동료이자 경쟁자다! 호인족이여, 주인에게 우리의 존재 가치를 증명하라!"

크와아아아ー!

그러나 라르고의 말과 함께 수인족도 공세로 전환!

각 부족으로 나뉘며 1, 2군 주위로 몰려드는 불카누스를 향해 돌진했다.

그리고 이들 역시 이번 전쟁을 통해 많은 부분이 달라졌지만, 그중에서도 가장 빠르고, 큰 변화를 겪은 건 견인족이었다.

"돌격ー!"

그 변화의 중심은 바로 선두에서 돌진하는 다란이었다.

태영도 오늘 새벽에서야 보고를 받았다.

본래 견인족 족장은 디글이지만, 꽤 연로한 나이라 어젯밤 부족 회의에서 은퇴를 선언하며 다란을 차기 족장으로 지목했다고 한다.

– 저 강아지인지 개인지도 모를 꼬맹이가 족장?

그 소식을 들었을 때 그리모어는 꽤 어이없어했지만, 그럴 만한 이유가 있었다.

[데스나이트의 갑옷(판금 갑옷)]

주요 구성 : 흑철, 그 외……
등급 : 마법
종합 방어력 : 350 (참격 : A 타격 : A 관통 : A)
특기 사항
+어둠 계열의 마법에 대한 저항력 : A
※데스나이트가 사용하던 갑옷. 흑철로 만들어져 방어력이 뛰어나고, 어둠 속성의 힘이 깃들어 관련 마법에 대한 저항력을 가지고 있습니다.

바로 이거다.

태영이 디멘션 던전에서 가지고 나온 데스나이트의 갑옷.

일단 이 갑옷에 대해 말하자면, 동굴이 무너지고 피를 토하는 상황에서까지 챙겨 나올 정도로 좋은 갑옷은 아니었다.

물론 그래도 일단은 마법 등급인 데다 판금 갑옷이라 방어력은 높았지만 그뿐.

옵션도 어둠 속성 저항력 하나뿐이라 가죽 갑옷을 선호하는 태영이 일부러 바꿔 입을 정도의 메리트는 없었다.

이에 태영은 전쟁이 끝난 뒤에 다란에게 넘겨주었다.

물론 볼 때마다 꼬리를 흔들어 대는 게 귀여워서만은 아니었다. 아니, 뭐 그런 이유도 전혀 없지는 않지만.

'될 놈을 키워야지.'

이번 전투에서 가장 뛰어난 성장을 보여 주었기 때문이다.

그리고 그게 결정타였다.

"주인께서는 이번 전투의 보상으로 적군이 사용하던 병장기를 모든 종족에게 골고루 나눠 주셨다. 하지만 주인께서 가지고 계시던 특별한 무구를 받은 건 다란뿐이다. 이게 무슨 의미인지는 굳이 말하지 않아도 모두 알고 있을 것이다!"

그때, 그러니까 태영이 준 갑옷을 받아 든 다란이 꼬리를 흔들어 대며 부락으로 돌아갔을 때 디글은 매우 흥분한 얼굴로 소리쳤다고 한다.

"이는 다란 개인만이 아닌, 견인족 전체의 영광! 아직 어리다는 게 흠이지만, 그런 단점이야 당분간 내가 옆에서 도우면 해결될 터. 되레 그런 어린 몸임에도 주인에게 인정받고 나아가 견인족에 이런 영광을 안겨 준 다란이야말로 차기 족장에 어울리는 견인족 전사다!"

킁! 킁! 킁! 킁!

그리고 견인족은 만장일치로 찬성!

'나도 그 갑옷 하나 던져 준 게 이렇게까지 비약될 줄은 예상하지 못했지만…….'

실수라는 생각은 들지 않았다.

콰콰콰콰―!

폭음을 올리며 불카누스의 옆을 스쳐 지나가는 견인족!

"놈은 단단하지만, 움직임은 느리다! 쉴 틈을 주지 말고 바로 우회해 계속 측면을 타격하라!"

그리고 다란의 고함에 바로 선회해 다시! 다시! 다시!

- 저 녀석들이 저렇게 강했나?

저렇게 강했던 게 아니라, 강해지는 것이다.

태영이 이전에도 말했듯이 어떤 나라, 어떤 종족이든 고유의 특성이라는 게 존재한다.

그리고 이계에서 일반적으로 호인족은 난폭하고, 야랑족은 충동적이고, 묘인족은 제멋대로라는, 부정적인 평가를 받고 있다.

그러나 유일하게 견인족만은 충성스럽다는 긍정적인 평가를 받는 수인족이었다.

그리고 그게 사실이다.

실제로 견인족은 한번 주인으로 섬기면 죽음조차 불사할 정도로 충성할 뿐만 아니라, 자신의 능력 이상을 발휘하는 종족!

"주인님은 내가 본 어떤 인간보다 위대하신 분! 내가, 아니, 우리가 평생을 따라가야 할 주인이다! 그런 주인님 앞에서 고작 이따위 몬스터에 헐떡대는 모습을 보일 수는 없다! 단숨에 해치워서 충성을 증명해라!"

데스나이트의 갑옷을 받고 부쩍 성장한 모습을 보여 주는 다란의 그 좋은 예였고, 꼬리를 흔들어 대며 그 뒤를 따르는 견인족도 마찬가지였다.

콰콰콰콰―!

정신없이 몰아치는 견인족의 공격은 그야말로 폭풍!

무지막지한 방어력을 과시하는 불카누스도 연이은 공격에 결국 중심을 잃고 쓰러졌다.

그리고 와락 그 위를 덮치며 물고, 뜯어 대는 견인족!

불카누스는 순식간에 뼈와 살이 분리되었다.

그리고……

"크와아아앙! 멍청한 놈들! 불카누스 한두 마리에 뭘 빌빌대고 있는 거냐? 최강의 수인족이라는 우리 호인족이 사냥에서 견인족에 밀리다니 부끄럽지도 않은가!"

"크르르르, 왠지 기분 더럽군. 이제부터 어제 전투의 피로운운하는 놈은 저놈의 뿔보다 내 발톱에 먼저 찢겨 나갈 줄 알아라!"

견인족의 활약은 다른 수인족, 특히 족장인 라르고와 하울에게 강렬한 자극제가 되어 주었다.

"이야아아옹! 뭐 하는 거야, 이 자식들아! 똑바로 안 해? 난 주인에게 잘 보여야 한다고! 내가 주인의 마누라가 되면 너희도 나쁠 거 없잖아! 확실하게 밀어주겠다니까! 그러니 그때까지는 너희도 확실하게 밀어 달라고!"

뭐 다른 의미로 자극을 받는 일라 같은 녀석도 있었지만 어쨌든.

"물어뜯어라!"

족장들의 불호령에 호인족과 야랑족, 묘인족도 폭발적인 기세로 돌격!

1, 2군과 협공해 남은 불카누스를 순식간에 해치웠다.

"와아아아아—!"

그 위로 터져 올라오는 함성!

수인족도 그렇지만, 특히 처음으로 대형 몬스터를 쓰러뜨려 본 1, 2군 대원들은 말로 형언하기 힘들 정도의 성취감에 하나같이 얼굴이 벌겋게 달아올랐다.

그러나 잠깐이었다.

"시간이 좀 걸리기는 했지만, 시작치고는 나쁘지 않군."

태영이 이렇게 말하고.

삐이이이—!

그 말에 대답하듯이 멀리 보이는 돌산 사이에서 이런 울음이 들려오고.

쿠오오오오! 쿠콰콰콰—!

그 뒤를 따라 다시 불카누스가 떼를 지어 몰려왔기 때문이다.

"이, 이럴 수가……."

그 모습을 바라보는 1, 2군 대원들과 수인족의 얼굴이 창백해졌다.

밝게 웃는 사람은 태영뿐이었다.

"식량은 많을수록 좋지. 기왕 할 바에는 빨리하는 편이 좋고 말이야."

대원들은 그제야 알게 되었다.

그들도 전쟁을 준비하는 동안 하루에도 몇 번이나 생사의 고비를 넘길 정도로 빡센 훈련을 받아 왔다고 자부하고 있었지만.

"이제 저런 놈들도 잡을 수 있다는 게 증명됐잖아. 그럼 뭐가 됐든 할 맘만 있으면 어떻게든 되는 법이야. 내가 그랬거든."

그때는 꿀 빨던 시절이었다고 말이다.

그러나 해맑은 얼굴로 지켜보는 태영에게 이의를 제기할 정도로 담(?)이 큰 대원은 없었다.

또 그럴 여유도 없었다.

청영이 요령 좋게 그 앞으로 불카누스를 배달해 주고 있으니까.

이에 다시 치고받으며 전투에 돌입!

─꽤 힘들어 보이는데, 이번에도 그냥 지켜만 볼 생각인가?

"물론 아니지."

이번에는 태영도 그리모어를 뽑아 들었다.

그리고 야무진 솜씨로 곳곳에 널려 있는 불카누스를 해체해 나갔다.

"이런 것까지 시키기에는 너무 가혹하잖아."

－글쎄다. 내가 보기에는 되레 그런 거라도 시켜 주기를 바랄 것 같다만…… 아니, 뭐 됐다. 주인의 부하들이니 주인이 알아서 하겠지.

그리모어의 말대로 태영은 알아서 날이 저물 때까지 사냥을 이어 나갔다.

그렇게 잡은 불카누스가 약 40여 마리.

식용 가능한 살코기만 떼어 내도 마리당 1톤은 나오니 40여 톤의 식량을 확보한 셈이다.

물론 1, 2군과 수인족도 그만큼 레벨을 올릴 수 있었다.

그러나 그게 훈련이 끝났다는 말은 아니었다.

"새삼스럽게 말할 필요도 없겠지만, 레벨은 어디까지나 잠재력의 척도에 불과하다. 아무리 레벨이 올라도 자기 것으로 만들지 않으면 의미가 없다는 말이다. 하지만 걱정할 필요는 없다. 그런 너희를 위해서 이미 내가 다 준비해 놨으니까."

40톤에 달하는 불카누스의 살코기가 정확히 80킬로그램씩 잘려 있는 이유가 그 때문이다.

그리고 1, 2군과 수인족은 바로 알아들었다.

"헉헉헉! 헉헉헉!"

그리하여 하나씩 짊어지고 구보.

다시 1시간을 행군해 구덩이로 돌아오고 나서야 식량 확보＋훈련을 끝낼 수 있었다.

"자, 오늘은 여기까지다. 예상했던 것보다 잘해 주어서 나도 꽤 만족스럽다."

거기에 이런 칭찬까지 들었지만, 기뻐하는 사람은 없었다.

"그래서 내일은 좀 더 강한 놈을 사냥해도 좋겠다는 결론에 도달했다. 너희들도 매일 같은 고기만 먹고 살 수는 없을 테니까. 그러니 오늘은 이만 각자 숙소로 돌아가 푹 쉬고 내일 같은 시간에 집합한다."

그게 뭘 의미하는지도 너무나 절절하게 알아 버린 탓이다.

이에 모두 암울한 얼굴로 해산.

"영주님."

알바인이 찾아온 건 그다음이었다.

"무슨 일 있었습니까? 사냥을 나갔다 돌아왔다는 말을 들었는데 왜 하나같이 얼굴들이……."

─진짜 꼴 빠는 녀석들은 따로 있었군.

영문을 모르겠다는 얼굴로 대원들을 둘러보는 알바인의 모습에 그리모어가 툭 던지듯 말했지만, 어쩔 수 없는 일이다.

데커와 650명의 포로가 있어서다.

물론 데커와 대화를 나눠 보고 딴맘을 먹지는 않으리라고 생각하게 됐지만, 일단은 포로.

최소한의 감시 체계는 필요하다.

그리고 환수를 사용하는 알바인과 무잠족은 이에 적합한 인력이라고 할 수 있었다.

광산에서도 그렇지만, 특히 외부 작업을 할 때는.

"헉헉헉! 헉헉헉!"

데커 일행이 바닥에 널브러져 이러고 있는 이유가 그 때문이다.

"대원들은 신경 쓸 것 없고, 별다른 마찰은 없었나?"

"네, 모두 순순히 지시에 따랐습니다. 저희는 적당히 거리를 두고 환수만 접근시켰을 때도 수상한 거동을 보이거나, 은밀한 대화를 나누는 모습도 보이지 않았습니다."

"너무 티 나게 감시하지 마라. 사람이란 누를수록 반발하고 싶어지는 법이니까."

"주의하고 있습니다."

"작업은?"

"몇 가지는 거리가 멀어서 이동하는 데 시간이 걸렸지만, 이덕수와 그렉이 트럭이라는 자동 수레를 지원해 줘서 큰 지장은 없었습니다. 작업 자체도 굉장히 빨랐고요. 채취부터 운송까지, 저희가 지시를 내리기는커녕 되레 배워야 할 정도로 능숙하게 일을 처리하더군요."

"그렇겠지."

짬밥이라는 말이 괜히 생긴 게 아니니까.

광산에서 다년간 일하며 익힌 요령은 1, 2군이나 수인족, 무잠족이 넘볼 수준이 아닐 것이다.

그 결과물이 지금 데커 일행 주위 곳곳에 산더미처럼 쌓여 있는 돌덩이였다.

－그래서? 대체 이런 건 뭐 하러 모아 오라고 한 건데?

"그야 당연히 쓸데가 있어서지. 저 광산에서 잡철이 아니라 설령 미스릴이 나오더라도 지금은 이게 몇 배나 더 쓸모도 많을 테니까."

태영이 흐뭇한 얼굴로 돌덩이를 바라보며 대답할 때였다.

"어이, 레온!"

뒤에서 익숙한 목소리가 들려왔다.

흩어지는 대원들 사이로 짧은 다리를 움직이며 다가오는 드워프는 그렉이었다.

그 옆에는 3군의 작업반장 이덕수도 있었고, 그 외에 태영도 처음 보는 20여 명의 사람이 동행하고 있었다.

"나 참, 바빠 죽겠는데 왜 자꾸 오라 가라야?"

그 앞에서 한동안 안 봤더니 그렉이 다시 슬슬 기어 올라오는 투로 떠들었지만, 일단 패스.

당장 태영의 관심은 그 뒤를 따라오는 20여 명이었다.

그들이 누군지는 태영도 모르지만.

"곽현경이라는 사람이 가 보라고 해서 왔습니다. 저희에게 볼일이 있다고 들었는데……."

"모두 공사 현장에서 오래 일해 본 경험이 있다고 들었습니다."

"네, 뭐 그게 직업이었으니까……."

40대 남자가 머리를 긁적이며 대답했고, 그게 태영이 그들을 불러 모은 이유다.

그리고 그건 어젯밤 고민 끝에 내린 결정과 관련이 있었다.

영지의 중심지를 어디로 삼을지에 대한 것이다.

'일단 생산 시설은 모두 공단에 있고, 당장은 그 시설을 옮기기는 힘들어. 그러니 공단을 중심지로 삼는 것도 방법이지만……'

이곳은 이제 사실상 이계나 다름없다.

그리고 이계에서 영지의 중심지는 단순히 그런 부분만 고려해서 결정할 수는 없었다.

몬스터의 위협은 일상이고, 전쟁 역시 남의 얘기만이 아니니까.

따라서 가장 우선시해야 할 조건은 안전.

모든 종류의 위협에 대처할 수 있는, 즉 방어가 유리한 장소인지가 더 중요하다는 말이다.

'타라칸이 세컨드 보이스와 연결되어 있었다면 더 그렇겠지. 놈들의 조직 구조상 과거에도 그랬고, 또 앞으로도 표면적으로 활동할 확률은 낮지만, 뒤에서 무슨 짓을 할지는 모르니까. 그런 부분까지 대처해야 한다는 점을 생각하면 역시 여기, 구덩이만 한 장소가 없어. 3면이 절벽으로 되어 있고 성벽까지 있으니까.'

그러나 이곳은 본래 죄수를 가둬 두기 위한 장소.

애초에 용도가 다른 목적으로 세워진 것이니만큼 방어나 대전(對戰)용으로 사용하기에는 여러모로 부족한 부분이 많을 수밖에 없었다.

'뭐 나도 그 덕에 수월하게 성벽 공략을 할 수 있었으니 불평할 일은 아니지만……'

알면서도 그냥 놔둘 수는 없었다.

그리고 일단 손을 대기로 한 이상, 적당히 고쳐서 사용할 생각도 없었다.

기회가 있을 때 성벽부터 시작해서 내부 구조, 후에 생산 시설을 옮겨 올 것까지 계산해서 완전히 뜯어고칠 계획이다.

공사 현장, 즉 건축 업계에서 잔뼈가 굵은 사람들을 불러 모은 이유가 그 때문이다.

"그렇군요. 일단 무슨 말인지는 알겠습니다만……"

"우리가 공사를 많이 해 본 건 사실입니다. 하지만 이곳의 건물들은 우리가 짓던 건물과는 다릅니다. 하물며 성벽은 제대로 본 적도 없고 말입니다."

그리고 이런 말이 나오리라는 것도 예상했다.

이에 태영은 데커 일행을 뺑뺑이 돌려 모아 온 돌덩이를 돌아보며 물었다.

"이게 뭔지 아시겠습니까?"

"네? 아니, 그야…… 응? 잠깐만요. 이건…… 석회석 아닙니까?"

"어? 이건 점토잖아."

"이건 규산이다. 틀림없어. 규산질이 섞인 돌이다. 그럼 혹시 저건……."

"산화철이죠."

태영이 히죽 웃으며 대답했다.

뭐든 의욕만 가지고 되는 게 아니라는 건 태영이 누구보다 잘 알고 있었다.

그럼에도 구덩이의 시설을 싹 다 뜯어고칠 생각을 한 데는 그만한 이유가 있었다.

공사에 걸리는 시간을 극적으로 단축할 수 있을 뿐만 아니라, 몇 배나 견고하게 만들 방법을 알고 있으니까.

그 방법이 바로 방금 그들, 건축의 베테랑들이 떠들어 댄 재료들이다.

아니, 좀 더 정확히 말하자면 그 재료들을 적당한 비율로 섞어서 만들어지는 것이다.

구덩이의 개보수에 핵심이 되어 줄 물건이 말이다.

바로…….

to be continued

꿈의 도약, 로크에서 하십시오
(주)로크미디어에서 신인 작가를 모십니다

즐거운 세상, (주)로크미디어는 꿈을 사랑하고 도전을 두려워하지 않는 작가분들의 참신한 작품을 기다리고 있습니다. 21세기 장르 문학계를 이끌어 갈 차세대 선두 주자 (주)로크미디어에서 여러분의 나래를 활짝 펴 보시길 바랍니다.

모집 분야 판타지와 무협을 포함한 장르 문학
모집 대상 아마추어 작가, 인터넷 작가
모집 기한 수시 모집

작품 접수 시 유의 사항

1. 파일명은 작가명_작품명.hwp 형식을 갖춰 주십시오.
1. 파일에 들어갈 내용은 다음과 같습니다.
   - 성명(필명인 경우 실명을 밝혀 주세요), 연락처, 이메일 주소.
   - 제목, 기획 의도.
   - A4용지 1장 분량의 등장인물 소개.
   - A4용지 2장 분량의 전체 줄거리.
   - 본문.
1. 작품이 인터넷에 연재되고 있다면, 게시판명과 사이트의 구체적이고 정확한 주소를 기재해 주십시오.

선택된 작품은 정식 계약 후 출판물로 간행되어 전국 서점에 유통됩니다.
작가분은 (주)로크미디어의 전폭적인 지원하에 전속 작가로 활동하시게 됩니다.
※ 자세한 내용은 로크미디어 홈페이지(rokmedia.com)를 참조하세요.

(03920)서울시 마포구 성암로 330 DMC첨단산업센터 3층 318호
(주)로크미디어 편집부 신간 기획 담당자 앞
전화 : 02)3273-5135
www.rokmedia.com   이메일 : rokmedia@empas.com

The Final
더 파이널

유성 퓨전 판타지 장편소설

「아크」「로열 페이트」「아크 더 레전드」
작가 유성의 새로운 도전!

회귀의 굴레에 갇혀 이계로의 전이와 죽음을 반복하는 태영
계속되는 죽음에도 삶에 대한 의지를 불태우던 어느 날

갑자기 시작된 침식으로 이계와 현대가 합쳐진다!

두 세계가 합쳐진 순간,
저주 같던 회귀는 미래의 지식이 되고
쌓인 경험은 태영의 힘이 되는데……

이계의 기연을 모조리 흡수해
누구도 넘볼 수 없는 전사로 우뚝 서다!

변호사 윤진한

이해날 현대 판타지 장편소설

『어게인 마이 라이프』의 작가 이해날,
당신의 즐거움을 보장할
초특급 신작으로 돌아왔다!

아버지의 복수를 위해
악랄한 변호사가 되었으나 대기업에 처리당한 윤진한
로펌 입사 전으로 회귀하다!

죽음 끝에서 천재적인 두뇌를 얻은 그는
대기업의 후계자 경쟁을 이용해
원수들의 흔적마저 지우기로 결심하는데……

악마 같은 변호사가 그려 내는
두 번의 인생에 걸친 원수 파멸극!